PORQUE LULU BERGANTIM NÃO
ATRAVESSOU O RUBICON

UM NINHO DE MAFAGAFES
CHEIO DE MAFAGAFINHOS

JOSÉ CÂNDIDO DE CARVALHO

Porque Lulu Bergantim não atravessou o Rubicon

Um ninho de mafagafes cheio de mafagafinhos

Contados, austuciados, sucedidos e acontecidos do povinho do Brasil

COMPANHIA DAS LETRAS

Grafia atualizada segundo o Acordo Ortográfico da Língua Portuguesa de 1990, que entrou em vigor no Brasil em 2009.

Capa
Alceu Chiesorin Nunes

Revisão
Huendel Viana
Angela das Neves

Dados Internacionais de Catalogação na Publicação (CIP)
(Câmara Brasileira do Livro, SP, Brasil)

Carvalho, José Cândido de, 1914-89
Porque Lulu Bergantim não atravessou o Rubicon; Um ninho de mafagafes cheio de mafagafinhos : contados, austuciados, sucedidos e acontecidos do povinho do Brasil / José Cândido de Carvalho. — 1ª ed. — São Paulo : Companhia das Letras, 2019.

ISBN 978-85-359-3279-9

1. Contos brasileiros 2. Romance brasileiro I. Título.

19-28943 CDD-B869.3

Índices para catálogo sistemático:
1. Contos : Literatura brasileira B869.3
2. Romances: Literatura brasileira B869.3

Cibele Maria Dias — Bibliotecária — CRB-8/9427

EDITORA SCHWARCZ S.A.
Rua Bandeira Paulista, 702, cj. 32
04532-002 — São Paulo — SP
Telefone: (11) 3707-3500
www.companhiadasletras.com.br
www.blogdacompanhia.com.br
facebook.com/companhiadasletras
instagram.com/companhiadasletras
twitter.com/cialetras

Sumário

PORQUE LULU BERGANTIM NÃO ATRAVESSOU O RUBICON

Para

Manoel Gomes Maranhão,
Geraldo Lemos Basto
e Fernando Sales:

amizade e admiração

E agora meu trabalho humilde espera
que ponhais nele favoráveis olhos.
Francisco de Sá Meneses

1
OS ELEFANTES DO TEMPO

Uma festa montada em fatias de mortadela

E aconteceu aquele natalício movimentado a pastéis e guaraná no Hotel Palmeiras, com dona Juributina de Sousa dentro do melhor vestido e jorrando pelos desvãos o melhor extrato. Houve adivinhações, jogo de prendas e mágicas de pequena voltagem. Dona Cotinha Frazão foi para o piano e expeliu uma valsa de delicados bemóis. A um canto, sem abrir o bico, o major Aniceto Cunha só tinha olho. Rejeitou os bolinhos de aniversário, rejeitou os refrescos, tudo recusou o major. Por isso, a meninada caiu de brincadeira em cima de seus setenta e oito anos de militar aposentado. Vez por outra, uma chegava e indagava:

— Major, quer um copo de maracujá?

E o major:

— Não bebo coisa de moça.

Outra vinha e indagava:

— Major, aceita licor de jenipapo feito pela viúva Frazão?

E o major:

— Militar que é militar não bebe. Mesmo já aposentado do pau de fogo.

Ofereceram tudo ao major e o major tudo rejeitou. E quando a dona da casa, embarcada na brincadeira, veio saber do que é que Aniceto mais gostava nas damas, Aniceto firmou os óculos, deixou a cadeira, estabeleceu sua antiga pessoa no centro da sala para dizer:

— Já que o povo do Hotel Palmeiras anda tão cuidadoso de saber o que mais aprecio, vou fazer a vontade do povo do Hotel Palmeiras, indicando as partes das damas que mais calham no meu bem-querer de militar aposentado.

Deu dois passos para trás e mandou bala. Dona Nenen de Barros levou a mão no peito, acendeu os olhos e caiu no sofá. Dona Santinha Reis, viúva juramentada, sacou o rosário e apelou para os santos de sua devoção. As meninas, com a mão nos ouvidos, correram para o jardim. O dr. Gastão Feijó perdeu os óculos de tartaruga. O meirinho Calixto de Abreu desabou do alto de uma torre de fatias de mortadela e falou lamentoso:

— Santa Bárbara! Que vai pensar de mim o meritíssimo Doutor Juiz da 4ª Vara de Ausentes!

Diante de tamanha desordem, pastéis no chão e bandejas no ar, dona Juributina apelou para o hóspede do quarto número 16:

— Dr. Zozó Barbeitas, traga o revólver! Vem desagravar a honra do estabelecimento, dr. Zozó. Vem acabar com essa mina de sem-vergonhice que é o major Aniceto!

Do 16, pulando de degrau em degrau, logo chegou a resposta do dr. Zozó:

— Eu também gosto, dona Juributina. Todo mundo gosta, dona Juributina. Até o provedor da Santa Casa de Misericórdia. Viva o major Aniceto! Viva!

O major foi despejado como sem-vergonha. E o doutor como ajudante dele.

Viúva em quatro maridos

Jundiaí Carapebus, funcionário do Montepio Militar, só tinha um desejo na vida: ficar livre de dona Hermengarda e de sua mania de seguro de vida. Viúva de longo curso, pelos cuidados de Hermengarda transitaram três maridos, fora Carapebus, que ainda estava em pauta. O primeiro, que escrevia versos para o *Almanaque das Famílias*, não deu trabalho. Assinou o seguro de vida, rimou *flor* com *amor* — e finou. O segundo, um sólido senhor de secos e molhados, sócio da firma Vilela, Irmãos & Cia., lutou bravamente contra as poções e desvelos de dona Hermengarda. Até que uma noite, depois de passado por uma xícara de chá, sentiu certos repuxões na entranha. Pediu que trouxessem os livros da firma — e embarcou. Antes de deixar a casca essa alma de secos e molhados ainda teve alento para dizer:

— Hermengarda, minha bondosa Hermengarda. Só levo desta vida uma tristeza. A de não ter podido fechar o balancete de 1922.

O terceiro ocupante dos desvelos e chás de dona Hermengarda, o capitão Albernaz de Melo, foi duro de roer. Falava como se comandasse um batalhão e passava dias e anos sem tirar a farda, de onde só saía para dormir. Inteiriço mais que aba de canhão, prometia não morrer nunca. Mas, numa feijoada feita pela mão perita de dona Hermengarda, o capitão mergulhou de tão mau jeito que só voltou para pedir o boné e fazer um discurso de louvor a Rui Barbosa. E assim finou. Nos braços desta frase:

— Depois do marechal Floriano Peixoto, o maior brasileiro foi mesmo Rui Barbosa.

Com lágrima no olho direito, que sempre foi seu olho de prantear marido, a desvelosa Hermengarda falou:

— Coitado! Logo agora que fez seguro de vida.

No luto de Albernaz veio Jundiaí Carapebus. Funcionário de baixa extração, viu que era negócio hipotecar a solteirice na caixa-forte da viúva. Casou. Instalou sua pessoa entre as apólices e demais vantagens da ilustre senhora. Foi nesse tempo que teve a ideia de acelerar a viagem de dona Hermengarda para o céu. Era mesmo para rir. Hermengarda, de papada e óculos, voando para Deus. Carapebus dizia para Carapebus:

— De óculos e movida a vidro ralado.

Foi pena que Jundiaí Carapebus pensasse nisso tão tarde. A bem informar, ele havia morrido dois dias antes, do mesmo modo que finou o capitão Albernaz de Melo, afogado numa feijoada. Subiu aos céus montado em toucinho e lombo de porco.

O virilhista

No Beco das Cangalhas em Açu do Livramento, depois de muitos anos de não ver e nem falar, Bem-Bem Barbosa deu de cara com o compadre Nonô Cruz que para trás de muito tempo tinha sido cometa de uma firma de panos e carretéis em Sapucaí do Barro Vermelho. Conversa foi, conversa veio, Nonô quis saber como andava a comadre Anerbina Barbosa:

— Como vai a obrigação, compadre Barbosa? Ainda é muito dada a comer grumixama e jabuticaba?

Bem-Bem tirou o chapelão de pegar boi à unha, transitou o lenção pela testa e aninhou na orelha do compadre Nonô Cruz o seguinte pé de conversa:

— Desmanchei o compromisso. Nunca que botei sua comadre em estado de nove meses. Perdi para mais de vinte barrigas. Anerbina empanzinava, empinava o umbigo, mas tudo em rebate falso. Menino para cueiro é que não vinha a furo. Comprei um livro de safadeza e até seus corredores de baixo joguei na mão de doutor de preço, coisa que um Barbosa nunca fez em derredor de duzentos anos, por ser uma sem-vergonheira de fazer meu finado bisavô Pantaleão espumar na sepultura. Sem poder largar um Barbosinha no mundo, deliberei desatar o casamento e remeter dona Enervina, sem o Barbosa, para o sertão do pai, reforçada de dinheiros do Banco Hipotecário e mais a terça parte dos meus herdados.

E na despedida, com a mão mateira na mão de vender chitas de Nonô Cruz:

— Pois é, compadre. Fui muito infeliz de virilha.

Ferreira Alves & Cia. vai para o céu

E na primeira visita que realizou ao túmulo do marido, um certo Manuel Ferreira Alves, natural dos campos e águas de Trás-os-Montes, dona Joaquina olhou para um lado, olhou para outro e falou bem junto do retrato dele perto da aba esquerda do bigode do pranteado:

— Bem que te avisei, Ferreira. Bem que te disse que o dr. Botelho Santos estava de olho em teus teres e haveres. De receita em receita, de pozinho branco em pozinho branco, tu foste recambiado para o céu. Enquanto isso, o dr. Botelho ficava com a Panificadora Duas Pátrias, com a tua casa de Nova Iguaçu, com a tua bicicleta de quatro espelhos e mais esta tua mulher que sou eu. Mas fica sossegado, Ferreira, que teus negócios na mão do dr. Botelho vão de vento em popa. Vais ter um lucro enorme no fim do ano.

Tarde demais e Inês é morta

Leu a carta chegada de Lisboa, tossiu sua tossinha de cemitério, foi ver a cara no espelho e disse:

— Chegou tarde!

Era Rebordão Castanheira e a vida toda sonhou com os altos-relevos das damas em noites de braços macios. Tudo isso na camaradagem de bifes impulsionados a vinhos de preço. E cinquenta anos passaram sem damas, sem braços, sem vinhos. O que Rebordão Castanheira teve em quantidade de encharcar foi papel para despachar em sua pobre mesa de amanuense da Inspetoria de Águas. Foi humilhado e ofendido. Aturou diretores e subdiretores que falavam com os pés. Certa ocasião, por causa de uma vírgula, levou um montanhoso bofetão. E ao querer casar com a menina Peralgina, filha de um reles chefete de seção, teve o pedido indeferido a socos. Foi para Catumbi com o nariz de Rebordão Castanheira e voltou com nariz de ananás. E o chefete, na sua porta de Catumbi:

— Vai descer em outro terreiro! Vai casar com a mãe!

Ao dar baixa na Inspetoria de Águas, depois de uma papelada de trinta e cinco anos de tamanho, Rebordão era um caco. Por ele haviam passado mágoas e fomes. Vivia por procuração, nos braços dos remédios. Diante de um carro de enterro sem defunto tinha muita vontade de levantar o espeto do braço e dizer:

— Táxi! Táxi!

Releu a carta em que um advogado de Lisboa comunicava, em termos de discurso, que o tio Joaquim Castanheira, duas quinzenas antes de empacotar, havia feito dele herdeiro de todos seus teres e haveres, coisa de monta, com vinhedos, dinheiros em banco, apólices, dividendos, cachos de casas, uma por cima das outras. E Rebordão aos cacos, com a alma partida ao meio. Parou diante do espelho e voltou a dizer:

— Chega tarde.

Pegou a carta e foi olhar a rua. Chovia uma chuvinha triste, em jeito de adeus. Pela janela da Pensão Santa Rita, Rebordão viu passar, ao abrigo do guarda-chuva, aquela geleia contida em suas tremuras pelas calças justas de uma menina bonita, uma certa Lúcia Teresa que morava na esquina. E Rebordão para Rebordão:

— Passa tarde, já fora de hora.

Amassou a carta, jogou seus dizeres no lixo e largou no papel esta resposta para o doutor de Lisboa:

> Lamento informar a V.S.ª a que o amanuense Rebordão Castanheira faleceu há vinte anos. O que restou dele foi um Rebordão em cacos, sem preparo para arcar com tanta herança junta.

Datou e assinou. E voltou para a janela da Pensão Santa Rita de modo a olhar a chuva que caía triste como um amor perdido.

Como subir na vida pela escada do revólver

Quando Ornebaldo Pestana soube que dona Dorodela Pestana não era firme em assuntos de fidelidade, só teve uma ideia:

— Mato o desabonador de minha honra. Na hora! Com dez tiros na boca!

E ao constatar, por provas e mais provas, que Dorodela praticava coisas de travesseiro com o dr. Ribamar Leivas, comprou um revólver deste tamanho! E já entrou em casa em feitio de notícia policial. Mas chegou para saber pela esposa da grande novidade. Dorodela, esfregando as mãos, contou ao marido a proposta do dr. Leivas:

— Pediu segredo. Mas vai te dar um cargo de diretor da Companhia de Anilinas São Pedro. Coisa de importância, com secretária bonita e telefone às ordens. Vai ser sortudo assim na China!

De noite, de barriga para cima e falando para o teto, na paz da cama, Ornebaldo disse de um ouvido para outro:

— Não tem nada como um bom pau de fogo para fazer o sujeito subir na vida. Não tem!

E dormiu feliz. De cabeça limpa.

Quem souber o paradeiro de Lili Reis mande notícias

Sucedeu que houve um festão de cinco andares em Cajueiras, cidadezinha de muito bom proceder, católica de são Jorge e são Tomé. A distinta sociedade bebeu tinas de quentão e mastigou vários bois de corte. E no sair da lua, na hora dos rojões, um certo Lili Reis segurou numa cauda de foguete e subiu. Procuraram Lili no céu e no barro. E nada de Lili aparecer, motivo pelo qual o semanário de Cajueiras, o bravo e sem medo *Avante*, estampou anúncio para saber o paradeiro do sumido Lili. Neste estilo de renda de bilro:

> Dá-se dois bois do Piauí, de grande apuramento, a quem der notícia de um tal de Lili Reis, que com parte de subir em rabo de foguete, todo metidinho a aeroplano, arrebanhou a féria da prefeitura de Cajueiras, bem assim como seus competentes livros e carimbos.

Verbos e gerúndios pela ponta dos dedos

O mestre Zeferino Moscoso recordando, na porta da Colombo, seus heroicos tempos de professor de gramática em Crubixais do Alto:

— Aquilo é que era educação! A gente largava a palmatória na meninada de sair verbos e gerúndios pela ponta dos dedos. Os mestres tinham o apoio dos pais. Chiquinho Cravo, que depois foi deputado e senador, aprendeu gramática com meia dúzia de aulas de palmatória. Antônio Barbirato, filho do desembargador Barbirato das Neves, na primeira cacetada que levou na raiz do ouvido desmaiou. E quando voltou do desmaio estava falando francês. Aquilo é que era ensino! Hoje, com essa mania de modernismo, o negócio virou da cabeça para os pés. O mestre agora apanha dos alunos. Um colega meu do Educandário Afonso Pena levou uma cabeçada tão ferina que ficou três dias sem fala. Quando recobrou a voz foi para gritar pela progenitora e pedir aposentadoria. Não falando no caso do dr. Penedo Riscado. Pegou tanto bofetão nas bochechas que botou pela boca *Os lusíadas* de Camões, fora outras obras de pequeno porte. Por essas e outras é que deixei o ensino. A gente amassa um aluno e vai preso. Só porque retirei do seu devido lugar um par de orelhas, levei processo, fui destratado pelos jornais e comi o pão que o diabo faz em sua padaria de desgraças. Ensino, nunca mais!

O alisador ou a missão fracassada do soldado Tatão Ramos

Trecho do relatório que o delegado Gontijo dos Santos, de Guaxindi da Boca do Mato, remeteu aos escalões superiores:

> Vai de meio semestre para cá que esta jurisdição criminal foi tomada pelos desregramentos de um indigitado que deixa, nos escritos que escreve, o nome de Chico Alisador, cuja astúcia principal consiste em escamar, no sono da madrugada, pernas e demais naturezas das meninas e damas em suas alcovas. Anda com pé de paina e some em feitio de vento. Para dar cobro a tamanho despautério, montei armadilha especial na pessoa do soldado Tatão Ramos que vesti da roupa mais fina e a cara dele empapei das pomadas mais custosas dos armarinhos, foramente uma cabeleira postiça que angariei no comércio de Ubá. Assim, em jeito de moça, de salto alto e bolsa no dedo grosso, foi Tatão dormir na casa das meninas Frazão, muito apreciadas pelos altos avantajados com que a natureza municiou seus respectivos amassadores de cadeira, coisa de ser vista no longe do olho nu. Rebocadas as meninas para lugar seguro, ficou Tatão fazendo as vezes delas e bem não tinha

apagado a vela já o desnaturado era chegado, pelo que submeteu o dito Tatão a trabalho de escamação que começou na boca da noite e saiu pelo gogó da madrugada, sem que o descompetente deitasse mão nele. De manhã, sabedor do sucedido, inquiri Tatão em modo autoritativo, reprovando seu pouco-casismo e suas desconsiderações para com a Polícia Militar. Respondeu fora dos regulamentos, afiançando que de uma boa alisação ninguém nunca que podia escapar. Nesse ínterim, o nojento indivíduo passou pelo quarto de mais cinco moças e quatro viúvas, de não escapar nem a velha Dodó Reis, que já atravessou cem anos só de fazer licor de jenipapo. Na hora que intimei a dita Dodó Reis para falar no inquérito, veio com gritos e impropérios asseverando que não era pior do que as outras e até que o noturno sujeito louvou seu serviço de joelhos e partes além. Diante disso, não tem mais velha nesta jurisdição criminal que não queira dormir de janela escancarada, pelo que tive de reforçar a ronda. O pior é que essa mania contaminou até o pessoal do comércio de Guaxindi da Boca do Mato, havendo muito negociante maluco da cabeça para ser passado pela mão do indigitado Chico Alisador. O sacristão Lilico Alvarenga não quer outra coisa e até o tal do paletó lascado ele já adquiriu, o que é uma sem-vergonhice em sujeito com responsabilidade de missa e batizado.

Um quilo de espírito público, por favor!

Calixto Peixoto, funcionário de pequeno porte de Bela Cruz do Cariré, depois de devastar duas garrafas da famosa Vai em Frente que é Mole, desandou em confidências. Com o ouvido do seu compadre Gervão de Sousa às ordens, passou a dizer:

— Não tem, Gervão velho, coisa mais calhada para abrir as verdades da gente do que uma talagada de cachaça. O sujeito fica liberado de tudo. Sem aguardente na entranha não passo de Peixotinho dos Impostos, mais serviçal que um capacho. Nas minhas águas, sou outra prosopopeia. Sou Peixotão das Mulatas, dr. Calixto de Sousa e Athayde com ipsilone! Com ipsilone, compadre Gervão! Que diz na cara do prefeito Zacarias do Monte que ele não passa de um ratão velho, que só não leva a pedra fundamental da prefeitura para casa porque está muito enterrada no barro. Sem calibrina, no meu natural mentiroso, digo o contrário, sou serviçal de tudo que é graúdo da terra. Até artigo de louvor andei derramando nas colunas da *Comarca* quando esse animal de tração que é Zacarias do Monte inaugurou quarenta anos de furtos e roubos na jurisdição de Bela Cruz do Cariré.

Lhe digo uma coisa, compadre Gervão, se baixar nesse ninho de Ali-Babá uma inquirição do governo, não fica ninguém do lado de fora. Entra todo mundo. Vai ser um processo de cem metros. Vão ter que mandar vir reforço de papel até do estrangeiro, que o nacional não vai dar. E eu entro também, compadre, porque nas horas vagas, na hora em que não estou bebido de gambá, meto a mão nos impostos, que não sou besta. Já trabalhei muito pelo progresso do município. O que eu quero agora, amigo Gervão, é tirar proveito do meu reconhecido espírito público. Fazer como o compadre muito bem fez quando era gerente da falecida Fábrica de Tecidos União. Dilapidou a firma de alto a baixo, de não deixar uma chita para ninguém. Viva o compadre Gervão!

Uma questão de vida ou de gravata-borboleta

O moço Abreu Pestana montou, na rua da Imperatriz, banca de doutor em leis, chegado do Rio e aparelhado para defender, no civil e fora do civil, qualquer causa por mais pau-com-formiga que fosse. Era em São Félix, cidadezinha que vivia a bem dizer das tetas de suas vacas e com orgulho apregoava ter o melhor queijo em cem léguas em derredor. Era branquinha de leite, com jardim de passear e igreja de rezar. O dono de toda essa ostentação morava no beco do Cravo, em casarão que vinha do mais recuado antigamente, o major Leleu Calaça. Valia o major por um saco de surucucus. O povo, contaminado de susto, passava diante de sua varanda em jeito de vírgula, cabeça rebaixada, quase na ponta do pé. Mas o moço Abreu Pestana, doutor novinho em folha, deixou de lado a fama do major e aceitou cobrar umas contas muito dormidas dele. Quando, no meio da barba, no Salão Royal, Pestana asseverou que ia demandar contra o major Leleu Calaça, o barbeiro, navalha no ar, parou o seu escanhoar. E recuando:

— Virgem mãe! Não cometa tal dislate.

Mas o doutor cometeu e ganhou. O major teve que pagar tudo na boca do cofre, sem um ai, sem um gemido. Na asa dessa vitória a coragem do moço inchou. E inchando, mandou fazer tabuleta que colocou no consultório da rua da Imperatriz. A tabuleta ria por cima desses dizeres:

DR. ABREU PESTANA ACEITA TUDO
QUE É CAUSA. MESMO CONTRA O
MAJOR LELEU CALAÇA

O enterro do moço veio logo em seguimento. Tempos depois, em conversa de varanda, o major afiançou que a morte do doutorzinho não teve raiz na demanda da Justiça nem no desaforo da tabuleta. Foi motivada por falta de respeito. E clareando a dúvida:

— Onde já se viu um sujeito aparecer em São Félix com aquela sem-vergonheza dependurada no pescoço, hein?

A sem-vergonheza era uma gravata. A gravata-borboleta do doutor.

Na asa do último gás

Manequinho Alves chegou no Pavilhão Americano e ofereceu os préstimos do anão Jonjoca-Meio-Quilo, o maior saltador de altura de Sapopira do Sul. Diante da cara espantada do diretor do estabelecimento, não acreditando no salto do nanico, Manequinho reforçou a proposta com esta explicação:

— Salta mais que macaco em roça de milho. Já disse e repito. Salta mais que o vento, mais que cabra e cabrito. Só que tem um porém para esse serviço. A gente, para fazer o preguiçoso pular, tem que dar um cacete firme no tendão do pé do sem-vergonha. Aí, meus senhores, Jonjoca é anão de pular os mais altos panos dos circos de cavalinho. De uma ocasião, em Urubá, acertaram uma paulada tão danada da vida em Jonjoca que Jonjoca subiu pela torre da Igreja Mãe dos Homens e já ia ganhando o fofinho de uma nuvem quando a cacetada perdeu as forças e Jonjoca teve de voltar na asa do último gás.

Diante de tão claros argumentos, o anão foi contratado. Com Manequinho Alves na proa e mais dois ajudantes de cacetada na popa.

Amor de contabilista em carta comercial

Carta de despedida do contabilista Sabugosa de Castro a Belinha Guedes, moça de prendas domésticas de Jundiá dos Pilares:

Prezada senhorita:

Tenho a honra de comunicar a V.S.ª que resolvi, de acordo com o que foi conversado com seu ilustre progenitor, o tabelião juramentado Francisco Guedes, estabelecido à rua da Praia, nº 632, dar por encerrados nossos entendimentos de noivado. Como passei a ser o contabilista-chefe dos Armazéns Penalva, conceituada firma desta praça, não me restará, em face dos novos e pesados encargos, tempo útil para os deveres conjugais.

Outrossim, participo que vou continuar trabalhando no varejo da mancebia, como vinha fazendo desde que me formei em contabilidade em 17 de maio de 1932, em solenidade presidida pelo Exmo. Sr. Presidente do Estado e outras autoridades civis e militares, bem assim como representantes da Associação dos Varejistas e da Sociedade Cultural e Recreativa José de Alencar.

Sem mais, creia-me de V.S.ª, patrício e admirador,

Sabugosa de Castro

De como o tabelião Sá Barbalho lavrou a ata do Descobrimento das Américas

E de repente, na sala do Cartório Raul Pimenta, o tabelião Ludovico de Sá Barbalho estancou a pena no meio de uma lavratura e disse com voz de mar alto:

— Comunico e participo que de hoje em diante não sou mais o tabelião juramentado de Crubixais do Rio Novo. Sou Cristóvão Colombo pela vontade de Deus e do rei. Amanhã lavrarei a competente ata do Descobrimento das Américas.

Estava maluco. E no dia seguinte, que era domingo, toda Crubixais do Rio Novo viu o tabelião Barbalho sair em passo de 12 de outubro e ganhar a rua das Flores. Levava embaixo do braço uma luneta e na cabeça um chapéu de almirante. Quando chegou na praça da Matriz, gritou em feitio de escritura pública:

— Ao mar!

Como não havia mar em Crubixais, Barbalho navegou mesmo em seco e em seco ancorou a caravela na porta da Barbearia Central. Os filhos, com seu compadre Juquinha Azambuja na frente, correram para desencalhar o barco do velho Ludovico de Sá Barbalho. E mansamente bordejaram pelo fundo da praça da

Matriz de modo a colocar o tabelião em águas de casa. Na soleira da porta, antes de entrar, Barbalho voltou a gritar:

— Sou Cristóvão Colombo vitalício do que não abro mão nem faço acordo!

Loucura pega de galho. E tanto pega que houve um derramamento de doido em Crubixais. Um era pajem do rei, outro nobre da Corte e outro ouvidor-geral. Quando o dr. Sabugosa Leitão, circunspecto juiz da comarca, que não ria nem brincava com ninguém, veio de Rui Barbosa, careca e de pincenê, o tabelião Barbalho deixou no mesmo instante de ser Cristóvão Colombo. Reuniu o pessoal graúdo e avisou:

— Deu tanto maluco em Crubixais que alguém, meus senhores, deve ser o juiz. Comunico e participo que de agora em diante sou o dr. Sabugosa Leitão.

E desandou a despachar os processos em pauta. Com muito acerto e competência.

Se escapar do médico morre na farmácia

Trecho da carta que Baltazar Meireles mandou para seu bem-querer a doméstica Anita Feitão:

> Nitinha, deixei o ramo de caixeiro de armarinho para entrar na carreira de papa-defunto. Com os médicos de Cachoeira do Timbó é o negócio mais progressista do momento. O dr. Castrinho Quintanilha não perde um caso — manda todo mundo para cova de cemitério. Doente que bater em sua mão não atravessa a segunda receita. Fico de olho no padecente que entra em seu consultório. Trato logo de tirar a metragem do caixão dele, bem assim como providencio as competentes coroas. Quando o pobre escapa da unha do dr. Castrinho morre nos aviamentos das receitas da Farmácia Moderna onde Tadeu Ramos, sócio da Funerária Boa Esperança, exagera nos ingredientes ministrados. Só em passar por perto das poções e sanativos de Tadeu Ramos o patriota fica adquirido de tonturas sem fim. Astuciou um tal Vomitório Três Marias de fazer Chiquinho Novais remeter para fora coisa de não ter cabimento. Veio pela boca de Chiquinho até o relógio que estava no bolso da calça. Em Cachoeira do Timbó não tem escapatória. Adoeceu, morreu.

Herói posto a pique

Entrou em casa, fora de hora, com o chapéu de dois bicos, feito de jornal. E antes que dona Licovina Guedes, professora de letras, abrisse o gramofone, Agartino, funcionário da Secretaria de Obras, bateu os calcanhares e avisou:

— Respeito comigo! Sou almirante. Não escolhi ainda qual deles, Tamandaré ou Pedro Álvares Cabral. Amanhã delibero.

Levou pela caixa dos peitos a maior cadeirada de São João do Alto. E dona Licovina para as amigas e vizinhos que vieram ver o montão de destroços em que ficou transformado o amanuense Agartino Pereira de Sá Feliciano Guedes, seu marido:

— Depois que recebeu, de brinde, uns almanaques ilustrados, o sem-vergonha deu para aparecer em casa, alta noite, encarnado neste ou naquele figurão. Só de Napoleão Bonaparte veio três vezes, fora outras miudezas, como mocinho de fita de cinema e equilibrista de circo de cavalinho. Fui relevando. Até que agora o sem respeito apareceu de Tamandaré e Pedro Álvares Cabral. Achei que era ofender o Brasil, pelo que acabei com a prosopopeia dele a poder de cadeiradas.

De fato, o corretivo da mestra de letras foi tão desmontador que Agartino só acordou no rabo da semana. Enjoado, com maresia na boca, falou sozinho enquanto botava a língua para fora, diante do espelho:

— Fui a pique!

Porretada nos ipsilones da confraternização geral

E na partida de confraternização entre a brava equipe de Limoeiros e a não menos brava equipe de Jacarezinho, teve tanto pau que foi um desperdício. Serenado o comício de cacetadas, o delegado Joaquim Azeredo, mais conhecido como Azeredão das Mulatas, remeteu para as autoridades superiores este breve, mas equilibrado relatório:

> Tudo adveio por causa de um treze-de-maio, mulatão do time visitante, teimou em jogar municiado de costeleta avançada. O pessoal embirrou com a costeleta dele, pelo que foi o dito utensílio extraído a poder de dente de alicate. Mas o piormente vinha vindo mais adiante, quando o pessoal visitante, sem a menor respeitoria pelo povo de Limoeiros e suas competentes autoridades, deu de enfiar gol no cangote de gol. Aí, com justas razões, o povo do distrito deixou de banda as boas educações e largou porretada de fundir os ipsilones da dita confraternização, que foi coisa de sair nas gazetas. Como autoridade competente, responsável pela zelação da tranquilidade pública, fiquei de lado, assuntando tudo para no

adiante relatar, de modo equilibrado e justicialista, o que houve e que não houve. Mesmo assim, para não deslustrar o cargo e honrar a nomeação do governo, dei um par de tiros nos assentamentos de um sem-vergonha de um bandeirinha e soltei um batuta de um rabo de arraia num sujeitinho frajola, metido a falar dificultoso, que vim a saber, em conversa de mais tarde, ser o orador oficial do povo visitante. Enfim, nem tudo foi deslustração e vexame na confraternização de Limoeiros e Jacarezinho de São Pedro. Dona Escolástica de Araújo levou uma bolachada tão bem lavrada naquela cara de fogão a gás que aprendeu a andar de bicicleta.

Morra agora e pague depois

Era papa-defunto de nome antigo: Diogo Serapião. Atuava no varejo dos caixões, entre Lapinha e Mirassol. Ao saber que um certo Apolôncio Ferreira estava embarca-não-embarca, vestiu a roupa de guerra e partiu para a casa do aspirante a defunto. Com olho de catacumba, foi serviçal, foi prestativo. Ficou na cabeceira do empanzinado dois dias e duas noites. Pagou até despesa de bebida e biscoitos de araruta. Estalava os dedos e dizia:

— Defunto meu passa bem. Tem de um tudo.

E dando Apolôncio com o dinheiro em caixa, chegou a medir, no escondido da noite, o tamanho dele com seu metro defunteiro. E para ganhar tempo, providenciou caixão de madeira especial, que Apolôncio era graúdo de não ter, para pronta entrega, o número de seu envelope. O diabo é que Apolôncio, que estava na beira da cova, fez força, tomou poções e novo alento tomou. E do novo alento para a saúde a todo pano foi um pulo só. Os parentes de Apolôncio respiraram aliviados:

— Arribou! Está como nasceu.

Aí o papa-defunto danou. Disse que era um desaforo. Como é que Apolôncio, sujeito de respeito, aposentado dos Portos e Canais, fazia um papelão daquele tamanho! E de dedo na cara do esbranquiçado Apolôncio:

— Ademais, já mandei cortar a madeira. Seu caixão ficou uma teteia, de não existir coisa melhor em derredor de trinta anos. Lhe digo, seu Apolôncio, que faz a maior besteira da vida não morrendo agora.

Uma batelada de braços e pernas veio em socorrência do doente Apolôncio. Como Serapião sentisse murro a bordo, escapuliu para a rua. E do outro lado da calçada, de olho forrado das mais negras mortalhas, avisou:

— Me paga, caloteiro! Da outra vez eu cobro tudo. Não vai ser como agora, enterro facilitado. Cravo na conta até o teu último suspiro.

E negro como um urubu sumiu na noite escura.

Mágico de pequena extração não chega a pássaro azul

Era mágico de pequenas extrações, era Lilico Alves, de circo mal pago e esfarrapado. O mais que Lilico fazia era tirar cambaxirras da cartola. A maior noite de Lilico aconteceu no Pavilhão Mexicano quando conseguiu retirar do bolso do paletó uma bandeira do glorioso estado do Maranhão e dentro dos panos dela dois mimosos pombos dourados. Sem saber o que fazer com a própria mágica, Lilico recolheu a cartola ao Hotel Oliveira de Santa Maria de Assunção. Subiu para o quarto meio cabreiro, sem acreditar no que fez no céu do Pavilhão Mexicano. E na calma do aposento, sem olho de ninguém que ver, Lilico repetiu a mágica e de novo apareceu aquela bandeira enorme puxada por quatro pássaros que voavam em anil. Espantado, Lilico meteu a cabeça entre as mãos e disse baixinho de Lilico para Lilico:

— Virgem Nossa! Que deu em mim?

Era o maior mágico do mundo, coisa nem nunca existida nas feitiçarias de são Cipriano. E no meio do quarto, como prova dos nove, fez de novo funcionar seu saco de maravilhas. Meteu a mão no bolso, como fazia nos circos mambembes, para ver que nova invenção saía. E na ponta do seu gesto nasceu um arco-íris do mais lindo acabamento. Gente parou na rua, diante do Hotel Oliveira, para admirar aquela derramagem de cores na noite de Santa Maria de Assunção. Foi quando Lilico Alves, balançando a cabeça, viu que seu ofício de mágico estava no fim. Pensou:

"Ninguém nunca que vai acreditar que faço essas prosopopeias. O povo vai cuidar que sou pregador de mentiras."

E dependurou, para sempre, à cartola de extrair pássaros azuis.

Sonho também pega fogo

E Nequinho Gomes, vendedor ambulante em Capoeiras de Andaraí, ficou tão esquentado com a conquista da Lua que comprou vinte rojões, amarrou todos eles num cabo de guarda-chuva com um gato no comando. E contente da vida:

— É o comemorativo de Nequinho Gomes em homenageação aos aeroplanos que andaram na tal da atmosfera.

Bebeu de gambá, acendeu uma tocha e rumou para o ninho dos rojões. Mas, trocando as bolas, ficou no lugar do gato e acendeu o pavio. E se deu aquele estrondo. Os rojões, de rabo quente, saíram soltando escamas de fogo e no meio deles, todo dourado, seguia Nequinho Gomes. Foi cair num alagado onde só foi desencravado a poder de muita corda e pá. Frase de Nequinho misturada com lama:

— Quando já estava nascendo asa no meu sovaco, veio o fogo do rojão e incendiou tudo!

Surucucu de *Diário Oficial*

Abriu o guarda-chuva e apertou a gola do paletó surrado por anos de naftalina e vencimentos curtos. E deslizou as botinas de funcionário interino pela rua das Marrecas. Nome do guarda-chuva e do paletó avacalhado: Badenes Gurjão de Sousa. Um monte de anos de humilhações e espinha baixa. Louvações aos senhores diretores-gerais: "A nomeação de Vossa Senhoria é um dos atos mais felizes deste feliz governo". E ouvia a língua de cobra de Bessa Pereira do Serviço do Pessoal avisar:

— Cuidado com o artigo 23! Não tem interino que resista.

De uma feita, soltaram esse cão danado do 23 em plena Divisão do Orçamento. Espirrou interino até pela folga das janelas. A viúva Andrelina de Sá, além de perder um cordão com o retrato do saudoso Albernandes de Sá, ficou desfalecida por meia quinzena. Quando voltou a deliberar, disse que era a princesa Isabel e desandou a decretar a abolição da escravatura. O que fez o dr. Ribas de Castro asseverar enquanto dava corda no relógio de prata:

— O 23 quando não mata deixa pelo menos de caxumba.

Badenes parou diante de uma banca para ler os jornais que abriam a boca contra os interinos:

> Degola para os funcionários sem estabilidade! Cada repartição deverá remeter, dentro de trinta dias, a relação dos servidores interinos que deverão ser dispensados.

Badenes recuou como se levasse uma pancada. Engraçado! Todo governo que subia só amamentava um objetivo: salvar a pátria em cima dos interinos. Badenes explodiu por dentro:

— Cachorros!

Nisso, um relógio avulso atirou nos ouvidos de Gurjão a hora certa: dez e meia. Apertou o passo. Não podia entrar depois das onze. Era dia perdido. Já ouvia até a voz de livro de ponto de Bessa Pereira do Serviço do Pessoal:

— Seu Badenes, olha o 23! O 23 é de fundir os tímpanos.

Atravessou a rua Santa Luzia, pegou um táxi e desceu, por uma nota de dois mil-réis, na porta do Fomento Agrícola. E rápido, em passo de estirar as virilhas, afundou o paletó surrado e o guarda-chuva barato por salas e corredores. Nisso, no cotovelo de um corredor, esbarrou em distinto cavalheiro que vinha muito apressado no comando de uma fieira de senhores de óculos e papéis na mão. Os óculos do cavalheiro apressado vacilaram e caíram. Uma voz, aflita, pediu:

— Deixa, senhor ministro, que eu apanho.

De relance, o pobre Badenes contou meia dúzia de sujeitos de gatinhas que fuçavam o assoalho em busca dos óculos do senhor ministro. Confusão total e acabada. Relatórios saíam do fundo das gavetas e processos criavam asas em socorro de S.Ex.ª. Um magrinho, que trabalhava no Almoxarifado, empinou as veias do pescoço e soltou este guincho informativo:

— É o Badenes Gurjão. É interino. Quebrou os óculos do senhor ministro. Logo os óculos de despachar com o senhor presidente da República. Que atrevimento!

Badenes pulou a primeira janela que encontrou, ganhou a rua e abalou por dentro da chuva. E atrás de suas botinas furadas, como cachorro danado, aquele vozeirão que escorria pelas portas, janelas e fendas do Fomento Agrícola:

— Pega! Mata! É interino! Solta o 23 na canela dele. Solta!

Amor imortal morre de tarde

De tarde, ao dobrar uma esquina, aquele encontrão. Mercedes Pires nem reparou nele, que foi sua grande paixão. Aniceto de Castro, o Castrão das Rendas Aduaneiras, também em Mercedes não reparou. Esteve na curva de 1922, a pique de meter uma bala no casco pela beleza em flor de Mercedes. E Mercedes, pelo bem-querer de Castro, quase abriu os pulsos com uma faca de cortar mortadela. Do talho aos jornais era pulo de periquito. E até imaginou o berro das manchetes: "Linda moça de Cordovil morre por um amor impossível". Mas entre o tiro que não houve e a faca que não cortou, a folhinha da parede desfolhou quarenta bem passados anos. E de repente, na dobra de uma esquina, aquele esbarrão. Castro nem reparou em Mercedes. Falou para dentro, para o ouvido de seu suspensório:

— Uma ilha desta tonelagem devia andar no meio da rua, com placa de caminhão nas costas. É páreo para ônibus e não para gente de calça e botina.

Mercedes também não reparou em Castro. Falou sozinha:

— Cada tipo esquisito! Parece, de tão gordo, que está esperando criança. Se tivesse espelho em casa devia reparar que aquela sua cara de engomador elétrico não pode usar óculos nem costeleta. É cara para tomada de parede.

E assim um passou pelo outro. Perdidos na distância de quarenta anos.

Do purgativo saiu uma borboleta

Como Juribocas da Várzea, muito atochada de reumáticos e tosses de vento encanado, carecesse de um prático em farmácia, contrataram, em Caldas do Cipó, um certo Zito Pereira, que pisou a rua da Aurora com fama de quase doutor ser. Era rindo pelos dentes de ouro que o prático Pereira, de palito desabado no beiço, apregoava na porta da Farmácia Andaraí:

— Tive de largar o curso das medicinas na quarta parte. Não fosse esse tropeço, era doutor com placa na porta, que instrução levo muito mais que muito médico de canudo registrado.

Em cima dessa sabença desandou a receitar, por conta própria, pílulas e calomelanos. Um dia errou o aviamento de uma receita de deixar, por meio mês, de fio a pavio, o juiz de paz Arcanjo Aragão com uma desordem de barriga nunca vista. Tão grande e estrondosa foi que a vizinhança, não resistindo às proximidades de Aragão, mudou de casa. O barbeiro Quinquim Santarém fechou as portas do Salão Chic e colocou num prego o seguinte aviso:

Na porta da botica, de óculos na ponta do nariz, Pereira explicava:

— É remédio de descarrego. O juiz vai sair mais limpo da entranha que menino novo.

Quando Aragão, fino de palito, escapuliu das garras do remédio de Zito Pereira, mandou o seguinte telegrama para um seu compadre da Bahia: PEÇO REMETER URGÊNCIA MAIOR PURGATIVO DE CAVALO ENCONTRAR NA PRAÇA PARA SALVAR VIDA BOTICÁRIO ZITO PEREIRA. O remédio, uma coisa pavorosa, chegou com brevidade e com brevidade sumiu pela garganta de Pereira. Passado por ele, o prático em farmácia ficou tão fino que virou borboleta. Pegou um vento de mau jeito e morreu.

Prosperidade de curto-circuito

Bilhete que Tomé Arcanjo, vendedor de máquinas agrícolas em Guaxirim da Serra, mandou para o primo Abelardo Seabra:

> Primo Seabra, a praça de Guaxirim é boa, tudo negociante de relógio de ouro na barriga que paga na boca da entrega da mercadoria. Cuido que vou acabar tomando estado em Guaxirim com moça de uns turcos entranhados em comércio de panos, uma família muito distinta, com três incêndios nas costas, todos três garantidos pelo seguro. No quarto fogo, que não vai demorar a ter, pois já botaram o estabelecimento a salvo de corisco e curto-circuito, eu caso, que nessa altura o fogo já consolidou o prosperismo deles e a menina do meu xodó, além de possuir alisador de cadeira de fino trato, já deve ter o baú da herança mais que cheio. E nesse entrementes, primo Seabra, vou lendo *O manual do orador moderno* e fazendo gargarejo com chá de melão-de-são-caetano que é beberagem muito apropriada para limpar o gogó e abrir a voz do patriota, uma vez que pretendo angariar o cargo de vereador de Guaxirim da Serra na próxima demanda do voto.

Neco Azambuja exonerado do copo de família

E ao saber, por voz de confiança, que Neco Azambuja dava vazão ao seu bandalhismo desatarraxando, a poder de beijos, a boca e outras partes das meninas dos teatros do Rio de Janeiro, o comendador Fortunato Peçanha, tesoureiro da Santa Casa de Misericórdia de Aroeiras do Queimado, cuspiu de nojo e asseverou:

— Na minha casa o compadre Azambuja não bebe mais água em copo de família. Vou mandar comprar vasilha especial para aquele beiço contaminado.

A cidadezinha de Aroeiras, que dormia de camisola e de touca, logo acompanhou o comendador nas medidas saneadoras contra o beiço nefasto de Neco Azambuja. E assim nasceu e cresceu em Aroeiras do Queimado o copo da sem-vergonhice. O copo de Neco Azambuja.

Bode velho pede capim novo

Cincinato Pereira, em cima de seus colarinhos de ponta virada, sempre de preto, dos óculos aos confins da botina, almoçava e jantava provérbios. Não comprava o mais velho carretel de linha no Bazar Duas Pátrias de Santo André de Macabu sem deixar no balcão sua fatia de Marquês de Maricá. Se acordava tarde, com o sol a todo pano, logo dizia enquanto colocava os suspensórios:

— Mais vale quem Deus ajuda do que quem cedo madruga.

Nunca suas botinas pisavam salão ou saleta de festa. Recusava os convites na jurisprudência deste provérbio:

— Boa romaria faz quem em sua casa fica em paz.

Era professor de letras redondas e passava por homem de ricas prendas. Não ria porque "muito riso pouco siso". Não andava depressa porque "quem corre cansa". Não falava muito porque "em boca calada não entra mosca". Na chegada da revolução de 1930, em Santo André de Macabu, o povo recorreu ao serviço do professor de modo a parlamentar com a tropa do tenente Juruá de Melo que vinha na ponta dos cascos, na proa de dois canhões e cinco metralhadoras. Cincinato aceitou a missão com um provérbio:

— Quando o pé de vento vem feio e forte é melhor ficar do lado do pé de vento.

Vestiu o terno de cerimônia, espanou os óculos e aderiu ao tenente Juruá. Em cima do bom senso deste estilhaço do Marquês de Maricá:

— Contra a força não há resistência.

E embrulhado na bandeira que diz que "o coração não envelhece", os sessenta e nove anos de Pereira, uma noite, abalaram a cidadezinha de Santo André de Macabu com novidade de seu casamento contra a menina Ritinha Barbeitas, moça tenrinha em idade, mas com um par de possuídos que fazia o povo sem brio de Santo André parar e olhar para trás. Cincinato também olhou para trás, gostou e casou. Do alto de um provérbio:

— Moça nova, marido sisudo.

Dois meses andados, no esforço de subir e descer as ladeiras e curvas da menina Ritinha, o professor sentiu fina agulhada no peito, arregalou os olhos e pediu padre. E antes que a morte viesse, enquanto alisava os torneados e partes afins da esposa, deixou escapar seu último Marquês de Maricá:

— Bode velho pede capim novo.

E fechou o pasto.

Arobaldo Seabra passado a limpo

Uma cooperativa de sujeitos ofendidos, namorados e maridos, aplicou em Arobaldo Seabra uma coça de primeira página de jornal. Medicado, posto de novo em tráfego, Arobaldo procurou as autoridades de Codozinho da Serra para os seguintes esclarecimentos:

— Vou mandar dinamitar as costeletas e o competente topete, que essas duas guarnições de minha cara só têm carreado aborrecimentos para meu viver de alfaiate com dez anos de tesoura e agulha. Dá-se que o mulherício de Codozinho, onde tenho oficina montada, é lelé da cabeça pelo meu topete descaído na testa. Desta data para a frente juro que vou fazer uma limpeza geral em minha figuração. Vou dar de usar cabelo militar, cara raspada de padre, terno de negociante da rua do Comércio e adotar na boca o tal do charuto. Quero ver que sem-vergonha de mulher vai aguentar Arobaldo Seabra de charuto de gambá e cabelo de sargento da Polícia Militar!

Os sonhos canalizados de Nonô Cunha

Nonô Cunha, negociante da praça de São José de Pipeiras, dono do Bazar Japonês, sonhava muito com chuva — era chuva em seu travesseiro desde que deitava até que acordava. Chovia tanto nos sonhos de Nonô que Nonô pegou trem de ferro e cortou duas dúzias de léguas para vir trazer sua chuva ao consultório de um certo doutor de muita fama em Campo Limpo. O doutor, sujeito de pincenê, ouviu Nonô e garantiu que curava o padecimento dele em pronto instante. E com a mão aconselhativa na direção do chuvitivo Nónô Cunha:

— Vou lhe receitar umas pílulas de modo a abrir sua bexiga, que a retenção dela é causativa desse mal-estar de que sua pessoa é possuída.

Nonô seguiu a receita do doutor de Campo Limpo e deu de fazer pipi que foi uma pujança. E feliz da vida, dentro de terno cáqui, Nonô Cunha vivia falando das bondades do pincenê que estancava chuva. Era debruçado no balcão do Bazar Japonês que apregoava sua admiração:

— Sujeito capacitado! Doutor de pincenê. Quando bati as

vistas na ilustração dele vi logo que era médico especial. Pegou toda a chuva que chovia em mim e fez correr as águas dela para dentro do ralo da minha bexiga, do que resultou vazar a maldade por baixo.

Encurtando, canalizaram os sonhos de Nonô.

Segura a onça que eu sou caçador de preá

Não passava de um modesto caçador de preá. Era Bentinho Alves, dos Alves de Arió do Pará. Em dia de semana gastava os olhos no pilulador da Farmácia Brito. Em tempo de feriado consumia as vistas no rastro das preás. Até que resolveu caçar bicho de maior escama:

— Comigo agora é na onça! Ou mais que onça! Natal da pantera negra.

Foi quando deu em Arió do Pará um doutor de erva aparelhado para fazer os maiores serviços de mato adentro. Mediante uns trocados, o curandeiro botava macaco para desgostar de banana e tamanduá correr com perna de coelho. Bentinho, exagerado, mandou que o especial em erva preparasse simpatia capaz de fazer morrer na pólvora de sua espingarda as caças mais grossas, coisa assim no montante de uma capivara de banhado ou uma onça das mais pintadas. E no ardume do entusiasmo:

— Ou mais! É aparecer e morrer.

O curandeiro tirou uma baforada do covil dos peitos e mandou que Bentinho largasse no rodapé do arvoredo mais galhoso uma figa de guiné de sociedade com fumo de rolo e pó de unha de tatu. Bentinho não fez outra coisa. E montado nessa simpatia, uma quinzena adiante, o aprendiz de botica entrava no mato. E bem não tinha dado meia dúzia de passos já o trabalho do curandeiro fazia efeito na forma de uma onçona de três metros de barriga por quatro de raiva. Bentinho, diante daquela montanha de carne e pelo, largou a espingarda para subir de lagartixa pelo primeiro pé de pau que encontrou na alça de mira. E, enquanto subia, Bentinho falava para Bentinho:

— Curandeiro exagerado! Isso não é onça para aprendiz de farmácia. Isso é onça para doutor formado. Ou mais!

E voltou para sua caça miúda de preá.

Remédio do céu é sempre mais barato

E deu-se que o capitão Nicolino Borba, de Sacopé de Monte Verde, sentiu uma agulhada no peito, caiu e dado como morto foi. Quando era levado para o cemitério, eis que o capitão desabrochou por entre flores e grinaldas aos berros e já fazendo inquirições. Como era muito usurário, de não dar bom-dia para não gastar o solado da língua, logo entrou de perguntativo em pauta:

— Que negócio é este? Que despautério é este? Enterro de primeira, com caixão de veludinho e um jardim de rosas por cima, é para estuporar. É despesa muita para um defunto só. Desperdício!

Correu gente, veio o médico de maleta na mão e no caixão mesmo examinou o usurário. Logo na primeira ouvidada que aplicou na armação dos peitos de Nicolino, viu que andava bem vivo e em bom estado de uso. E aproveitou para falar dos perigos que o capitão corria. E com autoridade de receitador de poções:

— Desta o capitão escapou. Mas lhe digo que não vai muito longe se não fizer tratamento urgente, como requer sua doença. É o que lhe digo! Não vai muito longe.

Bem encastoado no veludo do caixão, Nicolino perguntou:

— Se não é falta de respeito, doutor, em quanto fica essa medicina?

O médico rapidinho colocou a mazela de Nicolino na máquina de somar e apresentou a conta:

— Oitocentos contos para um tratamento completo.

E Nicolino:

— Toca o enterro, minha gente. Por esse preço prefiro morrer, que remédio no céu é mais barato.

Ascensão e queda de Bobó Ramos

Transitava com o nome de Bobó Ramos e fazia política em Caruacá de Santa Rita. Tudo que a vista media era dele, desde terras e matas ao delegado, prefeito e juiz de paz. Nababão! O mundo a seus pés — um cachorro às ordens dele. Nem o governo podia com os poderes de Bobó Ramos. Até que uma tarde, pela rua do Ingá, começou a correr da boca para o ouvido, de casa em casa, a notícia de que Bobó Ramos estava de malas prontas para deixar Caruacá de Santa Rita. E arrematavam:

— De não voltar em derredor de muitos anos.

Seu compadre Simão Veloso largou de mão os receitativos da Farmácia São Cosme para fazer este indagamento:

— Meu compadre major Bobó Ramos, que bicho lhe mordeu, meu compadre?

Aborrecido, Bobó relatou para o amigo que estava em conversa de varanda, falando de boi e pasto, quando jogou, como era de seu gozo e hábito, o toco de charuto na rua. O jogado deu duas voltas no ar e foi pegar na justa medida a cara larga de Manequinho Gomes, da Padaria Modelo. E Bobó Ramos com a mão boiadeira no ombro do compadre Simão Veloso:

— Ofensa maior não tive, seu doutor! Manequinho levou o charuto pelas ventas e não abriu o bico. Em outro tempo, o patriota vinha de chapéu na mão, cabeça no bico do pé, com desculpas por motivo do meu charuto ter sido contrariado pela cara dele. Hoje, que esperança! Manequinho nem ligou. Foi como se um cachorro, e não o charuto do major Bobó Ramos, tivesse latido para ele.

E murcho, com voz de maracujá de gaveta:

— Estou desmoralizado, compadre. Ninguém respeita mais Bobó Ramos. Vou embora de Santa Rita para os nunca mais.

E foi.

O ajudante de são Jorge

E Tiburcino Torquato, depois de ler os jornais na porta do Bazar Três Andorinhas, em Capivari do Rio Novo:

— Muito dantes dessa gentinha da nação dos gringos andar na Lua, já Pedrinho Feijó navegava naquelas alturas.

E Tiburcino Torquato, limpando os óculos de aro de prata, relatou como sucedeu a visitação de Pedrinho Feijó em terras da Lua. Estava ele malhando um couro de boi, na companhia de mais dois trabalhadores de espichados, quando levou uma paulada bem no osso mestre do dedão de segurança. Aí Pedrinho começou a fumegar, a soltar estrelinhas pelos bolsos da calça. Em seguimento, lagartixou pelas paredes da Coletoria Federal, ganhou a parte mais alta do sobrado do falecido Chiquinho Bessa, venceu a torre da Igreja de Santa Efigênia, segurou a aba de uma nuvem enquanto o povo de Capivari do Rio Novo implorava:

— Larga disso, Pedrinho!

Que esperança! De noite, na hora em que a Lua deu as caras, quem é que estava malhando, de dedão inchado, o dragão de são Jorge? Pedrinho Feijó! Quando desceu, todo recheado de fama, ganhou um elogiativo do governo, um gramofone e foi servir de vereador em Ponte Alta, onde viveu e morreu dessa viagem a vida toda. Enluarado!

Um mestre de confissão espontânea

O delegado Xenxém Cardoso, de Cacimbas do Livramento, relatando para seus superiores o caso da prisão de Vandílio Rosa:

> Comunico e participo que enquadrei o indigitado Vandílio Rosa, mais conhecido como Vandílio Pica-Pau, nas malhas das piores leis e regulamentos do governo. Abri o processo com uma surra de cipó que foi um santo vomitório. Na quarta rodada de embira, o indigitado sujeito confessou um jacá de vandalismos, numa totalizagem de mais de oitocentos e cinquenta e três e meio delitos. O escrivão Jurandino Chaves trabalhou duas semanas de modo a meter em termos da Justiça tanta grandeza de maldade. Foi tanto crime e delitagem que a gente teve de dar outra surra em Vandílio para o indigitado recuar e não arcar com a responsabilidade da morte de gente que ainda está viva e vota no governo.

Azamor, aquele que morreu nos braços da pouca-vergonha

Retrato, com pontos e vírgulas, que dona Astrudes fez de seu marido, o tabelião Azamor Façanha:

— Azamor foi chefe de família exemplar, cumpridor de seus deveres, até que veio a moda da saia por cima dos joelhos. Dessa precisa hora em diante desabrochou nele uma remessa de sem-vergonhice de não caber em Viradouro do Pontal. Uma ocasião, na praça da Matriz, quando um pé de vento suspendeu o vestido da menina Ritinha Gomes, ficou Azamor contaminado de tamanha afrontação no peito que teve de ser levado, espumando feito sabão de barba, para a Farmácia Cunha, onde só deixou de fazer borbulha a poder de muita injeção na veia. A conselho dos amigos reboquei Azamor para uma sessão espírita e logo na abertura dos trabalhos o presidente da mesa, o major Ataliba Maranhão, mandou que Azamor fosse extirpado do recinto por estar vertendo, pelos olhos e pela folga do colarinho, cachos de calhordismo. Até que chegou o Circo Irmãos Meireles, de tarjada memória, na frente de um bando de saias bonitas. Não resistindo a tanta rajada de perna de fora, Azamor veio a falecer nos braços da pouca-vergonha logo na estreia do circo, na justa hora em que a moça do trapézio danou a tirar os panos, de não ficar um só dos seus pertences de roupa. Bem não tinha retirado as ligas da meia já Azamor era defunto.

Leão de circo pede demissão do cargo

Totonho Reis aceitou o cargo de leão africano do Circo Polonês por estar a meio pau da mais negra miséria. A roupa não tinha mais cor nem sola tinha o seu sapato. Nem sabia mais o que fazer com a barba que ameaçava entupir a cidade. Quando o emprego de leão de circo chegou, foi para Totonho Reis a salvação da lavoura. Tão ardido ficou que confessou para o domador Giovanni Vivanti suas aptidões para o cargo:

— Não é para me gabar. A verdade é que dou para o negócio. Sempre imitei bicho. E na disga em que estou, seu Giovanni, até empreitada de gambá eu pegava.

Era serviço maneiro, coisa leve. Totonho ficava por baixo da pele do leão, dava duas patadas no vento, fazia rom-rom, metia umas visagens em cena e o resto ficava por conta do calabrês Giovanni Vivanti, que entrava na jaula de cadeira e chicote. O que dificultava o trabalho de Totonho era o entusiasmo que Giovanni botava em seu ofício. Vez por outra, perdia a medida e largava uma cadeirada ou chicotada sem pena no pobre leão de mentira:

— Toma, desgraciato!

Por baixo da pele, Totonho pedia com voz desbotada para ninguém ouvir:

— Seu Giovanni, abranda, que ainda não recebi o ordenado do mês. Abranda, seu Giovanni!

Esse esfogueteamento do domador Giovanni acabou por estragar a carreira de leão africano de Totonho Reis. Uma noite, em Sumidouro do Imbé, o circo rebentando os panos de tanta gente, Giovanni, animado pelas palmas da distinta plateia, entrou na jaula e dilapidou Totonho a poder de chicotadas. E quanto mais palma recebia mais o braço de Giovanni engrossava. Até que Totonho, de pé feito leão dos contos da carochinha, abriu a boca, botou a corneta na rua:

— Socorro! Vai bater assim na mãe, seu galego de uma figa! Com o ordenado em atraso, e tanto chicote no lombo, não tem leão africano que aguente. Peço demissão do cargo. Socorro!

E Totonho Reis deu por encerrada a carreira de leão de circo de cavalinhos. Serviço leve, trabalho manso.

Só cinco vezes em toda a vida

Vinte anos poliram o falecimento de Fifi Mendonça. Foi nessa época que a viúva Mendonça confessou para uma amiga do peito:

— Marido bom era Fifi! Chegava cedo em casa, todo recoberto de pacotes de manteiga e pão quente. Tinha a mania de seguro de vida. Fui a esposa mais segurada de São João de Meriti. Só na hora de dormir é que Mendonça mudava. Vinha de revólver engatilhado e indagava com boca de lobo e olho em fogo: "dona Jurubaldina, onde está o mancebo teu amante, dona Jurubaldina?". E danava a percorrer os armários de não deixar uma só peça sem vistoria. Quando dava na veneta, subia de gato pelo teto em risco de quebrar a canela. Uma vez foi parar no forro da casa em ceroulas e de garrucha na mão. Como sou mulher direita, em quinze anos de casamento só cinco vezes Mendonça pegou gente dentro do meu guarda-vestido. No mais, foi rebate falso.

A verdade de cada um

O juiz de paz de Porto das Antas era Nhonhô Baltazar. De manhã trabalhava no comércio de espichados e na parte da tarde metia o terno de juiz de paz. Como afiançava ter sido prático de botica em São Mateus, vez por outra, no miolo das audiências, receitava purgativos ou praticava serviço de parto. Era arregaçando as mangas da camisa que o juiz de paz garantia:

— Nhonhô é pau para toda obra.

Servia as leis havia muitos anos pelo simples fato de ser o único a possuir em Porto das Antas um exemplar do Código Civil e assinar o *Jornal do Commercio*. E seu prestígio na praça subiu de foguete quando, uma tarde, estando em sua casa do Largo da Freguesia, recebeu um telegrama com os seguintes dizeres: FELICITO ILUSTRE CORRELIGIONÁRIO E COMPADRE PELA ATUAÇÃO OPEROSA FRENTE JUIZADO DA COMARCA, PELO QUE ESPERO, EM FUTURO PRÓXIMO, CONTAR SUA VALIOSA COLABORAÇÃO JUNTO GOVERNO FEDERAL. Quem assinava esse telegrama era o marechal Floriano Peixoto, presidente da República. Muitos anos depois Porto das Antas soube que o telegrama era falso, que o Código Civil de

Nhonhô era do tempo antigo, de não vigorar mais e que Nhonhô não tinha sido prático de farmácia coisa nenhuma. Em verdade, nunca perdeu um parto. Em verdade, era um grande sujeito. E quando o caso do telegrama botou a cabeça de fora não importava mais. Nhonhô Baltazar era já de muitos anos morrido.

Marcha a ré para gato

E se deu que Apolentino Trovão cismou que era gato. Vivia de miau em miau. E de miau em miau pulava muros em horas tardias. Não podia ver cachorro, o mais insignificante lulu, que logo arrepiava carreira. Morava em Limão do Serro, onde era possuidor de uma fazendola de leite. A cidade gostava de Apolentino que era de natural sujeito de bem, tocador de bombardino na Lira 15 de Novembro. Sendo assim, gostado de todos, arrumaram em Saruí um doutor que fazia e acontecia com gente de cabeça avariada. Era como Lagartino Peçanha, presidente da Loja Maçônica de Limão do Serro, afirmava nos braços do seu charuto:

— O patriota vai para a mão do doutor lelé da cabeça e volta Luís de Camões.

E para Saruí, para a mão do doutor, seguiu Apolentino com sua mania de gato. Durante meses ficou na jurisprudência do doutor de Saruí. Miou, miou, até que uma tarde chegou e garantiu que não era mais gato. E sério:

— Doutor, que bobagem! Ainda bem que estou curado.

O doutor riu, conversou e remeteu Apolentino, sem gato e

sem miado, para Limão do Serro. A cidadezinha, com a Lira 15 de Novembro a bombordo, veio receber o curado Apolentino Trovão. E entre abraços e abracetes, felicitado mais que noivo de moça rica, foi levado até em casa, onde abriram em seu louvor garrafa de vinho do Porto. Alegrão, bem-vestidão, Apolentino pediu a palavra e disse:

— Deixei de lado essa mania de gato que não calhava na minha pessoa, dono de fazendas e bombardinista da Lira 15 de Novembro.

Parou, endireitou o nó da gravata, avivou o lenço do bolso do paletó para continuar:

— Agora, meus amigos, sou desencaminhador de moça solteira e desfazedor de lar feliz.

E, nas bochechas espantadas do povo do Serro, desentocou da mala um frasco de água de cheiro e esclareceu:

— É de aromância certeira. É botar na tal das axilas e o mulherio de Limão do Serro cair nas minhas botinas. É a devastação em frasco.

Imediatamente, sem perda de minuto, pegaram Apolentino trovão pelas presilhas e remeteram inteirinho para o doutor de Saruí. E no cangote dessa remessa seguiu este telegrama: É FAVOR FAZER APOLENTINO VOLTAR AO SEU ESTADO DE GATO, DO QUAL NUNCA DEVIA SAIR.

O alfabetizador de empregadas ou o idealista Seabra

E dona Rosália Seabra, professora jubilada e autora do célebre soneto "Rui Barbosa, a Águia de Haia", diante do retrato do marido, todo de preto, com a faixa de congregado mariano no peito:

— Não é por ter sido meu marido. Mas igual a Seabra não vai ter outro em muitos anos. Patriota estava ali mesmo. Pelo seu gosto, todo mundo marchava de boné e espingarda no ombro pelas ruas de Umbuzeiros. Tanto que uma ocasião inventou um Corpo de Bombeiros só para andar fardado por baixo de um capacete de quatro quilos. Mas a grande obra de Seabra foi o ensino. Quando o governo lançou a campanha de ensinar a ler e escrever, Seabra pegou uma resma de livros, meteu os calhamaços debaixo do braço e saiu desentocando alunas. O exemplo começava em casa. Não teve empregada que não saísse de nossa cozinha sabendo botar o preto no branco. Uma até exagerou, uma tal de Arlete não sei de quê. Foi posta no olho da rua porque deu para falar difícil e escrever cartas anônimas. Seabra não tinha mãos a medir em favor do ensino. Dava aulas até fora de hora.

Por mais de uma vez, alta noite, fui encontrar Seabra no quarto da empregada, em fraldas de camisa, dormindo sobre os livros junto da aluna. De leve, como compete em tais ocasiões, eu acordava Seabra que deixava o sono dizendo: "A ave é do vovô", "O vovô viu a ave", "A uva é da viúva". Um devotado!

Saldos de uma tarde de verão

Foi um jogo de muito que falar e muito que dizer o jogo de Poço de Antas contra o pessoalzinho de Seridó da Serra. Logo de saída, para abrir os trabalhos, baixaram a acha de lenha no anão Joãozinho Paiva que perdeu meio centímetro na primeira cacetada e outro meio na segunda. Se Joãozinho não sai da alça de mira do porrete era sujeitinho de ficar avaliado em meio palmo de tamanho, o menor anão do mundo. Mas isso era o aperitivo da festa, pois o grosso já vinha vindo. E apareceu quando o juiz da partida, Dazinho Quero-Quero, teve a coragem de anular um gol feito com as duas mãos pelo time de Seridó da Serra. Aí foi o Juízo Final, uma coisa nunca igual inventada. Um vermelhão, de barba de espanador, montou na garrucha e gritou:

— A gente vamos matar ele!

Na rabada do grito do barbaça advieram milhões de gentes, com o major Nepomuceno Beirão no tombadilho de sua cadeira de rodas. O povo levou tudo pela frente, de deixar desacordado até um pobre pé de abricó que servia de refrescador para os jogadores. E no meio desse Juízo Final, o assobio do porrete nos costados de todo o mundo, ventalejando uma perna com calça e tudo, certo café com leite, um mulatão de dois metros de distância, avisava:

— Arranquei o pé dele! Arranquei.

Era uma perna de pau. Depois, tudo serenado, levaram para a sede do Seridó da Serra os troféus da guerra: cinco bonés, vinte e três garruchas, dez facas de matar porco, um mapa do Ceará, um retrato do Padre Cícero, duas dúzias de patuás, um vidro do famoso Xarope São Domingos e a gloriosa cadeira de rodas do major Nepomuceno Beirão que comandou a imortal batalha.

Anão no vento das quatro horas da tarde

E por causa de uma discussão sobre coisas de zepelim e assentador de moça, o anão Azevedinho Codó levou, de um certo Chico Pereira, pescoção de tal modo peçonhento que atravessou de foguete toda a cidade de Guarus e sumiu para o lado do Piauí numa poeirinha de não ser mais visto. No meio da semana, o delegado Xexé Barroso, encarregado de desvendar o paradeiro de Azevedinho, recebeu do seu colega do Palmeiral do Livramento o seguinte telegrama: PASSOU PELA RUA DO COMÉRCIO UM NANICO VOANDO DE PASSARINHO, QUE SÓ PODE SER O PROCURADO AZEVEDINHO CODÓ. NO MEU FRACO PENSAR, O PESCOÇÃO MINISTRADO AINDA TEM CARVÃO PARA MAIS DOIS DIAS, PELO QUE TELEGRAFEI PARA LAGOINHAS DE MODO QUE A AUTORIDADE COMPETENTE ESPERE O INDIGITADO ANÃO NO CAMPO DE POUSO, ONDE DEVE CHEGAR NO VENTO DAS QUATRO HORAS DA TARDE SE NÃO SOFRER ATRASO NO PESCOÇÃO. SÓ QUERO SABER SE A GENTE DEVOLVE AZEVEDINHO CODÓ POR VIA MANUAL OU PELA ESTRADA DE RODAGEM.

Primavera chegou com rebate falso

E de repente, o velho Junqueira Carvalhais sentiu que estava nos braços da primavera. Cantou: *La-la-la-la-la*. E foi em flor de resedá que expediu esta ligação telefônica para seu amigo Anésio dos Anjos:

— Compadre, estou tomado de amor. Sinto cachos de rosas em minha vida. Vou passar o fim de semana com os meus setenta anos enterrados nas dezoito primaveras da menina Carminda de Castro. Seu compadre é madeira de lei. Não entrega os pontos!

Foi a pé e voltou nos braços do Pronto-Socorro, arrastado por quatro enfermeiros. Restabelecido, outra vez com os parafusos nos devidos lugares, ajeitou os suspensórios e ligou para o compadre Anésio dos Anjos:

— Compadre, aquele negócio de primavera era rebate falso. Pelo que autorizo o meu bom amigo a torrar, por preço de queima, meu saldo amoroso, na ordem de duas perucas com topete caído na testa, meia dúzia de camisas rulé, quatro litros do famoso Revigorativo Eterna Juventude, o livro intitulado *Segure sua mulher em seis lições*, duas costeletas postiças e toda a coleção sem-vergonhista do marquês de Sade, que aos setenta de idade não tem marquês de Sade que dê jeito.

E foi assim que o velho Junqueira Carvalhais deu baixa.

Rui Barbosa encadernado em salsaparrilha

Pertilato de Abreu, tesoureiro da Divisão de Obras e Orçamento, vestiu o terno de posse, preparou o discurso de posse e saiu em feitio de posse. Ia saudar, em nome dos colegas de repartição, o novo diretor, um certo Gudesteu Paranhos, que enricou sem tirar dinheiros na loteria ou herdar de pai ou tio. Na rua da Estação, a caminho do discurso, Pertilato encontrou Cravino de Sousa, que escrevia coisas no *Almanaque das Famílias* e vendia máquinas agrícolas em São José de Itaúca. Cravino aconselhou o tesoureiro de Obras e Orçamento a abrir as ideias com um polidor de garganta. E histórico:

— Rui Barbosa não fazia por menos. Só falava empapado de conhaque com salsaparrilha. Era cada discurso, seu Pertilato, de abalar os alicerces!

Pertilato não quis saber de outro conselho. No Bar América mandou descer uma chuva de conhaque entrecortado de salsaparrilha. E para o moço que servia:

— O grande Rui só falava na força do conhaque com salsaparrilha. Era cada discurso de abalar os alicerces.

Bebeu meio copo e outro meio copo bebeu. E de meio copo em meio copo acabou na posse de Gudesteu Paranhos mais bebido de não ter leme nas pernas. E da porta, na maior intimidade, gritou para dentro da sala atochada de licor de jenipapo e bandejadas de salgadinhos:

— Gudesteu velho, ratão de beira de cais! Conta com a minha perícia para devastar este compartimentinho do governo a poder de desfalques sobre desfalques. Manda a ordem que eu lasco o competente carimbo e pago. Depois, na calada da noite, a gente acerta o reparte. Te digo, Gudesteu, uma coisa. Com um semestre de carimbadas a gente monta um banco. Um banco deste tamanho, Gudesteu velho! Maior do que o Banco do Brasil. Muito maior!

Abafaram a murros e bofetões a parte final do discurso do esclarecido Pertilato de Abreu, tesoureiro da Divisão de Obras e Orçamento. Na beira da calçada, língua de fora e colarinho de palhaço, Pertilato disse com voz de salsaparrilha:

— Puxa vida! Agora é que vejo como Rui Barbosa sofreu. Ninguém pode falar nesta terra que logo empastelam o discurso do patriota a poder de bofetões e cacetadas. Como Rui deve ter apanhado! Puxa vida!

Ninguém mente por uma rolinha

A conversa de beira de fogo era de mato adentro, coisa de assombrados e caçadas. Nonô Vergueiro relatou o caso de uma alma penada que ele desenferrujou a poder de fumegação e reza. E Jojó Reis falou de um tiro que deu no tempo em que era caçador de rolinha. O tiro de Jojó saiu assim:

— Cheguei numa lagoinha de gravatá e vi aquele comício de rolinhas que mais parecia inundação de bico e pena. Meti na espingarda munição fina, um cartucho espalhador, desses de fazer leque no bocal da arma como rolinha aprecia. E bem o tiro não tinha saído já uma nuvem de pena tomava conta da lavourinha de gravatá. Contei, no coice da espingarda, uma numeragem de quatrocentas e noventa e nove peças. Sem mentira nenhuma!

O filho de Jojó Reis, que capengava a conversa enquanto esquentava batata-doce na fogueira, deu aparte:

— Que quatrocentas e noventa e nove, que nada! O pai defuntou quinhentas que contei com estes olhos de viver e de morrer. Sem mentira nenhuma!

E Jojó Reis zelando pela verdade:

— Quatrocentas e noventa e nove, menino! Sou lá homem de mentir por uma rolinha?

Os plantões de pouca-vergonha de Bonfim Ferreira

E deram tamanha sarrafada em Bonfim Ferreira, negociante de farinha em Mongol das Cruzes, que Bonfim Ferreira perdeu o leme e começou a navegar por conta do vento. De sujeito atilado para o comércio, ficou jururu, murcho de uma figa. Com a pancada, veio a olho o que Ferreira tinha de sem-vergonha. Deu para acompanhar, feito bezerro desmamado, os passos das meninas da Fábrica União de Tecidos. Movido a bala e balinha, ficava na porta do estabelecimento de panos dando tiros de jujuba e rebuçado nas moças que entravam e saíam. Um dia, seu compadre Alcino Feitosa, penalizado, falou mais para o vento do que para o entendimento do amigo Ferreira:

— Coitado do compadre! Vive atrás das meninas sem o menor proveitismo.

E Ferreira saindo do ninho de sua bobeira:

— É o que o compadre pensa e o povo assegura. Com parte de bobão, de Ferreira das Jujubas, já desobriguei dos compromissos da donzelice para mais de cinco pares de moças. Mas não espalha, compadre, que ainda estou na ala leste da Fábrica União de Tecidos.

E do alto de sua sem-vergonhice foi tirar plantão de pouca-vergonha na praça da Matriz.

Que saudades do parágrafo 21!

Vivia de expedientes e falava enrolado: Bimbinho Couto. Infestava as repartições públicas de Juruais forçando papéis e processos. Era especial em lidar com o povo do sertão, gente de pouca experiência em leis e seus competentes parágrafos. Com ar entendido, charuto no dedo, Bimbinho perguntava:

— A parte está devidamente provida da competente guia consentitiva?

É claro que ninguém estava provido deste surucucu. E Bimbinho de charuto ameaçador:

— Pois sem essa competente instrução é até perigoso dar entrada em qualquer papel. Deu-se o caso de muito postulante pegar a Lei 423 cruzada com o parágrafo 21. Lhe digo uma coisa, triste do cristão que cair nas malhas dessa jurisprudência. Não sai nunca mais. Nunca mais!

Mas para a felicidade do postulante, ele, Bimbinho Couto, sabia mais leis que qualquer desembargador velho. E sem perda de tempo pastoreava o pobre para um canto do Café Portal. E sem maiores conversas retirava do bolso do paletó um pesado carimbo que largava num velho papel de repartição. Era a maior carimbada de Juruais, a marca registrada de Bimbinho Couto. E no fim da carimbada:

— Agora, enquanto o amigo fica no gozo do café, vou requerer a assinatura da competente autoridade.

De carimbada em carimbada Bimbinho pegou dois anos de cadeia. E ao sair, encontrando no Café Portal um major do sertão que desejava seus serviços para certos papéis de repartição, Bimbinho avivou a fumaça do charuto, meteu o dedo na sovaqueira e esclareceu:

— Estou afastado do negócio, amigo velho. Esse governo desgraçado não só acabou com a Lei 423 e seu parágrafo 21, como caçou a pau a competente guia consentitiva. Fizeram isso e não me avisaram nada, pelo que purguei na cadeia dois anos, dois dias e duas horas. A gente não pode viver com honestidade nesta terra! Agora só trabalho no ramo do cheque sem fundo até que fique restabelecida a benemérita Lei 423 com seu competente parágrafo 21.

Montou no competente charuto e foi embora.

A palmatória confessativa de Fifó Madeira

E logo que o lavrador Adrião Popó chegou na casa da delegacia de Paus Vermelhos, não esperou que o soldado de plantão retirasse do seu negro covil a palmatória confessativa: relatou o crime em todas as pormenorizagens. Quando o progressista Fifó Madeira, xerife nomeado pelo *Diário Oficial*, soube da confissão completa e acabada de Adrião Popó, pisou nos suspensórios. E sem o paletó, já pronto para a batalha, berrou:

— Esse indigitado indivíduo não vai desmoralizar este estabelecimento! Vai entrar na medicação da palmatória para que o povinho sem brio de Paus Vermelhos não cuide que sou delegado mariquinhas que retira confissão a poder de conversa fiada. Comigo é na energia!

E passou para os costados de Adrião uma sova de não caber em Paus Vermelhos. E foi no fim da sova que o lavrador Adrião Popó, desconjuntado dos pés ao cabelo, resolveu dar marcha a ré:

— Sou muito inventeiro, muito pregador de mentira. Não finei ninguém.

E Fifó Madeira, já de cara desanuviada, alegre e fagueiro:

— Eu não dizia? Nada como um porrete bem sacado no lombo do suspeito para o suspeito espirrar as verdades todas. Se não sou traquejado, a gente remetia para as malhas da Justiça um pobre inocente.

E mandou Adrião Popó embora.

O major ataca as escrivaninhas

O major Zeferino Bento, que tinha de chão e boi coisa de perder de vista, foi tratar de negócio de imposto em certa repartição de cobrança de Piabanhas de Grussaí. Só de muitos anos em muitos anos é que o major pisava pedra de cidade. Entrou na Coletoria Estadual tirou o chapéu, limpou a testa e deu o nome:

— Major Zeferino Bento, para servir o governo e seus competentes adjuntos.

Ninguém, em verdade, respondeu, que em repartição, seja em Piabanhas de Grussaí ou São Luís do Maranhão, ninguém responde a ninguém. Chapéu afundado na cabeça, o major atacou de novo:

— Quem for possuído de orelha de ouvir fique sabendo que sou Zeferino Bento em serviço de limpar dívidas com o pessoal do governo.

Outra vez ninguém abriu a boca. Aí Zeferino Bento, dono de muito casco e chifre de boi, perdeu as boas educações de berço e soltou a língua:

— Sou servido de fina instrução e não vou sair deste recinto feito um pau de amarrar égua, pelo que vou dar, de aviso, dois tiros na barriga das lamparinas deste estabelecimento de caneta e canetinha.

Zeferino não precisou cometer tal violência. Cachos de servidores caíram sobre seu desejo, prontamente satisfeito:

— Às ordens, major. Mande suas incumbências.

Fora da repartição dos impostos, em conversinha de lombo de cavalo com o compadre Sicarino Canelão, o major relatou:

— Esse povinho de escrivaninha só anda na força das armas. Se trago meu pau de fogo de sucumbir onça-pintada, eu tomava conta da prefeitura de Piabanhas de Grussaí. É o que lhe digo, compadre. Tomava conta!

Quem nasceu para polca não chega a tango argentino

O caixeiro-viajante José Pelinca chegou em Jaturubas com uma vitrola embaixo do braço. De noite, no baile dos Novais, Pelinca pediu licença para cortar a fita inaugural da nova dança que imperava no mundo. E no meio do salão, muito embonecado e muito falatinado:

— É a última moda. É o tal de tango argentino.

Pediu licença, colou o rosto no rosto da moça Carlinda Pestana, esticou o braço e saiu em passo graúdo até os confins da sala enquanto a vitrola de José Pelinca jorrava no salão "*Adiós-muchachos-compañeros-de-mi-vida*". Não chegou ao fim do tango. Desfaleceu na segunda volta do disco, ajudado por uma paulada do pai da menina Carlinda Pestana. Com a vitrola em fatias e um galo bem estabelecido na testa, José Pelinca deixou Jaturubas com esta opinião formada:

— Povinho atrasado! Quem nasceu para polca nunca chega a "*La cumparsita*".

E foi embora.

O doutor que tinha mania de bezerro novo

De diploma novo na cava do braço, o dr. Beledano Silveira veio ancorar sua medicinagem em Muçambé, justamente em casa azulejada da rua das Pitangas. Veio assim: cabelo desabado pelas platibandas da cara, sapato de fivela, camisa vermelha, paletó de manga curtinha, no meio do braço, de modo a deixar sobressair as abotoaduras que mais pareciam rodas de carro de boi. E foi assim em moderninho, cabelo alvoroçado, que Muçambé, da praça da Aclamação ao beco dos Frades, viu Beledano transitar em passo de bula medicinal em direção do seu consultório. Bezinho Dias, na porta do Bilhar Francês, diante de tamanha ostentação, sustou o taco para dizer:

— Doutor empombado!

E bem não tinha Beledano Silveira cruzado o primeiro mês de receitas e poções e já estampava na *Voz Municipal*, na página de frente, um trabalho muito medicinal e ilustrativo com o título de "Farmacologia das Glândulas Mamárias", quando Arnolfo de Melo, escrivão de cartório, deu com aquela linguiçona que escorria de alto a baixo pelas colunas do jornal, meteu a folha no bolso, cortou a praça da Aclamação e foi bater na porta do major Altineu Braga, seu compadre, com esta imposição:

— Braga, veste a farda. Pega a espada que tem perigo à vista. Veja este descarado. Veja! Um sujeito confessa, em letra de fôrma, que quer mamar. Está com mania de bezerro novo. Hoje mesmo, compadre, fui remeter minha menina para o sertão mais afundado que existir. Seguro morreu de velho. Nunca vi coisa igual. Nunca!

O artigo do dr. Beledano Silveira correu de mão em mão, de casa em casa. Quando bateu na escrivaninha do prefeito Manequinho Gomes, a autoridade pulou de costas:

— Se esse doutor quer dar expansão aos seus instintos bestiais, que vá para longe. Em Muçambé, enquanto eu for prefeito, ninguém dá expansão a coisa alguma. Ninguém!

E foi assim que o delegado Zeca Novais remeteu o doutor da rua das Pitangas para os artigos relacionados com atentados ao pudor e delitos ribeirinhos. E com a prestimosa colaboração do prefeito Manequinho Gomes, o delegado Zeca Novais assim arrematou suas razões às autoridades superiores: "Antes que o indigitado atentasse contra as glândulas mamárias das virtuosas damas e gentis donzelas desta laboriosa jurisdição, encaixilhei o repelente indivíduo nas malhas da lei, como pede o vigilancismo da tranquilidade pública".

Os elefantes do tempo

Enquanto arrumava a gravata de duas cores, Moscoso Feijó, pela esquina do olho, viu a mulher que dava os últimos retoques no cabelo. Riu por dentro. Sem exagero, dona Expedita era um completo e acabado mafuá. Tinha de tudo, desde verruga no pescoço de zebu a esporão de galo nos pés. E Moscoso para Moscoso:

— Se passar na porta do Circo Mexicano vão contratar pensando que é elefante.

— Coitado de Moscoso! Era o sabiá-laranjeira de Brás de Pina. Hoje, com licença da palavra, mais parece um boi de presépio. Se pelanca fosse dinheiro, Moscoso era o Banco do Brasil em pessoa.

Saíram. Dona Expedita em cima de cem quilos e Moscoso comboiando uma barriga de balão. Dona Expedita de pensamento atarraxado num vago Teles, Afonsinho de Almeida Teles, seu par constante nos maxixes dos bailes da chácara dos Almeidas. E Moscoso fazendo vir à tona uma certa Mercedes de Araújo Bonfim, que deslizava em seus braços de tango argentino. Enquanto dona Expedita pensava em Teles e Moscoso em Mercedes, um pobre-diabo puxado a gasolina de garrafa chegou perto deles e garantiu com voz embrulhada em cachaça:

— Tem circo novo na praça! A elefantada está chegando!

Foi como se o pé de cana não tivesse boca. Moscoso cantava "*Adiós-muchachos-compañeros-de-mi-vida*". E dona Expedita dançava em 1910.

2
CORRETORES DO JUÍZO FINAL

A vírgula não foi feita para humilhar ninguém

Era Borjalino Ferraz e perdeu o primeiro emprego na prefeitura de Macajuba por coisas de pontuação. Certa vez, o diretor do Serviço de Obras chamou o amanuense para uma conversa de fim de expediente. E aconselhativo:

— Seu Borjalino, tenha cuidado com as vírgulas. Desse jeito, o amigo acaba com o estoque e a comarca não tem dinheiro para comprar vírgulas novas.

Fez outros ofícios, semeou vírgulas empenadas por todos os lados e foi despedido. Como era sujeito de brio, tomou aulas de gramática, de modo a colocar as vírgulas em seus devidos lugares. Estudou e progrediu. Mais do que isso, saiu das páginas da gramática escrevendo bonito, com rendilhados no estilo. Cravava vírgulas e crases como ourives crava as pedras. O que fazia o coletor federal Zozó Laranjeira apurar os óculos e dizer com orgulho:

— Não tem como o Borjalino para uma vírgula e mesmo para uma crase. Nem o presidente da República!

E assim, um porco-espinho de vírgulas e crases, Borjalino foi trabalhar, como escriturário, na Divisão de Rendas de São

Miguel do Cupim. Ficou logo encarregado dos ofícios, não só por ter prática de escrever como pela fama de virgulista. Mas, com dois meses de caneta, era despedido. O encarregado das Rendas, funcionário sem vírgulas e sem crases, foi franco:

— Seu Borjalino, sua competência é demais para repartição tão miúda. O amigo é um homem de instrução. É um dicionário. Quando o contribuinte recebe um ofício de sua lavra cuida que é ordem de prisão. O coronel Balduíno dos Santos quase teve um sopro no coração ao ler uma peça saída de sua caneta. Pensou que fosse ofensa, pelo que passou um telegrama desaforado ao senhor governador do estado. Veja bem! O senhor governador.

E por colocar bem as vírgulas e citar Nabucodonosor em ofício de pequena corretagem, o esplêndido Borjalino foi colocado à disposição do olho da rua. Com uma citação no *Diário Oficial* e duas gramáticas debaixo do braço.

Não morra sem os benefícios da certidão de óbito

Como estivesse nas garras de dorida doença, Anísio Café foi procurar Chico Borges, que levava fama de curar qualquer mazela com os poderes do mato. O especialista apalpou Anísio, ouviu bater o martelinho de seu coração e mandou que arregalasse os olhos. No fim, receitou uma garrafada de cipó-de-macaco com cerveja preta. Que Anísio deixasse a bebida em buraco de terra para tomar vigor. E explicativo:

— É para ganhar raiz.

Anísio tomou e quase morreu. E outra vez na mão do doutor do mato:

— Fiz o que o mestre mandou e por pouco não larguei os bofes de fora.

E Chico Borges:

— Muito que bem, é a primeira parte da curagem. Agora, o moço pode procurar um doutor de consultório que está em ponto de bala. Vai em pé ligeiro para tu não morrer sem os benefícios da tal de certidão de óbito.

Nos braços de uma cacetada

Esta é a história curta do pobre juiz Fofó Cruz, segundo relata o tranquilo e imparcial *Semanário do Norte*:

> Ia de macio o jogo entre a brava equipe de Jabuticabeiras e o pessoalzinho sem caráter de Riachão do Norte, na ocasião que o sem-vergonha do juiz, um tal de Fofó Cruz, marcou penalidade máxima de contra as nossas cores. Feito isso, pegou a bola com a mão, empinou o peitinho de cambaxirra e partiu para o despautério do pênalti. Felizmente, desmaiou no meio da viagem, nos braços de uma cacetada que levou de dona Leôncia das Mercês, impoluta madrinha do time de Jabuticabeiras. E o povo desta jurisdição, no maior ardor cívico, aproveitou para botar para correr um magote de cabeludos que veio na rabeira do pessoal de Riachão do Norte. Foi tanta cacetada de tremer a praça do Mercado. E no fim das cacetadas, Nhonhô Barbosa, competente delegado de Jabuticabeiras, contou os deixados pelos retirantes: quatro pneus de caminhão, um motor, uma bateria, uma caixinha de pastilha Valda, um vidro de brilhantina Quebra-Galho, dois bigodes e meio, duas

costeletas em bom estado de uso, uma cabeleira encaracolada que foi cortada a serrote, um anel de horóscopo, fotografia de um disco voador, três bonés zebrados, o mapa do glorioso estado do Piauí, uma carta de pedido de emprego, um pacote de mariola, uma receita para queda de cabelo e o retrato de uma certa Minervina Cunha, de telefone no pé do ouvido, com a seguinte dedicatória: "Ao querido Ranulfo, autor da minha desonestação no Carnaval de 1948, lembrança da tua Vina".

Como era verde o meu canhão

E estava Sinofrildo Guedes tão ruim de vida que foi ser Papai Noel de casa de fazendas. E andava no seu segundo dia de ofício, sino na mão e saco nas costas, na hora em que viu chegar aquele amor de trinta anos distanciados, uma certa Orondina Pimenta, dos Pimentas de São José do Paraíso que davam tiros por qualquer mudança de temperatura. Nos comemorativos da Descoberta do Brasil ou da Batalha dos Guararapes, o velho Pimenta, ajudado pelos doze filhos, rebocava para a praça do Pilar antigo canhão sobrado da Guerra do Paraguai. Mais de uma casa ficou destelhada com os tiros mal-encarados dos Pimentas de São José do Paraíso. Na tarde em que ele, Sinofrildo Guedes, de bigode retorcido, chegou para pedir a mão de Orondina ao velho Pimenta, foi recebido a canhão. Bem não tinha dito ao que vinha e já o pai da pretendida berrava para dentro de casa:

— Dona Cidó, desentranhe o canhão que vai ter serviço para ele hoje.

E agora, repassados trinta anos, voltava a ver Orondina. Ele, de sino, em serviço de Papai Noel. E ela, na rua, de esposo a bombordo. Uma Orondina enorme, vazando gordura pelas presilhas. E o marido, muito encardido, com cara de índio mexicano na frente daquelas dimensões, daquela senhora que devia andar movida a gasolina e sobre rodas de borracha. E foi balançando o sino de Papai Noel que Sinofrildo relembrou, inundado de agradecimento, o velho canhão de São José do Paraíso. Era melhor ser Papai Noel de casa de fazendas do que casar com aquele latifúndio. E tão feliz ficou Sinofrildo que apurou a garganta endividada para expelir cacos mal cantados de antiga milonga:

Quiero emborrachar mi corazón
para apagar un loco amor
que más que amor es un sufrir...

Um velhote, com cara de bula de remédio contra asma, parou diante de Sinofrildo e comentou pelos cotovelos:

— É o fim do mundo! Papai Noel cantando tango argentino...

Adeus a um gigolô de passarinho

E na hora em que Zeferino do Monte começou a falar, da aba da sepultura de Filhinho dos Anjos uma voz, que mais parecia do falecido, protestou:

— Cala a boca, caloteiro.

Com um tiro assim tão traiçoeiro na raiz da honra, Zeferino perdeu a educativa e destratou, de corpo presente, o defunto. Neste baixo estilo:

— Eu te mato, falecido de uma figa, gigolô de passarinho, explorador de fundilhos de galinha!

É que o pranteado Filhinho dos Anjos era proprietário de uma casa de aves e ovos em Morro do Pilar.

Foguete sem dono não respeita popa de ninguém

E Bacaxá de Cima nunca pôde esquecer aquela humilhação do ovo que uma galinha de Ribeirão Velho lançou na praça para espanto de todo mundo. Como bem disse o sacristão Pedrinho Facó, ao relatar o caso para o *Municipal*, era de tal grandeza que mais parecia um ovo de vaca. E, bem a fama da postura da galinha de Ribeirão Velho não tinha sucumbido, veio a inventoria do balão, uma coisa linda que o pessoal daquelas jurisdições fez trafegar pelo céu de são Pedro e de são João. Tinha de um tudo o balão de Ribeirão Velho. O retrato do prefeito Manelito Cunha, uma frase mimosa do poeta Altineu Gonçalves e mais as figuras de Fagundes Varela, Santos Dumont e Getúlio Vargas desenhadas pelos alunos do Educandário Tomé de Sousa. Parecia um comício. E quando o balão do pessoal de Ribeirão Velho passou pelo alto de Bacaxá fez uma necessidade bem em cima da estátua do dr. Tocantins Guarani Índio de Melo. A bucha, saída da entranha do balão, denegriu o discurso que o dr. Tocantins fazia em bronze desde 1914. O major Tomé Azeredo, que presenciou a ofensa sentado na varanda de sua casa, correu para a praça da Aclamação e gritou:

— O povo de Bacaxá de Cima foi ofendido! Borraram a estátua do dr. Tocantins Guarani Índio de Melo. Isso não fica assim. Tem volta!

E teve. Durante uma quinzena, em serviço de enfiada, o fogueteiro Quintinho Alves trabalhou no maior foguete do mundo. Só de pólvora o canudão engoliu para mais de cem quilos. O povo vinha de noite ver a obra. Ficava de longe, por trás das árvores, com medo do coice do foguete. A velha Nicota de Castro afiançava sem tirar os olhos do seu serviço de crochê:

— Isso é um despropósito. Isso vai puxar doença para Bacaxá de Cima. Pode até estropiar os anjos e competentes querubins.

Quando o foguete ficou pronto, foi rebocado, por quatro juntas de boi, para a praça da Aclamação, onde ficou de ponta virada para Ribeirão Velho. Marcado o dia da subida, o major Azeredo, acompanhado pela Associação Comercial e reforçado pela Loja Maçônica Libertadora, foi futucar o rabo do foguete com vara curta. Assim que sentiu o alumiado do fósforo a inventoria deu de soltar fumaça por todos os lados, firmou os borzeguins no chão, fez tremer a praça da Aclamação e seus arredores, fendeu a casa da Coletoria Estadual, depredou a Papelaria Andrade, varejou gente numa distância de cem metros, deu um assobio, pulou na ponta dos cascos e saiu maluco no rasto de Ribeirão Velho, onde fez duas rodadas em torno da torre da Igreja de São José e voltou danado da vida, soltando escama de fogo, para Bacaxá de Cima com ideia de cair, como caiu, na praça da Aclamação. O major Azeredo, diante de tamanho despautério, abriu a boca:

— Corre, pessoal, que foguete sem dono não respeita popa de ninguém. Nem do presidente da Loja Maçônica Libertadora e muito que menos da Associação Comercial de Bacaxá de Cima.

Durante a reconstrução da boa cidade de Bacaxá tudo ficou esclarecido. O fogueteiro Quintinho Alves tinha fabricado um avassalador buscapé.

Uma noite como nunca

E estava o mágico Nataniel Peixoto tirando pombinhos do lenço em Ubaí dos Arcos, mediante dois mil-réis por assento, quando um forasteiro, redondo em modelo de roda de carro de boi, deu de gritar assim:

— Isso não existe! A gente está enfeitiçada. Vai morrer todo mundo! Sem padre e sem água benta. Vai todo mundo de cambulhada para os infernos!

Choveu desentendimento no Teatrinho São Roque da boa cidade de Ubaí dos Arcos. As luzes piscaram e perderam a cor. Era tudo um nó cego de confusão. Ninguém entendia mais ninguém. Um balaio de caranguejo não ganhava em desordem do Teatrinho São Roque nessa noite de mágicas. E quando as luzes voltaram a rebrilhar não existia mais o sujeito da gritaria, responsável por uma limpeza geral nos teres e haveres da respeitável assistência. Logo desconfiaram que era coisa do mágico, que nem o sujeito da gritaria era existido. Veio o delegado Pimpim de Melo, uma educada autoridade, que logo fez o mágico, a poder de cacetadas, cuspir pombinhos por todos os bolsos. Acabado o estoque de asas, o artista deu de soltar lenços do mais fino acabamento. Mais tarde, escrevendo para seus superiores, o xerife Melo relatou que com os deixados pelo mágico montaram em Ubaí dos Arcos um comercinho de fazendas de muito lucro e proveito. E no rabo do relatório:

> Se pego outro sem-vergonha desses a gente estabelece em Arcos uma fábrica de tecidos.

Alma de artista forrada com bilhete de loteria

Levava nome de cantor de tango e tocava acordeão. Era Cristóbal Gardel. Pisou Itamaraju de Lajes, alugou quarto no Hotel Moderno e estampou anúncio de mestre de música. Deu aulas, primeiro com hora marcada. Depois sem hora nenhuma, porque logo viram que Cristóbal era duro de ensinar e mais duro ainda de tocar. Atrasado nos pagamentos do Hotel Moderno, sapato já em boca de jacaré e acordeão sem serviço, o artista desabafou no ombro do amigo Almeidinha da Silva montado nesta queixa:

— Amigo Almeida, esta cidade não dá valor ao artista. Vou para Cravinhos. Lá o povo é louco por acordeão. Recebe a gente bom tratamento, tem até estipêndios do governo, faz carreira e mais de um músico saiu para a política, como vereador e deputado. Vou embora para Cravinhos.

Foi. Dois meses depois, tendo Almeidinha de fazer viagem de cobrança, parou em Cravinhos para ouvir aquela voz muito conhecida que apregoava bilhetes de loteria:

— Quem vai na vaca? Quem quer ficar rico na vaca?

Era o artista Cristóbal cercando freguês de loteria na boca da praça da Estação. E Almeidinha de braços abertos:

— Amigo Gardel, mudou de ramo? Deixou a arte?

E Cristóbal, meio encalistrado:

— Acordeão em Cravinhos, sem ajuda de bilhete de loteria, não dá. É pior que Itamaraju de Lajes, amigo Almeidinha. Estou arrumando dinheiro de modo a viajar para Santo André de Sapucaí. Lá todo mundo é maluco por acordeão. É lugar para o artista encher o baú. Recebe estipêndios do governo, pode fazer carreira na política, sair vereador e até deputado. Vou embora para Santo André de Sapucaí.

E saiu apregoando, pela praça da Estação, suas ilusões feitas de números e papel pintado:

— Olha a vaca! Olha a vaca! Quem quer a vaca?

Uísque de velho é coalhada

E o velho Eucalistes de Aragão, que babou um cacho de palavras no ouvido de certa moça da rua Uruguaiana, levou um bofetão tão mal-encarado que seus setenta e quatro anos ficaram esparramados no meio-fio. Um relojoeiro correu, montou o velho de novo, deu corda e mandou que fosse andar:

— Vai contratar outro bofetão. Vai!

E enquanto limpava o paletó amarfalhado, Eucalistes falou em tom menor:

— Se apanhar na cara fosse voto eu era senador vitalício. Venho levando bofetões desde 1914. Já peguei duas guerras pelo chifre. Doze governos, quatrocentos e trinta e dois tabefes, sessenta e cinco socos em várias repartições do organismo, além de vinte e quatro bengaladas, no tempo em que a bengalada estava em moda e tinha muita saída. Na verdade, não ganho para dentadura postiça e esparadrapo. Eu devia ser aposentado pelo Instituto de Previdência como profissional de levar tapa na cara. Mereço!

E foi mergulhar as mágoas numa coalhada de dois pavimentos de idade.

A voz que perdeu o freio

Carta de Abelardo Matoso ao amigo Alípio Costa, de Sapucaí da Várzea:

> Compadre velho, logo que pisei pedras do Rio de Janeiro tomei aula de educamento da voz com um mestre de garganta. Com dois meses de praticamentos, fui dado como preparado para falar em qualquer recinto. Nem lhe conto! Fiquei tomado de uma voz grossa nunca vista. Ela já era encorpada em Sapucaí da Várzea e muito mais avantajada ficou no trato do mestre de gargantismo. E foi assim que cheguei na repartição do dr. Arcoverde de Melo para entregar a carta de empenho do pessoal da Irmandade de São Benedito. E andava este seu compadre na melhor parte da palestra, de fazer até coisas bonitas com a garganta, quando apareceu um sujeitão espaçado, de óculos na mão, perguntando se o pessoal da repartição tinha ligado a bomba d'água ou qualquer outro motor de igual calibre. E brincancista: "Tem mangangá na sala?". Achei isso uma falta de respeito pelo que larguei nas bochechas do perguntante um discurso de abalar os alicerces do edifício. Compa-

dre, na hora que deixei os compartimentos do governo tiveram que parafusar tudo de novo, portas e janelas. Desmontei duas mesas e estilhacei para mais de dez vidraças. Por essas e outras é que fui contratado para cantor lírico do Circo Alemão e já meti na cabeça dos graúdos da companhia que praça boa de dinheiro é Sapucaí da Várzea. Compadre, te manda dessa desgraça que vou demolir esse municipalismo com o canhão de meu gogó. Te manda, compadre, enquanto não chega o Circo Alemão.

A eternidade ao alcance de todos

Carta de Micael dos Reis a um primo de São José do Monte, o mecânico Manuel Bastos:

Manequinho, não precisa mandar mais carta para a oficina de lanternagem de Zuzu Tavares, uma vez que mudei de ofício e abracei a carreira de escultor moderno. Sei como o pessoalzinho de São José do Monte vai rir ao saber que o filho de Santinho Reis está fazendo nome a poder de ferro-velho e coisa destorcida. Peguei inclinação pelo ramo no dia em que vi nos jornais um para-lama de sucata que pegou o primeiro prêmio numa demonstração de esculturagem no estrangeiro e mais depois em São Paulo. Aí, primo, meti os peitos. Nem retirei o macacão de lanterneiro. E de macacão, todo lambuzado de óleo e sujo de graxa, pulei para o negócio de lata velha. Peguei de jeito uma porta de automóvel, meti o maçarico nela, furei e bordei. Em seguimento, lasquei por cima uma pá de ventilador e arrematei a obra com uma antena de televisão. Parti para a IV Exposição da Primavera com esse trabalho que chamei de *Vento outonal nas rosas do meu coração*. Não tirei o primeiro lugar porque um cretino teve a ideia genial de aparecer com um fogão econômico de 1917 soltando fumaça por todos os buracos. *Começo e fim da criação*, como era o nome do dito fogão econômico, venceu de ponta a ponta. Uma dona ficou tão esfogueteada que comeu três quilos de fumaça e foi esvaziar o estoque no hospital. Em todo o caso, meu *Vento outonal* tirou o segundo posto e uma braçada de palmas nos jornais. Agora, na próxima vez, vou aparecer de macacão, barba escorrida no peito e de boné listrado na cabeça, de modo a ficar nas evidências do mundo. Vou entupigaitar a praça com o *Jarro do Barão*, um penico que muni de uma trombeta de gramofone e um vidro de magnésia leitosa. Primo, em matéria de invencismo eu sou fogo selvagem. E para despedir, recomendações aos tios, principalmente um grande abraço na prima Noca. E não deixe de ver se compra em São José do Monte e redondezas uma caixa de descarga antiga, daquelas de puxar por uma correntinha, porque pretendo concorrer a uma exposição na Bahia que vai render uma nota bonita fornecida pelas famosas Pílulas Anticoncepcionais Minerva. Uma caixa desse tipo não é só folclorítica como fotografática. Calha muito bem em recantos de sala de visita por baixo daqueles retratos de família em feitio oval.

Mula sem cabeça feita em casa

A noite apareceu de rabo de fora e a conversa na sala grande da invernada de Ramiro Aires de Ataíde versava sobre alma do outro mundo. Cada qual presente era mais relatoso em assombração, cada qual mais contativo que o outro. Era de ver os exagerados daquelas bocas de pasto, casos e mais casos de arrepiar a noite trevosa. E andava Ramiro às voltas e revoltas com um boitatá, que de tão boitatá chegou a prefeito de Ponte Alta, na hora em que um forasteiro veio pedir talher e cama por uma noite, fugido que andava do vento e do corisco:

— Tenho distância longe a derrotar pelo que peço telhado por um pernoite só.

Ramiro Aires de Ataíde mandou que ficasse a gosto, que arrastasse cadeira e viesse encorpar a conversa assombrada:

— Fique como se em sua casa estivesse, amigo.

O chegado encaixou sua figura num canto, pendeu a cabeça e assim ficou por tempo de ser esquecido. Até que o major Tatão Navega apareceu nas águas de um caso dos mais negros negrumes, uma certa mula sem cabeça que fazia e desfazia. E

Navega tanto espichou o acontecido da mula sem cabeça, da cauda aos dentes, que todas as presentes pessoas ficaram arrepiadas. De braço dado com esse sucedido, um frio de cruz de cemitério atravessou a sala de Ramiro Aires de Ataíde de ponta a ponta, do que uma coruja aproveitou para pingar seus agouros nos ouvidos da varanda. E o major de mula sem cabeça em punho:

— Era municiada das piores maldades, de não existir igual nem no tempo em que o milagroso são Jorge andou pelo mundo!

Foi nesse entrementes que o desconhecido, não aguentando mais, implorou:

— Nossa! Socorro! Quero voltar para casa!

E na presença dos olhos espantados de Ramiro e seus parceiros de conversa assombrada, o desconhecido deu de voar pelo teto da sala para ganhar a varanda e subir na aba de uma nuvem que o ventão de rabo virado empurrava na direção do cemitério de Ponte Alta. Com medo da mula sem cabeça do major Tatão Navega.

Revólver de mágico é pombo

E de supetão, na rua do Cravo, em noite de Santana de Ururaí, um mascarado chegou e atarraxou no pé da barriga do mágico Cinofredo Paixão um revólver de metro e meio. E de gatilho fumegante:

— É um assalto! Passa a bolada. Tudo serve. Até dente de ouro.

Cinofredo meteu a mão no bolso para sacar uma penca de pombos. Foi um bater de asas sem medida, de embranquecer o luarão de Santana de Ururaí. Atordoado, o revólver murchou e fugiu. E Cinofredo na poeira do ladrão:

— Tu teve sorte, cretino! Se estou em noite de fazer mágica em circo mambembe, a cinco tostões por cabeça, tu ia pegar pelo chifre um par de surucucus desta idade! Que em circo vagabundo eu não gasto pólvora de pombinho. Lasco chumbo grosso de jararaca para cima. Tu teve sorte! Tu nasceu de novo, sem-vergonha!

Voo para são Pedro não tem escala

O velho Nonô Barbeitas, do comércio de farinha de pau de Sertãozinho de Limeira, estando no meio de uma perna de peru, sentiu aquela pontada nas partes subalternas pelo que apalpou a barriga e caiu de cama. Correu na direção de sua pontada, de maleta na mão, o moço Gasparzinho Ferreiras, prático da Farmácia Santo Onofre. Olhou, examinou, fechou a maleta e sentenciou:

— É negócio de operação, que só doutor formado vai dar jeito.

Nonô, mesmo esganado pela dor, botou a boca para o lado e garantiu:

— Saiba o sujeitinho da Farmácia Santo Onofre que barriga de Nonô Barbeitas é coisa sagrada. Morro com muita honra e glória mas doutor algum, por mais doutor que seja, vai meter faca na minha pessoa. Não sou boi de corte.

Mas Nonô piorou. Começou a variar, a não dizer coisa com coisa. Os filhos mandaram vir avião de Belém do Pará para meter o velho em sua operação salvadora. Nonô deu por paus e por pedras. Protestou, pediu revólver:

— Mato um!

Mas embarcou acalmado por uma injeção e pelos cuidados dos parentes e dos filhos. E mal saiu da agulha, viu um cacho de nuvens alisando o vidro da janela do avião. Aí Nonô berrou:

— Bem que eu não queria sair de Sertãozinho de Limeira! Estou morto. Já estou até entrando na barriga do céu. Virgem Nossa Senhora!

Parou. Mas ao ver, pela primeira vez, a barba de espanador do piloto, voltou a dizer, muito falecido e sepultado:

— Morto e nas mãos de são Pedro!

E para não cair em mentira, morreu de verdade.

Na aba do último sono

Ao sentir que estava entrando no ponto-final, que nem mais uma vírgula tinha de vida, Ortegal de Sá, aposentado dos Correios e Telégrafos, mandou chamar dona Bejuína, sua mulher, para pedir em voz três por quatro:

— Quero um favor muito especial, Bejuína. Quando morrer não desejo ser enterrado no jazigo de sua família, com aquele anjão de espada em punho na aba do meu último sono. Como teu falecido pai era muito sumítico, em lugar de trazer um anjo do céu mandou comprar um anjo de casa de belchior que mais parece um guarda-noturno de boné azul-marinho. Ademais, o anjo é o teu retrato. Só que anjo não tem bigode e tua cara tem.

Sorriu e finou.

Pilatos Cambará na mira da alça de caixão

Estava vai-não-vai, morre-não-morre.

Veio o padre, veio gente para chorar e o caixão para enterrar Pilatos Cambará. E Pilatos Cambará não morreu. Meia semana depois, seus setenta fagueiros anos estavam de jogatina no Bar Azeredo. Era batendo no peito abaulado que Pilatos afiançava:

— Doencinha boa! Até estou mais limpo da ideia.

Mas assim como arribou, assim recaiu. De novo veio gente, de novo veio o padre, de novo veio o caixão e até grinalda veio. E na hora de assinar os papéis com são Pedro, Cambará pulou da cama e correu para a jogatinagem do Bar Azeredo. E outra vez batendo no peitinho abaulado:

— Até que estou mais revigorado. Doencinha boa!

E uma quinzena depois, estando no bem-bom de um sete e meio, na parceirada dos amigos, recebeu da Funerária Esperança a seguinte carta:

Prezado senhor:

Por duas vezes o nosso conceituado estabelecimento teve a honra de ser chamado a seu serviço e por duas vezes V.S.ª roeu as cordas e não usou os lindos caixões que mandamos confeccionar em jacarandá-do-brejo especialmente para a sua pessoa, pelo que debitamos na conta de V.S.ª esses dois rebates falsos bem assim como as despesas do transporte.

Outrossim, deixamos de debitar as grinaldas e flores artificiais, com o nome de V.S.ª em vistosas letras de ouro, porque esse material pode esperar por longo tempo sem desbotar ou manchar. Com essas providências muito lucrará V.S.ª porque, na ocasião em que for usado, cobraremos a seus herdeiros os preços de agora, sem juros e sem acréscimos de espécie alguma.

Na esperança de em breve servir V.S.ª, o patrício muito agradecido.

Phimlóphio de Jesus

O velho capitão que virou missa de sétimo dia

O velho Ribaldino de Araújo firmou na cabeça o boné de capitão reformado e foi reclamar no apartamento 201 a barulhada que espumava por fechaduras e vãos de janelas. Veio atender o boné do capitão uma Maria Lúcia em flor, tão em flor que desfolhou seus dezoito anos nos braços do reclamante. Ribaldino velho e a moça em calda rolaram sobre pilhas de casais que entupiam, do rodapé ao teto, o 201. E como Araújo não voltasse os sobrinhos despejaram nos jornais o seguinte comunicado:

> APELO
>
> Senhor de respeito, de óculos de aro, oficial reformado da Marinha Mercante, saiu de casa e não regressou. Vestia pijama listrado, calçava chinelos cara-de-gato e levava na cabeça o boné de capitão de navio. Gratifica-se a quem der notícias do desaparecido.

Ninguém deu notícias nem podia dar. Uma semana depois, falando pelo canto da boca, de cabelos pintados e sapatos de fivela, apareceu Ribaldino todo metido a moderno. E na outra semana, para espanto geral dos sobrinhos e de todo o bairro, apresentava sua futura esposa, a moça Maria Lúcia em flor. E na outra semana casava em Cosme Velho. E na outra semana era missa de sétimo dia na Capela Santa Inês.

Para Deus nas asas da bomba

E antes de bater as botas, Pedrão Caçalho chamou o padre. E nos últimos pontos e vírgulas dos oitenta anos, confessou:

— Meu bom vigário, deixei uma bombona deste tamanho nas partes fracas da casa da pessoa que botou a pique minha paz e meu viver sossegado. Vai rebentar no prazo de vinte e quatro horas. Sem apelo e sem agravo.

Revirou os olhos e encerrou a fatura. O padre, batina encolhida, botou a boca na praça do Rosário:

— Vai tudo pelos ares! Tem bomba solta em São José de Ubá!

Não ficou ninguém na cidade — foi como se a peste tivesse chegado. Nem tiveram tempo de enterrar o defunto Caçalho, que foi colocado a um canto do cemitério até que a bomba passasse. Quem tinha binóculo ou luneta ficou de longe, deitado em estilo de lagarto, por trás dos pés de pau, esperando pelos trocos. E dito e feito. No prazo estipulado a bomba estourou na própria casa do falecido, pelo que levou para os ares dona Ortensina Caçalho, que nunca pensou que seu Caçalho marido desse tamanho rombo em seus sessenta anos de bofetões e desentendimentos. Quando o povo de São José de Ubá voltou ao cemitério, para o piedoso serviço de encadernar em definitivo o bravo defunto, Pedrão Caçalho parecia sorrir. Feliz da vida.

Mágico vem de bode em lugar de cambaxirra

Era um pobre mágico de pequeno calibre: Matinhos Facó. Tão pobre que não tirava pombos do bolso. Tirava grilos e cambaxirras. Quando fez o seu melhor número foi despedido. Aconteceu assim: ao querer extrair dos punhos um coelho, extraiu um gambá. O diretor do circo foi franco:

— Seu Facó, depois do gambá fui obrigado a encerrar o espetáculo. Houve gente, seu Facó, que teve de tomar dois banhos de criolina. Nunca houve um gambá como o da tua mágica. Nunca!

Sem trabalho, barriga no rés do chão, o pobre artista foi oferecer os préstimos ao Gran-Circus Germânico, uma grandeza de espetáculo. Com leões, tigres e elefantes. Pegou um cargo muito subalternista: ajudante de tratador de cachorros. Vez por outra, para não enferrujar as mágicas, soltava uma cambaxirra avulsa diante do pessoal miúdo da faxina. Aparecia sempre uma boca para elogiar:

— Leva jeito. Cambaxirrinha bem inventada!

Até que uma tarde o Gran-Circus Germânico, atrás dos elefantes e dos guizos dos palhaços, deu entrada em Japoné. Mas aconteceu que na noite da estreia, estando a casa tomada de povo até junto das lonas mais altas, Zeborini, o mágico que soltava pavões pela ponta dos dedos, caiu por baixo de uma febre de quarenta graus. Que fazer, que não fazer? Foi quando alguém lembrou que o sujeitinho tratador de cachorros liberava cambaxirras no avulso e no atacado:

— Por uma noite, serve. Dá para enganar os trouxas.

E foi assim que o respeitável público de Japoné viu aquele pobre mágico de dois vinténs no lugar do grande e incomparável Zeborini. E andava Matinhos Facó na base do fundo musical pronto a soltar suas cambaxirras, quando levantou a mão e nesse levantar de mão deu entrada no picadeiro, feito uma desgraça sem pé nem cabeça, um bode preto de formato nunca visto. Já entrou espalhando gente e quebrando cadeiras. Uma senhora, de peito de rola, ajeitou os óculos e gritou para o marido:

— Peixoto, dá um tiro no mágico antes que o mágico solte outro bode.

Foi uma confusão de ninguém entender mais ninguém. No assobio do primeiro tiro, Matinhos pegou estrada de só parar em Vila Nova, com a maior língua de fora. E longe de Japoné e do Gran-Circus Germânico, afogado em cerveja de botequim, Matinhos disse para Matinhos:

— Estou com o aparelho descalibrado. Quero soltar um mimoso coelho e largo um nojento gambá. Quero botar no céu um par de educadas cambaxirras e aparece no picadeiro o maior bode do Brasil. Qualquer dia sou muito mágico de preparar um buscapé e na hora sair uma guerra mundial já dando tiros e soltando foguetes.

Papel e barbante têm seu Shakespeare

Só mantinha o Bazar Moderno pelo gosto de fazer embrulhos. Ninguém, em Joati do Alto, sabia trabalhar um pacote, fosse de chitas ou mantimentos, como Juquinha Saraiva. Em mês de festa igrejeira o tempo de Juquinha, a pedido dos padres, era todo para enfeitar as prendas de lindos revestimentos. Um gênio do papel com cordão. Quando alguém queria mandar presente, mesmo não sendo comprado no Bazar Moderno, apelava para os embrulhados de Juquinha. Com orgulho de especialista Juquinha pedia explicações:

— É para moça donzela ou senhora de respeito?

Tinha papel especial para cada caso. Uma tarde, estando Juquinha no balcão do Bazar Moderno, chegou certo viajante que pediu um coco e uma garrafa de cachaça:

— E tudo em embrulho de segurança, que tenho muita raça de légua a derrotar.

Juquinha olhou o coco, mediu o tamanho da garrafa, matutou e respondeu:

— Não vendo, não senhor. Não dá para fazer embrulho.

E não vendeu.

O segredo de Jubilato Gusmão

E de repente, de um dia para outro, Jubilato Gusmão apareceu na Seção de Ofícios e Encaminhamentos com um bigode avassalador. Parou gente, nos corredores, para ver tal grandeza transitar. Uma viúva, que carimbava recibos numa jaulinha de atender ao público, botou a mão no peito e antes de dar seu costumeiro chilique falou alto:

— Santa Maria! Até parece o bigode do falecido Jeremias, meu saudoso marido!

Era com a mão emaranhada na selva dos pelos que Jubilato confessava:

— Reconheço que é uma avacalhação lançar um bigode do calibre do meu numa espelunca como esta. Isto é uma repartição para cavanhaque de bode. Estou perdendo meu tempo.

De fato, era uma peça para dez capítulos. Com os meses, foi instituída, na Seção de Ofícios e Encaminhamentos, a hora de ver Jubilato Gusmão pentear o bigode. Sério, ao espelho e diante do olhar esparramado dos funcionários, Jubilato alisava seu enorme latifúndio. E encerrava o cerimonial com um toque de mestre, isto é, um golpe de pente, seco e rápido, de modo a arrebitar as pontas caídas em forma de guidom de bicicleta. E mirando a obra-prima:

— Não é para me gabar não! Mas nem o Brasil comporta peça deste quilate. É negócio para viver no estrangeiro. Pago em dólares.

E assim, trepado no bigode, Jubilato pulou carniça por cima de todos os cargos públicos. De reles funcionário de porão passou a diretor-geral. E nas pontas do bigode, como velas ao vento, viajou para várias conferências no estrangeiro. E só ao morrer, por ter caído do alto de um processo de três andares, é que descobriram que o bigode de Jubilato Gusmão não era de raiz. Era postiço, parente de peruca.

Um sujeito de linhas mal traçadas

E a menina Carminha Guedes, dos enricados Guedes de São Sebastião da Várzea, fez tudo para casar com Zizito Castro. O mais engraçado é que Zizito Castro era o tipo do sujeito que podia ser embrulhado num jornal e jogado no lixo. Todo mal organizado, sem rima e sem nada. Mas a linda Guedes deixava de saber dessa feiura e das linhas mal traçadas de Zizito Castro. Era tocada de paixão fervente que a menina apregoava:

— Sou entupigaitada, zarolha pelo careta. Vou acabar fazendo uma besteira. Tomo veneno e boto a boca nos jornais.

Quando colocaram Zizito dentro do caso, com todos os pontos e vírgulas, Zizito assaltou a Caixa Beneficente dos Empregados Municipais com um empréstimo de três mil contos. E na força desse empréstimo cortou roupa bem cortada, modificou o penteado, comprou lambreta, óculos grandes e partiu para estraçalhar o coração da moça apaixonada. Até falou sozinho:

— Só na lubrificação do topete empatei cem contos de réis. Limpinhos!

E pela mão de um amigo da família, ancorou no palacete

dos Guedes de São Sebastião da Várzea. Zizito Castro parecia uma quermesse. Tinha de tudo, até lapiseira no bolso do paletó. E foi a linda Guedes ver aquela modificação em solas de borracha para dizer tristoza:

— Coitado! Mataram Zizito à tesourada de alfaiate. Ficou uma vaquinha de presépio. Não serve nem para a gente botar na lata de lixo.

E fez descer sobre sua paixão um grosso ponto-final.

Herói afogado em mingau de araruta

No dia em que Gorjão de Ataíde e Melo soube que havia rebentado a revolução de 1930, reuniu a família e com voz de luto avisou:

— Vou pegar no pau-furado. No rabo da semana, se Deus quiser, vou cumprir meu dever militar.

A família de Gorjão caiu em argumentos. Que não fizesse isso, que negócio de pegar em armas podia dar em morte. Dona Tiburcina, avó de fazer crochê o dia todo, largou do canto da sala sua voz antiga:

— Ataíde, Ataíde! Deixa de lado essa profissão de heroísmo. Pensa em teu finado avô Elesbão. Quando rebentou a Guerra do Vintém o pranteado pegou da espingarda e levou um tiro na popa de não ter mais traseira de sentar. Ademais, cuidado com vento encanado, menino!

A notícia de que Gorjão de Ataíde e Melo, mestre da Lira Musical, estava disposto a pegar no pau-furado virou e rodou pela cidade de Cipó da Cruz como buscapé de são Pedro. A viúva Coutinho Reis aproveitou a ocasião para aninhar nas páginas do

Avante um sonetão que tinha lavrado em louvor de um certo e desaparecido Pedrinho Pinto, morto em dente de cobra numa caçada de preá. Só teve o trabalho de extrair o nome de Pedrinho Pinto e colocar o de Gorjão de Ataíde e Melo. No desenrolar do soneto da virtuosa senhora, Gorjão velho aparecia de espada em punho, na popa de um navio, combatendo os mouros na África, vejam só! O coletor Bembém Peixoto, ao ler a peça, confessou:

— É negócio mimoso, é coisa de muita ilustração.

E andava nesse pé o heroísmo de Gorjão na hora em que dona Liberata, a chamado dos filhos, voltou de Araras para cortar pela raiz as bravuras do marido. Na sala de jantar, fardado de roupa cáqui, boné na cabeça e espada derramada pelo chão, estava Gorjão de Ataíde e Melo. E dona Liberata perguntativa:

— Vai ter retreta hoje na praça da Anunciação?

E Ataíde com mão cabeluda no punho da espada:

— Estou revolucionário, dona Liberata. Tenha respeito!

E dona Liberata avançando sobre a farda de Gorjão:

— Toma vergonha, homem! Olha tua figura de boi de presépio. Tenha dó, Gorjão. Tira essas bugigangas do lombo e volta para o teu mingau de araruta. Quem é que vai querer uma barrigona dessa idade, que mais parece coisa de nove meses, em serviço de pau-furado? No que mais pode dar é criança.

E do heroísmo de Gorjão de Ataíde e Melo só ficou o soneto da viúva Coutinho Reis. Com dois pombinhos em cada varapau dos versos.

Os exagerados não vão para o céu

Por motivo de não aguentar sua própria bebedeira, Nhonhô Vates, ajudante de tabelião em Poço das Antas, procurou os serviços de um doutor de marca maior. E assim relatou o caso:

— Quando bebo sou outro, doutor. Fico atacado da mania de grandeza. Se fosse bêbado de porta de botequim, de falar sozinho no meio-fio das calçadas, ainda bem. Mas nada disso. Parto para ser aviador, campeão mundial de boxe, levantador de peso, Castro Alves de aniversário, pianista e até mágico de soltar pombinhos já fui. A última coisa que fui, doutor, quase deu comigo no cemitério. Cheguei em Bom Retiro, que tem um rião de não acabar mais, para dizer que era o maior nadador do mundo. E sem esperar pelo troco, caí na água. Como não sei nadar, adquiri uma barriga desconforme, de liberar peixinhos pela boca e pelo funil do nariz. Pensa que tomei vergonha na cara, doutor? Qual nada. Salvo das águas, parti logo para ser toureiro, o maior toureiro das Espanhas. Se o doutor não der um jeito, eu estreio na próxima semana em Cajuais com o nome de Manolito, El Matador.

Mergulho em moeda corrente do país

Corretor de seguros como João Fifó de Melo nunca mais vai haver. Era montado em roupa preta que Fifó trabalhava para a Companhia Internacional em Jequié de Sete Pontes. De uma feita, na Casa dos Vidros, no escritório de Mombaça de Araújo, retirou da barriga da pasta cachos de papel para informar muito cheio de falas e refalas:

— Vim lhe trazer o melhor negócio do ano, Mombaça. É o mesmo que tirar a sorte grande. O mesmo!

Parou, ajeitou os óculos, frisou com a mão a calça listrada de visitar gente de cerimônia e continuou viagem:

— Vim colocar à disposição do amigo Mombaça um negócio da China. Vim propor, em nome da Companhia Internacional, um seguro contra sua distinta esposa. O dr. Sicarino Lanhoso, hoje saudoso viúvo, três meses antes do falecimento de dona Arnetilde Lanhoso, a conselho meu, segurou a pranteada em mais de cem milhões. Foi muito feliz, porque a saudosa logo tratou de desabar do alto da escada de modo a cair em cheio na caixa seguradora da Companhia Internacional. E tive o prazer, tempos depois, de pagar a Lanhoso aquele jacá em moeda corrente do país. Já o cretino do Abreuzinho Arruda meteu os pés pelas mãos. Ao ver o tamanho da bolada que a viuvez deixou no bolso do Lanhoso, tratou de fazer o mesmo com sua bondosa esposa. Firmado o seguro, Abreu ficou esperando que a extremosa caísse de uma escada ou fraturasse a testa num poste de rua. Como a referida era dura de roer, o débil mental, sem a menor paciência, largou na direção da ilustre senhora quarenta e dois pontos de porretada. Uma exorbitância!

Na porretada de Abreuzinho Arruda o corretor de seguros parou, ajeitou de novo os óculos, frisou o vinco da calça e arrematou:

— É o que eu digo. Fazer seguro tem sua arte, sua mestria. É uma questão de paciência. Ninguém, que tenha cabeça de pensar, vai firmar um seguro da esposa e no mesmo instante adquirir nas proximidades de casa um vidro de arsênico. Dá na vista. Tem sempre um abelhudo para botar a boca no mundo: "Vi o marido dela comprando veneno na Farmácia Aurora". Em verdade, o sujeito que tem competência para fazer um seguro deve contar, antes de tudo, com o tráfego, com as escadas, com um susto bem administrado na calada da noite etc. etc. Por isso é que venho propor ao amigo Mombaça um negócio de vulto em seu favor e contra sua digníssima esposa. Mire-se no caso do dr. Sicarino Lanhoso. Com um serrotinho bem trabalhado cortou o degrau por onde passava sua Lanhosa esposa e foi uma queda só. Uma queda de cem milhões, amigo Mombaça!

E foi assim que Mombaça de Araújo, da Casa dos Vidros, pegou trinta anos de prisão.

A importância de usar óculos

Arsênio Burlamaqui, caixeiro em férias, pisou pedras de Marimbondos do Funil atochado de armas e munições. Falou para o primeiro que encontrou:

— Vou às onças!

Foi. Uma semana depois deixava Marimbondos do Funil meio perneta, meio zarolho, sem armas e sem munições. Explicação de Arsênio para seu pernetismo e zarolhismo:

— Segui as regras do *Guia do perfeito caçador*. Na hora do tiro na onça, perdi os óculos.

O maravilhoso a serviço municipal

Relato que o juiz de paz e mestre de letras do Quintão do Alto endereçou às autoridades superiores:

> Tenho o sentimento de comunicar o acontecido que sucedeu nesta progressista comarca no decorrer da prisão do indigitado Antônio Sapo. Vendo o repelente indivíduo, pelos poderes da treva, feito o escrivão Bentinho Ramos botar um ovo de galinha em pleno largo da Lapa, foi preso pelo delegado Chiquinho Kalil com o respectivo delito do crime, o mencionado ovo. E estava Chiquinho desatarraxando a confissão de livre e espontânea vontade do dito sujeito, com auxílio de um par de alicates e o medicamentoso maçarico de bombeiro, quando a competente autoridade desatarraxadora deu de dar coices, fazer macaquismos de jerico e urrar em feitio de jumento. E na vista de todos, autoridades nomeadas pelo governo e mais o pessoal da vereança, começou a crescer nos confins de Chiquinho um rabão de burro. E mais depois, nem era passada meia hora, brotou a primeira orelha grande, de ventarola, em Chiquinho. Era um cavalo em pessoa, transformado pelas ar-

tes negras do dito Antônio Sapo, que sumiu sem ninguém mais saber do seu nefasto paradeiro. Em vista disso, desmontei Chiquinho Kalil de sua competente autoridade, mas tive a artimanha de não deixar a pessoa dele cair em descrédito, pelo que indiquei Chiquinho, por ser do partido que está de cima, para a diretoria do ensino municipal com a brecha deixada por Pedrinho do Carmo, que aprendeu a ler e escrever, fez dois discursos e foi ser caixeiro em Diamantina.

O desatarraxador de dívidas

E deram a Bebé Reis o emprego mais sossegado da firma Almeida Rosa & Cia., isto é, o de cobrador itinerante das dívidas mortas e sepultadas. Bebé, de pasta empanzinada de recibos, partiu para sua primeira cobrança: a de desaparafusar quarenta contos de um tal Pepito Cunha, da praça de Cipó dos Índios. Antes de bater na porta de Pepito, o cobrador Reis foi espancar a sede a porretadas de cachaça no Bar Dois Irmãos. Na curva da quinta cacetada a brabeza de Bebé veio para fora. Gritou que com ele não tinha caloteiro que escapasse. E mostrando a pasta preta:

— Cobrei até de Lampião que era Lampião quanto mais desse tal de Pepito Cunha. Nem vai ter graça.

Foi quando junto dele encostou aquele caminhão de calça e boné. Era Pepito Cunha em pessoa. Mas não veio com bruteza ou faltamento de educação. Foi pomponete, em jeito de moça donzela. E falou assim:

— Pois é, sou Pepito Cunha e quero lhe pagar o devido.

E começou a desembrulhar de dentro das calças uma faca que mais parecia, de tão comprida, escada de Corpo de Bombeiros. E abancado na mesa de Bebé Reis, deu de fazer contas e recontas da dívida. Somou, diminuiu, espichou cifras e encurtou cifras. E deixando cair o braço de palmeira velha no ombrinho mal pago de Bebé Reis:

— Pelos meus somados, seu compadre, a firma ainda deve a Pepito Cunha vinte contos de réis, coisa que dou por liquidada se o distinto cobrador passar para meu bolso cinco bagarotes de conto de réis.

Bebé raspou os bolsos e transferiu para a mão de Pepito Cunha seus últimos dinheiros. E no meio da rua, feliz da vida, mostrou a pasta e falou:

— Eu não disse? Comigo o sujeito para na boca do cofre! Lampião que era Lampião pagou. Por essas e outras é que vou pedir aumento na firma. Sou o maior cobrador do Brasil. O maior!

Céu não é lata de lixo

E Janjão Ferraz, fogueteiro de Santo Antônio do Fundão, reuniu a Associação do Comércio Varejista, de que era presidente, para uma sessão especial. Todo de preto, como em fotografia para jornal, Janjão bateu a campainha, pediu silêncio, olhou o retrato do comendador Aniceto Feteira dependurado pelos bigodes na parede, tossiu para limpar a garganta e disse em voz de inauguração pública:

— Venho pedir um voto de congratulações para meus colegas que acabam de descer na Lua. Vai para mais de trinta anos, quando instalei a Fogueteria Estrela-d'Alva, pedi auxílio ao governo de Santo Antônio do Fundão para criar um ninho de foguete. Não recebi fomento algum. Mesmo assim, sem auxílio dos cofres públicos, já mandei para cima, na força dos meus rojões, um par de gambás, dois ratos, o álbum de família do comendador Aniceto Feteira, um alentado processo que a Coletoria Estadual moveu contra mim, o anão Joãozinho Laranjeira, uma mula sem cabeça aparecida na rua dos Frades, um livro de atas da Beneficência Portuguesa, a harpa do dr.

Aprígio de Rezende, dois quilos de acrósticos da viúva Moreira Chaves, dezoito dobrados da Lira Flor de Maio, bem como um par de papagaios. Se tenho amparo do governo, meus senhores, era Janjão Ferraz de fazer a comarca voar pelos ares para a grandeza do estado do Ceará e do Brasil.

Deu por encerrada a sessão, tossiu histórico e foi dormir histórico.

Guerra de Canudos ataca de guarda-chuva

Ao bater a estaca dos setenta e quatro anos, Barbalho de Almeida, aposentado do governo, adquiriu costeletas de cantor de tango argentino e mudou o feitio da roupa. Lascou tudo que foi paletó e ficou por dentro das mais lantejouladas camisas. E anunciou na casa das sobrinhas Barbalho:

— Vou casar. Vou dar fim ao meu solteirismo.

Logo retiraram da prateleira devidamente passada a ferro uma prima Barbalho que morava em Bauru. Escovada, embonecada, veio aquele boitatá para a casa das sobrinhas Barbalho na esperança de lançar ferros no coração do velho. Quando o solteirão bateu os olhos naquela antiguidade do tempo das ventosas, gritou:

— Tira essa maxambomba de minha frente! Isso dá reumatismo. Uma carabina! Mato essa velha agora mesmo. Com dois tiros no pé do ouvido!

Viram logo que Barbalho, bode velho, queria capim novo. E tanto queria que uma semana depois, estando as sobrinhas no ajantarado de domingo, receberam a notícia nefasta que escorreu pelo telefone tarjada de luto:

— O comendador Barbalho de Almeida acaba de falecer no Hospital Santa Teresinha de Jesus.

Depois do enterro, que teve discurso do promotor público e homenagem da Associação Atacadista de Jundiá do Pilar, um compadre do falecido, que levou Barbalho para as mãos do médico, relatou o que houve. Estando Barbalho em fase de atirar em todo o mundo, atirou em certa moça que servia no consultório do dr. Agamenon Lustosa. Como o doutor não estivesse, a moça resolveu atender ao pedido de Barbalho que era o de suspender a delicada saia para dois palmos além do joelho. A menina do consultório exagerou e suspendeu todos os panos de uma vez só. Quando Barbalho viu aquele ninho de beleza que morava por baixo dos levantados, engasgou, apontou o guarda-chuva, estufou o peito e avançou. E antes de morrer, passando a limpo seus tempos de alferes da Guerra de Canudos, gritou:

— Um brasileiro não corre da raia!

Ficou a meio pau de distância da moça bonita. Mortinho para nunca mais.

A bonificação do comedor de fogo

Anaclício Alves era ajudante de ferreiro de um tal de Pedrão Feijó. Certo dia, por questões de ferro mal malhado, brigou com o patrão. Palavra vai, palavra vem, Feijó por um triz não fez Anaclício comer meia porção de brasa da sua forja. Posto no olho da rua, o aprendiz de ferreiro foi pregar em outra freguesia e da outra freguesia sumiu no mundo. Muitos anos depois veio no Circo de Sevilha como número especial. O nome de Anaclício, o maior comedor de fogo já existido, piscava em letras enormes na propaganda do Circo de Sevilha. A cidadezinha de Cajamá da Serra correu para ver o conterrâneo Anaclício. E antes de entrar em ação, no espetáculo da estreia, o comedor de fogo fez uma saudação em louvor do respeitável público de Cajamá da Serra. Neste teor agradecido:

— Devo tudo que sou ao ferreiro Pedrão Feijó. Em sua ferraria comecei comendo brasa e hoje como fogo.

Palmas para Anaclício, que nessa noite, depois de soltar labaredas no Circo de Sevilha, deu um número extra como bonificação: incendiou uma fábrica de mariola, a casa do ferreiro Pedrão Feijó e a Câmara de Vereadores.

Hora e vez do bombeiro Aristonildo Arruda

Foi um festival tão quente de não haver outro em tempo de cem anos. Começou com um soneto de Olavo Bilac e acabou no Código Penal. Na polícia, depois da competente triagem, escaparam todos, pois todos eram do tipo você-sabe-com-quem-está-falando. O delegado, macaco velho em comemorativo, soltou um por um. Até que encalhou em certo Aristonildo Arruda. Viu logo a autoridade que esse Aristonildo Arruda não podia tomar parte em festival de tantos e movimentados instrumentos. E indagativo:

— Isso é nome de gente ou de sabonete?

O pobre Aristonildo pediu licença para explicar sua Arruda presença em convescote chovido a uísque e champanhe. Disse assim:

— Doutor, sou da profissão de bombeiro e fui convocado para fazer um biscate num cano furado. Trabalho arrematado, a moçada do recinto resolveu prestar um comemorativo ao cano consertado. Logo uma menina deu de tirar o que era dela e varejar para o alto. Outra fez a mesma desfeita. E outra seguiu talqualmente as duas. Aí ninguém era mais responsável por responsabilidade de ninguém. Todos os distintos tiraram seus pertences de ficar, em canto de sala, uma trouxa de roupa que quase furava o teto. Vexame maior foi quando um senhor de óculos, que até parecia sujeito do foro, gritou: "Caminho da roça, minha gente!". A moçada fez fila. E lá foi o bombeiro Aristonildo, doutor, de cambulhada com os distintos. O cordão de gente, solto nos corredores, deu de entrar em tudo que foi apartamento sem ser chamado ou assuntado. Vi, com estes meus olhos de viver e morrer, quando uma dona gorda, que jogava jogo de carta com outras donas gordas, gritou: "Peixoto, apanha o revólver! Os comunistas estão chegando, Peixoto!". Para encurtar, doutor, que o seu tempo é pouco, quando a correição voltou para o apartamento do meu conserto, no meio da farra, entre outros trazidos, rebocava um par de velhos, um perneta, um meirinho da Justiça, uma bateria de cozinha, um piano de cauda, um vovô de cadeira de rodas e mais um papagaio que berrava a todo vapor: "Esta é a maior! Esta é de lascar!". Depois, não vi mais nada. Meteram cachaça no papo do papagaio e deram de soltar velhos pela janela que foi um dilúvio!

Capenga de papel passado

Deixou o chapéu de regente da Lira 13 de Maio em cima do balcão do Empório Novo Mundo e comunicou com jeito de parada militar:

— Rebentou negócio de tiro no sul. As tropas já estão descendo. O governo mandou arrebanhar todo o mundo. Até gente de banda de música. Vou para a fronteira pegar no pau-furado.

Foi. Uma semana depois voltava o maestro Licúrcio Teixeira possuído de uma bala em parte desabonadora, nas dobradiças do assentador de cadeira. Não tendo heroísmo melhor na mão, a Câmara de Macabeus do Limão concedeu título garboso em louvor da bala de Licúrcio. Com o tempo, o lado estropiado do maestro Teixeira ficou bom como nasceu. Mesmo assim, nas paradas e desfiles de Macabeus do Limão, Licúrcio não deixava de capengar. Baseado nestas boas razões:

— Fiquei bom no civil. No militar continuo ferido. Sou capenga com discurso e louvação. Capenga de papel passado.

E capengou pelas ruas de Macabeus do Limão até que a morte curou o capenguismo de Licúrcio Teixeira com poções de sete palmos de terra por cima.

Sem boi e sem bicicleta

Afonsinho Rosa, segundo os apanhados do boticário Nicanor das Poções, foi o sujeito que mais bofetadas tomou em território de cem léguas, de Juribocas a Santo Antônio do Serrado. Era mexendo no pilulador da Farmácia Alemã que Nicanor garantia:

— Se tapa fosse dinheiro corrente, Afonsinho era o sujeito mais enricado desta jurisdição. Mais que o Banco Hipotecário, mais do que o pessoal da Associação Comercial.

Não houve tábua de mão de Santo Antônio do Serrado que Afonsinho Rosa não levasse pelos barrancos do focinho. Nesse trabalho grosso, de apanhar de uns e outros, ficou quinze vezes sem sentidos, perdeu uma dúzia de dentes, criou um calombo maior que araçá na testa e teve o nariz adernado para a esquerda de não ter desadernador que desse jeito. Só levou uma vantagem em apanhar tanto de uns e de outros. Era vesgo até que em certa ocasião, depois de adquirir pela cara um bofetão de Bembém Cardoso, ficou curado desse desbenefício de nascença. Se foi um conforto para Afonsinho, foi uma desgraça para Bembém. O major Secundino de Araújo, zarolhista de berço, sabedor da medicinosa munheca de Bembém, mandou convocar o munhequista à sua presença. E intimativo:

— Seu Bembém, descarregue o peso do braço na minha venta de modo a consertar o descalibramento das minhas vistas. Lhe dou, seu Bembém, um boi do Piauí e uma bicicleta com buzininha e tudo pelo serviço. Não faça cerimônia, seu Bembém!

Bembém arregaçou as mangas do paletó, cuspiu na palma da mão, pegou distância e largou a maior bofetada do ano na cara larga de fumar charutos do major Secundino Araújo. Quando a poeira do bofetão sossegou no assoalho, o major estava com as bochechas mais inchadas do que dois travesseiros e mais zarolho do que quatro zarolhos. Bembém Cardoso morreu na hora. Sem boi do Piauí e sem bicicleta com buzininha nova.

Onça em tiro de fotografia

Um que foi às onças: Aruinha Pereira. Desceu em Pilar da Cruz falando em tiros e calibres de espingarda. De tarde, vindo do carrascal, chegou, dependurada em vara, uma onça morta à zagaia. Rapidinho, de máquina armada, Aruinha pediu que batessem para ele uma chapa. E de espingarda na mão e botina na cabeça da pintada Aruinha posou para a eternidade da fotografia. Isso feito, agradeceu, arrumou as bagagens, pagou a conta no Hotel dos Viajantes e pediu condução. Na hora da largada, já na soleira da porta, o hoteleiro indagou de Aruinha se voltava para dar morte às onças. E para fomentar o tiro de Aruinha:

— Tem cada peça, doutor, de pedir bala grossa! Onça aparentada de bezerro.

E Aruinha firmando o chapéu de caçador na cabeça:

— Que onça? O amigo acha que vim do comércio limpo do Rio de Janeiro para morrer em unha suja de onça? Era o que faltava! Vim só tirar fotografia, que em caçada o que vale é a fotografia. Com essa onça de hoje, é a quinta que mato a poder de máquina de tirar retrato, meu amigo. A quinta!

E partiu, com armas e bagagens, na mula das sete horas.

Diretor espuma portarias do *Diário Oficial*

Foi reclamar na Divisão das Águas e tratou o contínuo de doutor:

— Moro em Queimados e vim fazer uma queixa, doutor.

O contínuo, ao receber pelas ventarolas título assim tão ilustre, raspou o assoalho da garganta, endireitou a lapiseira no bolso e falou meio sobre o rebuscado:

— A parte pode exibir a competente prova de quitação das taxas?

Escolastino Vieira, orgulhoso, informou que pagava adiantado:

— Estou quatro meses na frente, doutor.

O contínuo, muito entendido, esclareceu:

— Neste caso, o assunto não pertence à jurisdição desta dependência. É privativo da 2ª Região.

Na 2ª Região ninguém sabia de pagamentos adiantados. Mas um sujeitinho, de palito no canto da boca, lembrou:

— É capaz de ser com o Adrião. O João Adrião é que vive mexendo com essas coisas. Procure a Seção de Levantamento e Comunicações.

O Adrião não estava. Uma senhora de coque e nariz em jeito de vírgula perguntou a Escolastino se não queria falar com o próprio chefe do Levantamento e Comunicações:

— Seu Albernal Lustosa chegou agora mesmo.

E Escolastino:

— Se não é incômodo, falo.

Esperou meia hora, quase foi atropelado por um carrinho que transitava apilhado de processos, mas enfim chegou até o chefe do Levantamento e Comunicações, um esvaidinho que recebeu Escolastino com olhar de papel timbrado. E Escolastino estendendo a mão que o homem não apertou:

— Doutor, sou de Queimados. Vim fazer uma reclamação.

O esvaidinho pulou como se fosse acionado por uma mola. E aos berros:

— Vire a língua! Em minha presença ninguém reclama coisa alguma. Ainda mais que a Seção de Levantamento e Comunicações é um exemplo de organização. Digo mais. Um exemplo para o Brasil. Já saiu até nos jornais, ouviu?

Escolastino pendeu a cabeça, endireitou a gravata e falou com humildade:

— Gosto dos canais competentes, doutor. Não sei passar por cima de ninguém. Mas vejo que sou obrigado a apelar para o ministro que é meu primo-irmão. Um telefone, por gentileza.

E falou para o primo ministro. Quando deixou o fone, o esvaidinho do Levantamento e Comunicações estava desmaiado no sofá. Espumava portarias do *Diário Oficial*.

Ferreiro não tem mulher de pau

Carta de dona Angelina Pacó para seu Pacó marido, ferreiro de bom conceito em Santo André do Pinhal:

> Marido, saiba que não tem sujeito mais sem sorte do que sua pessoa. Por motivo de botar tua ferraria na ponta dos cascos, coisa de destroçar de inveja o povinho falador de Santo André, peguei um jogo de carta com Juquinha Melo, aquele vendedor de cereais que sempre pegava hospedagem no Hotel da Ponte. Falta de sorte tua, por causa que o danado só quis apostar em coisas de meus pertences carnais. Joguei o cabelo e perdi. Joguei os braços e perdi, bem assim como o que estava bem guardado da cintura para baixo, pelo que tive de acompanhar o sortudo do Juquinha para sua casa de Itaúna até desgastar a dívida, fazendo ele uso e abuso do que ganhou pelo direito do jogo, depois do que volto para tua companhia com a honra limpa e desendividada, que não sou mulher de deixar o nome do marido na falência.

Um processo de cem anos de tamanho

Em assunto de crime e suspeitismo o capitão Dedé Quaresma era muito especial. Honrava as montanhas de Mimoso do Norte com seus galões e perícia. Anos antes, em dias já passados em desuso, tinham dado passaporte para o céu a um certo Chiquinho Lima, imperante em muitas terras e muitas águas, rico de não caber numa só pessoa. No calcanhar do criminoso saiu andando e rolando um processo de enraivadas páginas. Quanto mais o processo engordava mais o matador diminuía de ser encontrado. E de pulo em pulo, de diligência em diligência, chegou muito velho e muito penado na mão de Dedé Quaresma. Dedé, olho de verruma, viu logo que era coisa aposentada. Mas, de imediato, arrumou trabalho para o processo. Quando batia em Mimoso do Norte um sujeitinho qualquer, com sintomas de fazer política, levantar votos na praça, Quaresma coçava o queixo e ordenava para um certo Cacá de Araújo, seu sargento-ajudante:

— Oficial Araújo, retire das prateleiras o processo do finado Chiquinho Lima e enquadre o bichão agora chegado na lista dos suspeitantes.

Ninguém escapava do processo de Chiquinho Lima. E assim, de enquadrar uns e outros, viveu Quaresma até que uma tarde, depois de comer uma tina de jabuticabas, sentiu que era chegada sua hora, mandou chamar o sargento-ajudante e falou com voz dos últimos saldos:

— Oficial Araújo, retire das prateleiras o processo de Chiquinho Lima. Vou com ele para o lugar que tenho de ir.

Parou, tomou vento e continuou:

— É que pode ter algum suspeitante.

E foi assim, de processo embaixo do braço, que o brabo capitão Dedé Quaresma de Mimoso do Norte entrou no céu. Ou inferno. Quem sabe?

Um par de dentes como bonificação

Anúncio que um certo Fifi Campos mandou estampar no *Arauto do Povo*, herói de quatro páginas que infestava, com sua prosa de discurso de aniversário, as ruas de São José de Cacimbas:

> Fifi Campos faz serviço bocal com honestidade e rapidez. Em caso de extorquir dente errado, como é de natural no serviço da ciência, fica o padecente no direito de arrancar mais dois como bonificação. Ademais, Fifi Campos avisa que está capacitado para ministrar o famoso Gargarejo Rui Barbosa, muito salutar para desimpedir a voz em discursos e pedidos de casamento.

Loção Sonho de Valsa com ipsilone

Vestiu roupa saidinha do alfaiate, largou meio quilo de Loção Sonho de Valsa no vão da sovaqueira, apurou o cabelo no espelho e partiu Chicó Rios para tirar a limpo a paixão de Abelardina Cruz por ele. Mas antes de atacar, foi pedir uma remessa de conselhos a Fifi Meneses, seu primo mais velho e dado a conhecer coisas de pedidos de casamento:

— Parente, vou desencravar hoje o caso da menina Abelardina. Primo, diz uns ipsilones para mim. Diz.

Fifi, que lia A *Toutinegra do Moinho* em rede de varanda, deixou o livro dormir no chão e veio ver o parente. Acertou os óculos, fez uma vistoria no primo de alto a baixo, aprovou o sapato amarelo, a roupa zebrada, a gravata roxa, a lapiseira de duas cores, o lenço vermelho no bolso e o topetão na varanda da testa. Depois do que expediu este conselho:

— Primo, só falta em tua pessoa um alentado patuá contra mau-olhado, que tua figura é demais para uma menina só. O parente devia pegar um trem e sair desmoronando moça bonita por este mundo de Deus só no maçarico do olhar. Vai ser galhardoso assim na China. Vai!

Chicó passou cuspe no sapato, ajeitou a caneta no bolso e partiu para a casa da moça Abelardina. Na boca da noite, amarfanhado dos pés ao topete, voltou para falar com Fifi Meneses:

— Parente, não te conto nada! Fui jogado no meio-fio a poder de solavanco e bofetão. O pessoalzinho desta jurisdição não aprecia gente extratosa, de terno bem cortado e sapato amarelo. O povo deste sertão só quer botina rangedeira e aroma de gambá no debaixo do braço. Vou embora para Amarantina.

E foi.

O homem de colarinho de ponta virada

Depois de bem jantado e palitado, de terno preto e colarinho de ponta virada, em conversa na porta da Pensão Elite, o velhote disse ao que vinha:

— Sou inquiridor. Vim fazer inquirições em Curralinho.

A cidade tremeu nas sandálias. Bem-Bem Araújo, do Armazém Olímpico, reuniu a toque de caixa a Associação dos Varejistas e Atacadistas para uma tomada de posição. E sério, com voz de secos e molhados:

— Chegou um inquiridor-geral. É sujeito de poder. Usa colarinho de ponta virada.

Depois de muito gasto de saliva, ficou deliberado que ele, Bem-Bem Araújo, como presidente da Associação dos Varejistas e Atacadistas, fosse procurar, na Pensão Elite, o inquiridor para uma conversa de preparação. E foi assim que Bem-Bem Araújo, de terno passado a ferro, bateu na porta da Pensão Elite. E amarrado de conversa com o inquiridor, fez ver que a desgraça de Curralinho era o prefeito Tatão Gomes, velha ratazana das verbas do governo, sujeito de caráter derretido, que só vivia atrás de menina de Curralinho e era possuído de três mancebas, todas três de casa montada. E no arremate do relato:

— Deixo a inquirição em vosso poder.

E mal Bem-Bem Araújo saía da Pensão Elite, entrava pela porta dos fundos o chapelão de aba larga de Tatão Gomes. Sem perda de tempo caiu em confidência com o colarinho de ponta virada do inquiridor. Que soubesse ele que o povo do comércio de Curralinho era em feitio de ladrão de galinha. Roubava no peso, roubava nas mercadorias, roubava até na contagem das peças. Cada qual mais gatuno que o outro, de não ter dono de atacado ou varejo que não tivesse dinheiro em banco e casa posta com moça desencaminhada. E no rabo da conversa:

— Em poder de vossa mercê deixo a inquirição.

E saiu Tatão Gomes para entrar a professora Estelina Boa Morte, espevitada e bem falante. Queria colocar o inquiridor a par do que sucedia no Colégio Estadual, onde imperava o diretor Onofre Assunção, assaltante das partes das moças com promessa de casa e casamento. E suspendendo os panos de modo a mostrar mais a gosto meio palmo de perna:

— Ando com as seções de baixo roxas de beterraba de tanto beliscão que levo de Onofre. Não aguento. Além do mais, o governo não paga em dia.

Só na manhã seguinte é que Curralinho soube que o hóspede da Pensão Elite não era autoridade do governo e sim angariador de informações do Banco Hipotecário e Agrícola. Lavaram e engomaram o colarinho de ponta virada a pau.

Dúvida que atormenta

O sujeitinho chegou em Xereréu de São Mateus na justa hora em que cruzava o céu, bem por cima da Igreja de Santo Antônio, uma coisa prateada que soltava fumaça de azuladas cores. Chegou, não deu nome, não disse ao que vinha nem ao que não vinha. Era muito baixo e despescoçado. Em pronto instante a cabeça do aparecido sumia nas saboneteiras dos ombros. Aruinha de Melo, que preparava cigarrinho de palha na porta do Bilhar Taco de Ouro, foi logo verrumando o ouvido de Lacavinha Pereira com esta suspeita:

— Capaz que esse sujeitinho é parido da barriga do disco voador que passou zunindo por cima da praça da Aclamação.

Lacavinha, com essa dúvida no buraco da orelha, correu para pedir providências ao major Lagartino Reis, que coçava, no alpendre de sua casa da rua do Rosário, um bicho-de-pé da maior estimação:

— Major, tem suspeitante na praça.

Posto a par do acontecido, sem deixar de amamentar a comichão do bicho-de-pé, o major deliberou:

— Pode ser muita coisa e pode ser coisa nada. Por via das incertezas a gente vai furar o cano dele a poder de cacetadas. Se o bicho espirrar papel com as devidas carimbagens, é fiscal do governo em viagem de multa. Aí a gente reforça a gurungumba com um par de tiros de maneira e modo a mandar dizer para as autoridades da nação que o povo de Xereréu de São Mateus sucumbiu a um anão de disco voador tão sem-vergonha que nem pescoço tinha.

E foi assim que mataram o novo juiz de direito da jurisdição de Xereréu de São Mateus.

O averiguador de assombração

Em Capelinhas de Xiró um plantador de mandioca deu de nariz numa assombração que só faltava apitar para ser trem de linha. Entupido de medo, o mandioqueiro correu tanto de só parar na delegacia, rente da mesa do delegado. E foi assim, assustado, que relatou o que viu e o que não viu:

— Coisa de grande soberba. Um fantasmão que não quero ver outro na vida.

A autoridade não conversou. Mandou chamar um certo Nobertino Azulão e entregou o caso à sua competência. Nobertino era especial em falar com os mortos e foi nessa condição que entrou para a folha de pagamento do xerifado de Capelinhas. Dias depois, voltava à presença da autoridade com o mistério desovado. Chegou e relatou:

— Não é coisa do alto, é coisa de safadeza. Um sujeitinho chamado Juquinha Bordaló está praticando abusamento com filha de Manequinho Chaves, pelo que vive assombrando as redondezas de modo a não ser vistoriado.

O xerife esfregou as mãos, afundou o chapéu de pegar suspeito e partiu, na boquinha da noite, para o recinto do crime. E estava de olho vivo, num matinho de pitanga e gravatá, quando apareceu o assombramento. Rápido, a autoridade caiu de porretada sobre o aparecido que logo sumiu como fumaça. De rabo entre as pernas, o xerife correu em pé de ladrão fugido, só parando na delegacia, para onde, na força do berro, mandou chamar Nobertino:

— Quero neste justo instante ver a pessoa desse sem-vergonha!

E passou para o lombo dele, logo que chegou, a maior surra da quinzena. E no fim da surra esta ordem de despejo:

— Tu não é vidente de nada, tu nunca foi espiritista coisa nenhuma. Está despedido de averiguador de assombramento e levanta a mão para o céu por não ter a minha competente autoridade largado no teu embornal um processo de soltar gafanhoto pelas lombadas. De deixar o sujeito corcunda e maneta.

Abriu as velas e foi embora

Chegou e derramou na mesa do delegado Zozó Dias queixas e agravos contra o capitão Bartolomeu Pimenta, que nos tempos do gramofone andou, de cachimbo e barbas ao vento, montado em navio mercante. Zozó Dias, de queixa em punho, convocou o velho Pimenta. E foi com cara de jiló, de pouca amizade, que Zozó relatou:

— A velha Quinzinha Seixas trouxe pedido de prisão contra sua pessoa por ter, no alegado dela, desonestado uma sua afilhada ainda dentro da menoridade. A lei é braba, de apertar mais que laço de sucuri. É pena que transborda para além de vinte anos de galés. É um despropósito!

Foi a vez de Bartolomeu Pimenta soltar a alegria empenada pelo desuso de quase não rir desde que aposentou a patente. Alimentou de fumo a barriga do cachimbo e garantiu que levava pena de não ser o autor de tão mimoso despautério. Soubesse Zozó Dias que desde o desmonte do encouraçado *Minas Gerais* que ele, Bartolomeu Pimenta, tinha dado baixa nos serviços das águas. E largando o primeiro filó de fumaça no céu da delegacia de Barra Santa:

— Seu Zozó, para enfrentar mar virgem, como é a dita afilhada da velha Quinzinha, menina na força das dezoito marolas, carece o sujeito de leme rijo a tempo e hora. E eu, amigo Zozó, nem mais pequena cabotagem faço quanto mais sair de barra afora com uma navegação desse quilate! Não tenho capacitismo, delegado Zozó!

Abriu as velas e foi embora.

Ninguém morre de graça

Como a indústria de caixão de defunto prometesse mundos e fundos em Limão de Santa Fé, com resmas de mortes por dia, Nequinho Cordão trocou o gatilho de matar a tanto por cabeça pela bem montada Funerária Boa Viagem com placa vistosa no largo do Carmo. E para fomentar ainda mais o negócio de cemitério, Nequinho abriu casa de armas na rua do Sossego, bem nutrida de espingardas, garruchas e facas de ponta. Nequinho, trepado em cima dos seus sapatos pretos de enterro e visita de moribundo, dizia:

— Mato na rua do Sossego e enterro no largo do Carmo.

Em tempo de tiroteio, o que era rotina em Limão de Santa Fé, Nequinho, por trás do balcão da Funerária Boa Viagem, semeava bala sem dono, certo de que bala avulsa sempre encontra um peito desprevenido onde dormir para sempre. Era como Nequinho, embaixo do terno preto das cerimônias, costumava dizer:

— Tudo é lucro. Tudo ajuda a Funerária Boa Viagem.

Só tinha uma coisa. Quando Nequinho cortava roupa de madeira para um cliente não havia modos de demover Nequinho. Ficava de plantão na cabeceira do pobre até que o teimoso entrasse no envelope da Funerária Boa Viagem. Na tarde em que Clodoveu Peixoto, do Bazar América, o maior unha de fome de Limão de Santa Fé, de não dar bom-dia para não gastar a mão, adernou tomado de febre mortal, Nequinho foi morar na rua das Flores, patrocinando a moléstia do negociante. Mas Peixoto era duro de morrer. Chegava na porta do cemitério e voltava. Foi quando Nequinho, já aborrecido com essas idas e vindas, resolveu empurrar Peixoto para o fundo da cova. Com esta delicadeza:

— Tu não vai desmoralizar meu estabelecimento! Teu caixão já foi talhado em madeira de lei desde a quinzena passada. Se tu não for por bem, vai a poder de bala!

Foi como se Nequinho desse vida ao moribundo. Logo ficou corado, logo pediu comida de gordura. Então, como último recurso, Nequinho apelou para o coração do unha de fome. Neste jeito comercial:

— Clodoveu, meu amigo. Não perde a ocasião. Tu não vai pagar um tostão. É brinde da casa. Até carregamento de flor lhe mando botar em cima. Tu vai morrer de graça, Clodoveu. Pechincha maior tu nunca vai ter igual. Nunca!

Clodoveu Peixoto sorriu, apertou a mão de Nequinho, agradeceu a pechincha — e morreu.

Morte sem Luís de Camões

Carta que a extremosa Minduca Alves mandou para a amiga Alicete Feitosa participando o atestado de óbito do seu pranteado marido:

> Comunico que fiquei viúva de Joaquim Alves na semana passada. O falecido andou perigando, vai-não-vai, até que foi. Felizmente tudo correu bem e Joaquim embarcou na poção das dez horas da noite. Mandei levantar um túmulo bonito para seu sossego. Só que não tive coragem de fazer o que o pranteado queria: gravar no mármore do cemitério a figuração de Luís de Camões. Achei que melhor calhava um instantâneo da padaria dele, a Panificadora Alentejo, com Joaquim na porta, de bigode e montado numa bicicleta.

O céu como testemunha

Jururema Queirós, caixeiro em Quixá das Cruzes, ficou tomado de paixão repentina por uma tal de Teodorina Alves, pelo que partiu para a solução de cortar os pulsos com navalha. Na hora do talho, recuou. E mandou para seu amigo Ribelino Sampaio a seguinte carta:

Amigo Sampaio:

Lhe escrevo para dizer que estou em Saquarema do Limão em gozamento de férias. Nesse entrementes tentei cortar as veias do pulso mas fui aconselhado pelas almas do Purgatório a não fazer semelhante disparate. Uma dessas entidades chegou na aba da minha orelha e disse assim com voz de anjinho:

"Deixa de bobagem, Jururema, que vossa pessoa não nasceu para morrer. Compra uma lambreta e sai pelo mundo montado em sua penitência." Fiz, amigo Sampaio, a vontade da boa alminha e introduzi um empréstimo numa ostentosa lambreta do comércio do Rio de Janeiro. Lhe digo que não tem nada melhor para expulsar paixão funesta do que essa aparelhagem. A gente larga o pé na tábua dela e a bichinha voa na frente do vento. Coisa muito beneficiada, de fazer um friinho no assento que não te conto.

Herói não toma xarope

Jupiaçu Resende, que lavra escrituras em Ourinhos do Cipó, contando, na porta do Salão Chic, o que aconteceu com ele durante uma peça de teatro no Rio de Janeiro:

— Logo que abriram a boca do palco jorrou na plateia, sem roupa e sem mais nada, um sortimento de moça bonita. E sem mais aquela, as meninas desceram e vieram misturar suas belezas de nascença com o pessoal das cadeiras. Por sorte, ganhei um carnoso assentador de moça que veio encastoar seus arremates dos fundos bem no centro do meio colo do tabelião juramentado de Ourinhos do Cipó. Logo vi que esse despautério fazia parte do trabalho das meninas. E a coisa andava nesse pé quando um sujeitinho, com cara de biscoito de araruta, soltando o braço da esposa, correu feito foguete para a ribalta onde deu de apalpar as partes trombudas das coristas, pelo que teve de ser desatarraxado a poder de cachações. Já a essa altura chovia confusão e mais confusão no recinto, de ninguém mais entender ninguém. De cima do palco um cabeludo dizia palavrões, enquanto um preto vestido de fraque soprava trombone. Um sujeito, que mais parecia Pôncio Pilatos, tocava harpa, na mesma hora que outro dava bananas para a distinta plateia. Vi uma velha, em jeito de pincenê, gritar: "Tenho dinheiro no Banco Ultramarino! Quero ser raptada. Quero levar tapa na cara. Quero ser seduzida a bofetões". Ninguém ligou para a velhota de cara de pincenê. Certo cavalheiro, com jeito de mercearia, sentiu uma pontada no coração e falou: "Morro feliz! A escrita da firma Almeida Costa & Cia. está em dia e o balanço encerrado". Na porta do teatro, com cabelo de espanador, uma senhora chamava por um tal de Gonzaga: "Gonzaga, deixa de ser cretino! Não te mete nisso. Cuidado com a tua bronquite asmática. Vem tomar tua colher de xarope, Gonzaga!". Para encurtar, meus amigos, quando acabou a confusão quinze maridos tinham desaparecido atrás de quinze meninas do palco. E um jerico, que fazia parte da cena, ficou desacordado na ponta de dez cachações. Peguei o trem e voltei para Ourinhos do Cipó com um par de mulatas na mala. Teatro no Rio de Janeiro tem dessas vantagens...

O primo que não gostava de d. Pedro I

O primo Almeidinha, João Almeida de Abranhos Lessa, veio especialmente de Paracatu para casar com a prima Anabela, moça das areias do Rio de Janeiro. Era casamento que convinha aos Almeidas de lá e de cá. O moço, guarnecido de nove-horas, parecia um bolo de aniversário. Por qualquer coisa apelava para a História do Brasil. Era muito orgulhoso dos finados Almeidas, suas glórias e façanhas. Uma noite, em conversa de fundo de jardim, a prima começou a fomentar junto dele um namoro de abraço funcional além do permitido. Com fala de Ipanema, Anabela deixou cair dos lábios peritos esta meia porção de pimenta:

— O primo bem podia fazer as vezes de d. Pedro I e eu de marquesa de Santos...

Não pegou. Almeidinha recuou sem botar a mão na massa. E histórico:

— Logo quem! D. Pedro I. Um sem-vergonha!

Anabela viu que era perder tempo. Segurou o telefone pelo cangote e mandou este parecer para sua amiga Rute Moscardo:

— Fiz tudo, Rutinha. Apelei até para a História do Brasil.

E sabe o que fez o primo? Virou a página. Por desgraça, foi cair na Primeira Missa. Almeidinha ficou de olho vidrado e deu de cantar "Queremos Deus, homens ingratos, ao Pai supremo ao Redentor". E só vendo a voz do cretino! Parecia empalhada.

Corretores do juízo final

Chegou em També de Santo Antônio com um livrão na cava do sovaco e uma barba de promessa na cara. Era desembaraçado e bem-falante. No meio da praça do Mercado, de livro aberto sobre um tamborete, deu de gritar:

— O Dia do Juízo Final vai chegar! Já partiu das alturas do céu. Fui encarregado pelos santos Apóstolos de organizar tudo de modo a não ter encontrão e esbarrão nesse julgamento de última instância. Mediante pequeno dinheiro, o cristão pode ter seu lugar garantido e até numerado. Quem se habilita? Este é o último livro que tenho. É aproveitar a pechincha. Quem se habilita?

Em meio dia de serviço, o livro do homem de barba grande soltava nomes pela lombada, tão cheio estava. E ele fomentando o negócio:

— É aproveitar! Criança não paga. É bonificação que dou de mão beijada. Quem não aproveitar esse meu facilitário, vai botar fogo pelas comportas. Ainda tenho cem cadeiras de frente, de grande conforto, para gente de posse. Quem se habilita?

O comércio forte da rua dos Tanoeiros ficou com as melhores praças do livro do homem de barba. A viúva Calafate, Belarmina Calafate, comprou camarote e disse:

— Só quero ver a cara do falecido Calafate, desencaminhador de empregadinhas do comércio, na hora do Juízo Final. Só quero ver aquela cara de ventilador de botequim largando espermacete pelo buraco do nariz. Só quero ver!

Féria no bolso, o homem da barba saiu montado na noite e só dois meses depois, em Juazinho do Sertão, é que caiu nas malhas da lei. No braço de palmeira do xerife João Badenes, o empresário do Juízo Final confessou admirado:

— Se o tal de Juízo Final não veio a culpa não foi minha. Fiz tudo para que viesse em paz e na melhor ordem. Até organizei recepção bonita, todo mundo em seus devidos lugares, de jeito a não ter atropelamentos e alguém morrer sufocado como aconteceu no tempo da Arca de Noé, que foi um despautério botar tanto bicho num barquinho só. Sou um sujeito organizado, seu Badenes. Se o Juízo Final não veio, que tenho eu com isso?

3
TODO BOTICÃO TEM SUA DOR DE DENTE

Quem tem medo de onça?

Apareceu na cidadezinha de Pedras Altas numa chuva antiga. Em boa sela e melhor estribo veio ele. Falava pelo canto da boca — do outro lado a brasa do charuto ameaçava incendiar o mundo. No Hotel da Estação, depois de sacar de uma devastadora garrucha, deu nome e patente:

— Capitão Quirino Dias.

Mandou que arrumassem seu baú dentro do maior cuidado. E espadanando fumaça até no teto da sala:

— É tudo munição! Coisa de muita responsabilidade.

A cidadezinha de Pedras Altas viu logo que estava diante de um pistoleiro de marca maior. E isso ganhou raiz quando um tropeiro, parando no Hotel da Estação para deixar encomenda de boca, espalhou que o sujeitão do charuto era perseguido da Justiça. Que matava só pelo gosto de ver de que lado o cristão caía. E de mula picada:

— Vou ligeirinho que esse capitão é pior que cobra em brasa.

Foi. Atrás da poeira do tropeiro a fama de Quirino Dias cresceu de não caber em sala e saleta, de jorrar pelos telhados de Pedras Altas. No Hotel da Estação o melhor pedaço era para seu dente, o melhor doce para sua língua. E no dia em que bebeu cachaça com pólvora, na vista de todo o Hotel da Estação, sua fama não teve mais freio. Bebeu e disse:

— Tenho trabalho longe. Só volto na semana entrante.

No quarto, remexeu o baú e sumiu nas patas do seu brasino. Pedras Altas, por trás de portas e janelas assustadas, comentou:

— É viagem de tocaia.

A bem dizer, a cidade era dele. Seus pedidos de dinheiro corriam nos pés dos moleques de leva e traz. E era quem mais queria municiar o capitão, no medo que ele fosse ao baú. Quirino mesmo apregoava pelo canto da boca que o charuto deixava livre:

— Não abro aquela peça sem proveito.

Foi quando aconteceu o caso da onça. A notícia veio ligeira e ligeira entrou no Hotel da Estação. A pintada era um capeta de olho em brasa. Um portador, chegado fresquinho do mato, derramou no ouvido do povo a última artimanha da onça:

— Limpou o curral de Nonô Pestana de não ficar nem bicho de pele nem bicho de pena.

Uma embaixada de coronéis, com todos os seus pertences, correu para pedir a Quirino Dias providências contra a onça. E Quirino, espantado:

— Onça? Deu onça em Pedras Altas? Socorro! Quero lá saber disso? Vou embora neste justo momento.

Não teve tempo de levar o baú, uma peça de folha de flandres onde guardava suas bugigangas — pentes, rendinhas, frascos de cheiro, alfinetes e águas de moça. Quirino Dias era caixeiro-viajante.

O par de montepios da viúva Morais

E por estar muito fora de mão do amor de dona Helenice de Morais, o ferreiro Quim-Quim de Matos apelou para um pai de santo que fazia qualquer lindosa moça de olhos verdes morrer de paixão pelo pior zarolho da praça de Caximbé das Almas. Passado pelo dendê e pelas encruzilhadas do macumbeiro, Quim-Quim de Matos partiu para assaltar dona Helenice de Morais, viúva de farto montepio. Repelido a tapas e bofetões, o ferreiro voltou ao seu viver de puxar fole e martelar ferro. E uma semana depois, ao ver a viúva cortar a praça do Carmo, Quim-Quim desabafou:

— Com aquele par de montepios de tremer por baixo do vestido eu devia ver que era viúva demais para meu pobre martelo.

Crime malfeito de corpo

Santinho Toledo, da praça de Sobralzinho, fez os maiores planos para transformar Oriboncina Toledo em lousa de cemitério. Com olho faminto em seus herdados, lia metros de livros policiais. Em verdade, dona Oriboncina era imortal. Papou os maiores arsênicos, e engordou. Caiu das maiores escadas, e escapou. Com os dentes em chocalho, como se tivesse castanholas no céu da boca, Toledo dizia:

— É demais! Tem estômago de locomotiva e braços de asa de avião.

Foi então que Toledo, depois de ler uma bem maquinada história de crime, partiu para o lance do ladrão. Riu e falou sozinho:

— É a última palavra. Desse não vai haver Oriboncina que escape. Não vai!

Arrumou as malas, parafusou o boné de viagem na cabeça, abraçou Oriboncina dizendo que ia para Paracatu:

— Vou visitar o mano Adrião que está doente.

Alta noite, de máscara na cara, assaltou a própria casa e já andava na sala de visita, de pau de fogo engatilhado, quando recebeu na moleira uma porretada que espatifou Toledo em várias partes. Depois que a porretada perdeu o tutano, Toledo acordou para ouvir este sermão pingado dos lábios imorríveis de Oriboncina:

— É para aprender, sem capricho! Pensa que não leio teus livros? Estou por dentro de todos os lances, seu cretino! Esse do ladrão mascarado, que inventa viagem, é coisa do cinema mudo. Deu até fita de Theda Bara com o finado Rodolfo Valentino.

Santinho Toledo, da boa cidade de Sobralzinho, tomou uma deliberação enérgica. Com os livros comprados, para mais de quinhentos, abriu uma livraria. A Livraria Quebra-Galho.

Dilúvio ao alcance da mão

E como em Jundiá dos Patos, lugarzinho trabalhador e decente, não chovesse desde muitos recuados meses, mandaram vir de fora um sujeito especial em trovão. Era feiticeiro de marca maior. Chegou a bordo de duas malas graúdas e arrastando capa, guarda-chuva e galocha. E foi pisar terras de Jundiá dos Patos e logo o céu mudar de cara. Era paisano de poucos dizeres. Deu bom-dia e perguntou em que confim andava o banheiro. Apontaram para o fundo do Hotel Gaspar:

— Aquela portinhola verde.

Entrou, puxou a descarga e no mesmo instante, como coisa feita, deu um pé d'água em Jundiá como nunca ninguém em cem anos viu ou teve notícias. Era chuva de cordão e corda, de não parar mais. Uma velha do tempo das sesmarias avisou:

— É chegado o tal do Dilúvio!

Correram para pedir ao feiticeiro que estancasse tão grande sangria. O sujeito não estava. Em seu lugar deixou este bilhete:

Sou representante da firma de tecidos Vieira Peixoto & Cia. e nunca que lidei com água do céu. A minha desgraça foi puxar a descarga.

Viagem, com paletó abotoado, para o ano 2000

E de supetão, de uma quarta-feira para quinta, o velho Calheiros, Jundibara Calheiros, dono absoluto da Importadora e Exportadora São Domingos, adormeceu antigo e acordou moderno. Encaixou seus muitos anos em paletó de cintura de macaco e colarinho trespassado por enorme alfinete de fralda. A gravata fazia uma barriga de vela ao vento. Os empregados da firma pararam para ver aquele avanço do velho Jundibara na crista do tempo. Martagão Rolim, que cuidava das contas da Importadora e Exportadora São Domingos desde 1935, não acreditou no que via. Tirou os óculos, limpou os vidros, mirou, remirou e disse:

— Não é possível! A firma vai a pique.

A primeira medida que o novo Calheiros tomou foi dispensar dona Remintolina de Azeredo, que ajudou a Importadora e Exportadora São Domingos a crescer desde a primeira fatura. Veio moça e gastou a vida cuidando de embarques e desembarques de mercadorias. Com um pontapé nos seus trinta e cinco anos de bons serviços, Calheiros chegou e decidiu:

— Vou lhe aposentar, dona Remintolina. Primeiro porque

tem nome de máquina de escrever. E segundo porque resolvi modernizar a firma. Com este frontispício de máquina registradora sua pessoa não tem mais lugar na nova Importadora e Exportadora São Domingos.

Santinho Valadão, responsável pela correspondência, pulou em socorro de dona Remintolina. Nem chegou ao fim do recado. No meio já era funcionário demitido e indenizado. Nesta base:

— Passe na caixa, seu Valadão, para ver a cor do xarope. Quem gosta de velho é asilo. Vai tomar teu chá de erva-cidreira em Catumbi. Vai e não amola!

Nessa volta do parafuso o pessoal da Importadora e Exportadora viu que o progressismo de Calheiros era para valer, pelo que todo mundo tratou de mudar de rumo. Cada qual apareceu de bigode maior. As costeletas desceram até a saboneteira do pescoço. Mas transformação completa e acabada foi a do velho Lindolfino Martagão, chefe da contabilidade. Paletó chanfrado, curtinho, apertadinho, mais parecendo de menino, Martagão não cabia nos panos. Punhos de palmo e meio e abotoaduras com cara de bicho. Ficou tão na frente da moda que Calheiros resolveu interferir. Mandou chamar os setenta anos de Martagão e disse:

— Já viu tua figura no espelho? Isso não é roupa para gente da tua idade. Tenha respeito, homem!

Era tarde. Martagão bateu o pé. E batendo o pé comunicou:

— Se alguém quer dar marcha a ré, pode dar. Eu é que não dou. E logo agora que estou devastando a ala leste de minha rua. Não amola, Calheiros. Vai tomar teu chá de erva-cidreira e deixa a moçada em paz!

Tirou um pentinho de tartaruga do bolso, passou no bigode, abotoou o paletó, avantajou as guarnições de trás e partiu para cem anos adiante. Calheiros viu que era perder tempo. Vendeu a firma.

Patriota duas vezes por dia

Tadeu Moscoso, psicólogo contratado pelo Educandário Castro Alves de Três Lagos, chegou no salão de aula, reuniu a meninada e largou no recinto este pequeno discurso inaugurativo:

— Vim aplicar meus ensinos e quero muito respeito com a minha pessoa. Sou dado a desempenar alunos desde que Getúlio entrou no governo em 1930. Antes de ministrar ensino, eu labutava na gloriosa Força Policial do estado do Maranhão, de onde fui retirado por ter amassado a cara de dois sargentos e descadeirado um capitão. No mais, tudo dentro do maior corretismo. Só que tive de destelhar o Colégio Vilas-Boas de Santarém do Alto por motivo de pegar um aluno que não respeitou minha psicologia e fugiu pela chaminé. Também no Educandário Estácio de Sá de Girassol das Cruzes fui compelido a sair de socos em cima de uma estudantada que fazia pouco-caso de minha instrução. Coisa leve, avarias de somenos, de deixar apenasmente um aluno desacordado por doze horas e outro com quatro costelas fundidas. Depois disso, ainda por faltamento de respeito para com a minha competência, dei um rabo de arraia num cearense de cabeça chata que o bichinho deu duas voltas pelo largo da Matriz de Santana do Cipoal, ganhou altura foi parar nos estrangeiros, onde casou e prosperou. Tirando esses pormenores, sou sujeito de paz, religioso de nascença e patriota de cantar o Hino Nacional duas vezes por dia.

Disse isso, pegou um copo de água, estilhaçou o vidro nos dedos e comeu os cacos. Estava inaugurada a aula de psicologia de Tadeu Moscoso.

Aladim de pequena cabotagem

E de repente, viu que era mágico de nascença. Ao segurar a manga do paletó soltou um passarinho. E mais tarde, ao tirar o lenço do bolso, saiu dele uma bandeira branca e amarela. Correu para casa e deixou em poder de dona Vilandina Pereira a grande notícia:

— Mãe, sou mágico! Mágico de raiz e não de aprendizado.

Dona Vilandina, olhando de um lado para outro, rebocou o filho para o fundo da sala e com voz afunilada assim falou:

— Deixa isso de lado, menino. Teu pai, quando brotou nele o negócio de mágico, não quis ouvir meus conselhos e desandou a dar retreta em tudo que era festinha e festineta que encontrava ao alcance de seus pombos. Até que em noite de aniversário, em Jenipapos do Fundão, teve a ideia nefasta de tirar dos fundilhos da mulher do prefeito um ovo que mais parecia uma abóbora. No mesmo instante levou uma cacetada tão em alto-relevo que ficou vesgo e corcunda de Notre-Dame. Morreu soltando passarinho pela boca, meu filho.

Herói de guerra combate na rua do Ouvidor

Canuto Bandeira queria casar. Foi ao espelho e apalpou as bolsas que começavam a tomar barriga debaixo dos olhos. E enquanto acertava a gravata-borboleta, falou de Canuto para Bandeira:

— Agora ou nunca, seu compadre! Com mais meia mão de tinta viras mula sem cabeça.

Colocou o assunto na mão do amigo Peixoto Almeida, caixeiro-viajante da firma Matoso Costa & Cia. Almeida foi atochativo:

— Toma vergonha! Num concurso de coisa imprestável tua cara perde longe para um penico amassado. Compra um espelho, Canuto! Pega de um rosário e vai rezar tuas orações na Igreja de São Judas Tadeu.

Canuto não desanimou. Devastou uma alfaiataria com ternos de todos os feitios. Comprou óculos pretos, desmunhecou cabelo na testa, alugou um automóvel, rolou a cento e oitenta, entrou por baixo de um caminhão e quando saiu era sucata de hospital. Sete meses depois, o amigo Peixoto foi dar com Canuto, de bengala e paletó listrado, em passeio pela rua do Ouvidor. E depois de braços abertos:

— Soube do desastre pelos jornais. Viu no que deu tua mania de casamento? Viu?

E Canuto, chamando o ouvido do caixeiro-viajante para um canto:

— Fala baixo. Que casamento, que nada! Sou ferido de guerra, que é o que dá mais sorte com mulher. Vai para mais de dois meses que já podia ter deixado a bengala de lado. Arraso os corações com meu heroísmo. Sou capenga de profissão, amigo Peixoto.

Sacou da bengala e atirou no primeiro vestido curto que passou na tarde da rua do Ouvidor.

Compre o céu antes que acabe

E bateu em Guarabus a notícia que o mundo ia morrer às quatro horas da tarde. Nem um minuto a mais nem um minuto a menos. O povo logo correu para a igreja nas botinas da missa. Quem trouxe a novidade do acabamento do mundo foi Chiquinho Ferreira que aproveitou a embalagem para pedir perdão das muitas e variadas dívidas que tinha nas gavetas do Guarabus. Com jeito de defunto, murcho, socando as mãos no peito, Chiquinho andou de casa em casa em busca da quitação e de seus competentes recibos. Dizia com os olhos cravados no céu:

— Quero morrer com a documentagem em dia, tudo recibado e selado, dentro dos conformes da lei.

Feito isso, esperou que o mundo acabasse e o mundo não acabou. Quando souberam que tudo não tinha passado de inventoria, coisa sem pé nem cabeça criada e amamentada por Chiquinho Ferreira, a cidade toda correu atrás dele de acha de lenha e garrucha. Mas Chiquinho já era andado de muitas léguas. De longe, na primeira venda de estrada que encontrou, Chiquinho desabafou:

— Não só resgatei a minha compromissada como convenci o ignorantão Lilico Vilela para comprar dez alqueires no céu. Sujeito sumítico como Vilela não tem outro igual. Quase que não fecha negócio só por causa de meio palmo a menos. Como sou mão aberta, deixei que ele pegasse a testada de céu que bem entendesse.

Depois disso, Chiquinho Ferreira mandou descer dois andares de cachaça.

Incendiaram um anjo!

Em campanha angariativa de votos, entrou Badaró Furtado em Jacuná de Santa Cruz montado na maior sela de cachaça já existida. Vinha vindo de beber com uns e outros em peregrinagem de uma enfiada de vendinhas de rodapé de estrada. E só acertou com Jacuná de Santa Cruz porque o cavalo, bichinho de perna esperta e boca educada, sabia o caminho pelas muitas viajadas que fez embaixo de Badaró e sua candidatura de vereador. E ao pisar a praça das Verduras deu o angariador de votos com um formigueiro de povo diante da Fogueteria Estrela que ardia da tabuleta à cumeeira. E era um atirar de rojões e cabeças-de-negro para o céu de não sobrar um buscapé para são Pedro e são João. Em presença daquele alumiado, a noite em formato de arco-íris, Badaró tirou o chapéu, agradeceu, subiu no coreto da praça das Verduras para dar vazão aos seus instintos de candidato a vereador. Berrou em fogo de cachaça:

— Nunca cuidei, nobre e ilustrado povo de Jacuná de Santa Cruz, que a minha pessoa fosse recebida embaixo de fogos, foguinhos e foguetes. É demais! Eu não mereço tanto. Mas prometo, de pedra e cal, botar nesta cidade os benefícios da luz, da água, da instrução pública e da injeção para expulsar do educado povo de Jacuná as impurezas das doenças. E tem mais. Dou minha palavra de honra que só permitirei injeçãozinha na popa e em parte outra alguma, que só a popa condiz com picada de injeção.

E cada vez mais falante e mais entusiasmado com o estouro dos foguetes, Badaró continuou a ladainha por conta própria sem ninguém saber nada. E andava ele prometendo botar dentadura postiça em tudo que fosse boca canhanha de Jacuná quando um rojão maluco passou munido de escamas de fogo rente de sua cabeça. E Badaró:

— Ilustrado povo de Jacuná de Santa Cruz! Assim também é exagero. Devagar com os fogos que não sou do Corpo de Bombeiros.

E caindo pelo tombadilho, já sem força e sem gás, adernou e dormiu. Como um anjo embrulhado em fogos de artifício.

Paixão de vento ou sentimento de perduração perpétua?

A dois palmos de tomar veneno, por causa dos encantos a olho nu de certa donzela de Alegrete, o comerciante em férias Anastácio Beirão procurou os serviços de um macumbeiro de Sarandi do Alto. O preclaro homem foi logo indagando de Anastácio:

— Se mal pergunto, o distinto veio procurar meus préstimos por causa de paixão de vento ou sentimento de perduração perpétua?

E antes que Anastácio abrisse a boca, continuou nesta toada educativa:

— Só faço trabalho de bem. Se for para casamento de papel passado, no juiz e no padre, a gente vai para a encruzilhada, planta charuto e galinha, e a pretendida vem vindo feito manteiga derretida. Se for para sem-vergonhismo, desencaminhamento de moça de família, procura Manequinho do Poço, que é feiticeiro sem responsabilidade, formado em erva do mato pelo *Almanaque Cabeça de Leão*.

Dente de ouro com água de cheiro

Chegou em Brejal um certo Hilário da Mata, macumbeiro que matava cobra e mostrava o pau. Para começar os trabalhos, mandou descer todo o estoque de sapo macho, que fêmea não dava rendimento em serviço de responsabilidade. Hilário falou por trás dos seus dentes de ouro:

— É trazer a mercadoria e levar a prata.

Viram logo que Hilário era macumbeiro de segurança. E como Estevinho Barros, dono da Alfaiataria Modelo, estivesse tomado do coração pela moça Altamiranda Codó, de cintura de cordão e olho de anil, procurou os préstimos e artimanhas de Hilário. Pediu:

— Quero usufruir a menina Altamiranda com os consentidos da família ou sem os consentidos da família.

Hilário devastou galinha e fez pilastras de farofa em benefício do apaixonado. E na hora que sentiu que a menina de cintura de barbante estava agarrada pelos dedos de sua feitiçaria, mandou que Estevinho metesse os peitos com a ajuda do prestimoso Caboclo Agarra-Moça. E dando arremate no consentido:

— Vai, que não tem imposição de família nem de parente.

Estevinho, para ajudar os poderes de Hilário, diluiu um litro de água de cheiro nos pontos cardeais de sua pessoa. Foi a pé e voltou carregado. Não tinha lá nele parte que não tivesse pegado pau de lenha, de ficar moído mais que café em pó. E Hilário depois de examinar os destroços de Estevinho Barros:

— Tinha que apanhar! Com esse aromatismo que o deseducado cravou na sovaqueira, coisa de botar para correr até um par de bodes, não tem Caboclo Agarra-Moça que aguente. Não tem!

O compadre que era um tiro nos suspensórios

Nepomuceno Bragança escovou os setenta e quatro anos, empapou de loção o bigode branco, dividiu os dois cabelos da cabeça, um para a direita e outro para a esquerda. Feito isso, ligou o telefone para Lifinibático de Almeida:

— Compadre, hoje me faço! Consegui rebocar, na força da saliva, a menina Filodendra para despachar uns papéis da Seção de Alvarás na Barra da Tijuca. Arrumei hotel especial, coisa escondidinha no meio da mataria. Lifinibático, não é por estar na minha presença, mas teu compadre é tiro nos suspensórios. Vou mostrar que a vida começa aos setenta.

No hotel especial, quando a moça Filodendra deixou os processos da repartição de lado e começou a tirar os tecidos, cada peça que caía era uma pontada no coração esburacado de Nepomuceno da Seção de Alvarás. E antes que a menina tirasse a última barreira, uma peça redondinha e mimosa, Nepomuceno avançou sobre o bocal do telefone para uma derradeira ligada com o mundo:

— Compadre Lifinibático, deixei testamento nas prestimosas mãos do amigo Arquias Rocha do Cartório do Sabugosa Melo. Vou atacar com meu certificado de reservista da Marinha Mercante a fortaleza da menina Filodendra. Viva a Tomada da Bastilha! Avançar!

E caiu nos braços da moça Filodendra e dos braços da moça Filodendra rolou em pedaços para uma tenda de oxigênio do Hospital São Judas Tadeu.

Santo também tropeça

E Fifi Reis pisou ruas de Guaxibi dos Índios recoberto de fama e escama. Um conhecido dele, que morava em Arapongas, botou no bolso de Fifi carta recomendativa, onde dizia coisas do arco da velha do seu apresentado. E Guaxibi dos Índios, doida por futebol, logo entregou ao visitante a guarda de honra de seu arco contra as invencíveis chuteiras de Arcoverde. Em verdade, Fifi não era de muita coisa. Pegava umas bolas no varejo, mas sem soneto e sem rima. Vivia de enganos. Jogava numa terra, jogava noutra terra. E assim, de terra em terra, vendia bem vendido seu miúdo futebol mas foi montado em fama que Fifi entrou em campo, certo domingo, na frente da fila indiana dos jogadores de Guaxibi dos Índios. Palmas para Fifi! E Fifi, embaixo do arco, pulando de macaco, de boné e luvas. E mal o jogo começou contra os bugres de Arcoverde, aconteceu aquela mão na bola perto do arco de Fifi. E Fifi atarraxando o boné até nas orelhas:

— Não quero barreira! Barreira é para goleiro desmoralizado. Deixa o perna de pau chutar sem embaraço para Fifi mostrar quem é Fifi.

Virgem Nossa Senhora! O careta encarregado de bater a falta veio vindo e veio crescendo. Quando faturou três metros de altura, parou de crescer e disparou a perna cabeluda na direção de Fifi. Foi coisa nunca vista! A bola saiu assobiando e assobiando deixou desacordada uma cabra que cabritava por perto, tirou cem contos de telhas de um telhado e colocou, de barriga para cima, de olho embaciado, Fifi Reis. Levado para o Hospital Santa Luzia, Fifi ao voltar do desfalecimento indagou da enfermeira:

— Minha nega, na hora do tiro apelei para santo Isidoro, de pouco proveito para mim. Veja na lista, minha nega, se esse santinho milagroso foi cassado ou a patente dele está em vigor. Pelo jeito mal-encarado da bola, desconfio que é santo apeado do poder. Perdeu a força dos milagres. Se for esse o caso, vou tratando de arrumar outro padroeiro, que Fifi Reis não veio defender as cores de Guaxibi dos Índios para virar anjo no meio do contrato. Uma ova!

Ninguém desmoraliza a História do Brasil

Jonjoca Dantas de Santo André do Pilar, era patriota de folhinha, comemorador de todos os vermelhos do calendário, fosse a Batalha do Riachuelo ou a Tomada da Bastilha. Era limpando o boné de oficial superior da Guarda Nacional que Jonjoca lembrava:

— Sou muito respeitante dos regulamentos do governo.

E era. Uma ocasião, num 22 de abril qualquer, como não tivesse ninguém para desfilar em Santo André, nem a meninada das escolas, nem o povo do comércio, por estar a cidade contaminada por um andaço de catapora, Jonjoca tomou uma deliberação enérgica. Entrou por dentro da farda mais brilhenta e garantiu:

— Não! Ninguém em minha presença vai desmoralizar o Descobrimento do Brasil. Vou para a rua!

E desfilou, sozinho, por baixo dos galões de major da Guarda Nacional. Na rabeira de Jonjoca vinha o cabo ajudante batendo o tambor:

— Bum! Bum! Bum!

E na praça da Cruz, espada ao vento, o bravo Jonjoca Dantas gritou para que todo mundo ouvisse:

— Só queria que essa tal da Polaquia metesse o bedelho no Brasil para eu ensinar aos polaqueses quem é o major Jonjoca Dantas de Albuquerque Gonçalves Caldeira!

Nunca ninguém até hoje soube por que Jonjoca envolveu a Polônia em seu heroísmo da praça da Cruz. Nem ele.

Os destroços de um bigode

E quando Miguel Pereda, cantor de tango argentino, desceu a bigodeira e o olhar de acordeão na praça do Rosário, foi um rebuliço em tom maior. O empresário do cantante, Juquinha de Andrade, arrendatário do Parque de Pequim, em conversa na Associação Comercial de Penedos, avisou:

— Quem tiver mulher duvidosa que mande para longe do olhar arranca-taramela de Miguel Pereda. É o maior abridor de quarto de moça solteira e dama casada que já vi.

E foi na poeira dessa conversa que chegou em Penedos o tal Pereda dos tangos argentinos. O olhar era uma coisa e o cabelo outra coisa era! Para abertura dos trabalhos, derreteu, com uma nesga de olho, o coração da filha do major Afonsinho Bragança, menina de boas leituras e responsável pelo maior par de amamentadores de criança de Penedos e circunscrições adjuntas. Ao ver passar pela rua da Praia o bigode de ponta caída de Pereda, a moça Bragança revirou os olhos, colocou a mão no peito e teve um acento circunflexo no coração. Avisou:

— Vou ter uma coisa. Sei que vou ter.

Enfim, com dois espetáculos no Parque de Pequim, Pereda desmantelou a cidade de Penedos do rodapé à chaminé. Segundo *O Combate*, em prosa de renda, o cantor de tangos, depois de passar o arado no coração do pessoal da comarca e arredores, deixou estes destroços: dona Maurilina Feijó teve caxumba, dona Idalina Abreu pediu desquite e levou duas sovas do marido, dona Gumercinda de Melo bebeu lisol junto do retrato de Pereda, dona Carmelina Araújo escreveu quinhentos sonetos, dona Orneliana de Castro viu um lobisomem, a professora Alfredina Teles comeu uma dúzia de agulhas de vitrola, a velha Euclacinda Barbalho deitou fogo às vestes, Miltinha de Barros sumiu com a féria da Casa das Rendas, a costureira Feliciana de Azeredo bebeu um litro de querosene e a solteirona Ormelinda Barbosa aproveitou a confusão geral para dar vazão aos seus instintos bestiais: fugiu com um anão.

Carta fora de prumo

E ao despedir o menino Julinho Ferraz do cargo de entregador de mercadorias, o lusitano Joaquim Alves fez questão de recomendar seus serviços ao comércio de Bacaxá do Alto. Mas era carta tão descalibrada, tão fora de prumo, que ninguém, em Bacaxá do Alto, soube decifrar. Foi quando lembraram que negócio de letra de garrancho só podia ser lida por olho de boticário:

— É melhor entregar o caso na mão de Gegé Cruz da Farmácia Aurora.

De posse do garrancho, Gegé Cruz apurou os óculos, balançou a cabeça e disse:

— Muito bem. Custa dois mil-réis e pode vir apanhar o purgativo na parte da tarde.

Um quarteirão de peruca para Clodovil Pereira

Entrou numa casa especializada e pediu uma peruca:

— Coisa moderna, de fazer vista.

O especialista, com jeito técnico, aconselhou:

— Para o cavalheiro, se permite a sugestão, o melhor é uma peça discreta, tipo Napoleão Bonaparte.

O aprendiz de calvo, que era exagerado, repeliu o conselho. E enérgico:

— Não serve! Quero peça ostentosa, de Cristóvão Colombo para cima. Negócio de devastar corações na primeira perucada.

O especialista arrumou para Clodovil Pereira um quarteirão de peruca. Trabalho tão sortido de ondas que Pereira pensou em colocar, no alto da cabeça, um farol de aviso aos navegantes. E no espelho, de peruca em cima:

— É uma peça! Mata a pau qualquer coração.

E assim, cabeludão, modernão, transitou sua belezura para Alfenas, onde devia cativar os interesses de moça bem-apanhada de cara e de dinheiro. Só em moeda corrente do país sua beleza pulava na frente de dois bilhões. Estava tudo encaminhado por um primo dela, o encalacrado Barbirato Carvalhais, que participava dos entendimentos na força de dez por cento. E no balancinho do trem, que levava Pereira para sua mina de Alfenas, em presença do espelho do lavatório, Clodovil mais uma vez espalhou elogios em louvor das marolas da peruca:

— É demais! Um cabelo assim nem vai caber em Alfenas. Vão pedir outra cidade de reforço.

Chegou, ficou um par de dias na casa da prima de Barbirato, valsou com ela na sala de visitas, pisou luar em sua companhia, encaixou dois poréns no ouvido da menina e voltou, no trem das sete, para seu negócio de representante em domicílio no Laboratório Almeida Guedes. E já pensava, de dentes acesos, na alta corretagem que Barbirato ia abocanhar ("Mais de cem mil em dinheiro contado! Ladrão!"), quando recebeu do dito Barbirato o seguinte telegrama:

> Casamento foi pelo barranco. Prima apreciou educação, teu pé de valsa, mas achou cabelo demais. A prima é louca por careca.

Não vai atrás de médico, Baldomásio!

E na rua da Misericórdia, saindo das garras de um especialista em entranhas, Baldomásio Saraiva encontrou o amigo Alicanor das Neves que comprava charutos e olhava os atrasados das moças. E Baldomásio com voz de alça de caixão de defunto:

— Pois é, Alicanor. Vim agora mesmo do consultório do dr. Vilaça de Castro. Estou muito mal. Estou nas últimas, Alicanor. Tão ruim que fui proibido, pelo doutor, de virar de lado. Estou no fim, amigo Alicanor.

Alicanor, cortando a ponta do charuto com os dentes, procurou consolar o amigo:

— Não vai atrás de médico, Baldomásio. Médico é a pior raça que existe. Olha o caso do Mamede Alecrim. Caiu na mão de um doutor que foi uma vez só. Na quarta consulta já não tinha dentes, estava careca e falava sozinho. Tomou uma injeção de tal modo oitavada que deu para ver disco voador. Não vai em conversa de médico, Baldomásio! É a pior raça que tem. Faz ao contrário do que ele mandou. Vira de lado, planta bananeira, pula de macaco que a doença vai embora. Vira de lado, Baldomásio, vira!

Baldomásio virou e morreu. Ficou desabado no meio-fio com olho de boneca.

Vai, Arubinha, que o céu não tem caroço!

E entusiasmado com o foguetão que jogou um punhado de gente na Lua, o vereador Arubinha Pinto, de São José do Pontal, trepado numa cadeira, fez comício na porta do Cine Imperial. Quanto mais falava mais subia nos móveis e utensílios. Da cadeira pegou a aba da janela e da aba da janela as partes mais altas do Cine Imperial. De repente estava na cumeeira, agarrado na vara do para-raios. E era rente do céu, estrelado de entusiasmo, que Arubinha expedia seu discurso para o povo amontoado na praça do Piolho. O ferreiro Lalau Paranhos, que muito gostava de Arubinha, aconselhou com voz de martelo na bigorna:

— Desce, compadre! Tu não é bem-te-vi, tu nem aeroplano é. Cuidado com tua chiada dos peitos. Olha o vento encanado, compadre Arubinha!

Nas alturas, sacudindo a vara do para-raios, Arubinha soltava patriotismo pelas tarraxas em defesa de Santos Dumont. Assim:

— Uma banana das graúdas para quem apregoar que o dr. Santos Dumont não inventou a avionagem. Foi ele e mais ninguém! Rebento o focinho do primeiro que garantir que não foi.

Viva o dr. Santos Dumont! Se não fosse sua inventoria bem que esses gringos nunca que botavam o pé na Lua. Nunca!

Foi nessa hora que um gaiato da praça do Piolho mandou para o para-raios o seguinte pedido:

— Isso mesmo, Arubinha! Mostra para a estrangeirada que a povoação de São José do Pontal não perde para outra terra alguma. Voa de aeroplano, Arubinha. Solta fumaça pela cauda, faz barulhinho de maxambomba, mete os peitos e ganha altura que a gente garante tua viúva com uma pensão do governo. Vai, Arubinha. Os santos Apóstolos já estão na boca de espera. Vai que o céu não tem caroço!

Entusiasmado, Arubinha abriu os braços, saltou e morreu. Como um ovo esparramado na praça do Piolho.

Uma vez por outra, para impor respeito

Era conhecido em Palmeiral e terras anexas como Juju Penico por ter enricado em cima do comércio de ferragens, vendendo urinóis e arame farpado no balcão do seu lucrativo Bazar Duas Andorinhas. Belinho Cunha, depois de navegar por dois contados anos na amizade de Juju, propôs:

— Agora, que a gente é carne e unha vou deixar a cerimônia de lado e tratar sua pessoa com intimidade. Vou chamar sua pessoa de major Cravino Sucupira Ribeiro de Sá Meireles. Dá o seu consentido, major?

O major deu. Com essa ressalva:

— Pode. Mas vez por outra me chama de Juju Penico, de especial quando estiver em repartição do governo ou na presença de vereador. Para impor respeito!

A guerra dos bigodes

Conversa de Gerondino Pereira no ombro de seu amigo Fifoca de Araújo:

— Fifoca, não te conto nada. Estive uma quinzena no Rio de Janeiro e vi coisas de cair o queixo. Todo mundo sobrecarregado de bigode. Todo mundo de cabeleira no ombro, de ninguém saber quem tem saia e quem veste calça. Te lembras de Joaquim Rolão, um que vendia sabonetes e pentes na rua dos Pescadores? Ganhou, menino, um bigode descomunal! Tão descomunal que tiveram de abrigar aquele espanador nos braços de menina enricada, de família muito bem estabelecida na praça. É o que te digo, Fifoca. A gente tem que fazer o mesmo, acompanhar o progresso e não ficar com essa cara de maçaneta de porta. Fifoca, nada de remar contra a maré. Nada!

E foi assim que Gerondino Pereira e Fifoca de Araújo adquiriram o maior par de bigodes já transitados pelas ruas de São Joaquim do Queimado. Peças tão ostentosas que o major Tolentino do Carmo, chefe da Oposição e presidente da Câmara de Vereadores, desfolhou discurso em louvor dessa iniciativa que vinha, segundo o orador, “colocar São Joaquim do Queimado no parapeito da civilização”. E como fecho de ouro:

— O prefeito desta infeliz terra, capitão Pimpim Rosa, em lugar de perder tempo jogando cartas no Bazar da Estação, devia homenagear nossos dois adiantados conterrâneos com um feriado municipal e mais um mimoso dobrado da Banda São Joaquim.

Viva Gerondino Pereira!

Viva Fifoca de Araújo!

O prefeito Pimpim Rosa não gostou. E por não gostar a cidade ficou dividida entre duas paixões: a que apoiava os bigodes e a que não apoiava os bigodes. E sucedeu aquele disparate. Os partidários de Pimpim Rosa, munidos de afiadas tesouras, deram para cortar tudo que era bigode avulso e não avulso em São Joaquim do Queimado. Por quatro vezes Fifoca e Gerondino inauguraram bigode e por quatro vezes perderam os bigodes nas guilhotinas de Pimpim Rosa. Em resumo, cortaram tanto que a professora Santinha Lemos perdeu uma verruga e o farmacêutico Odorino Cruz a perna de pau.

Um pombo-leque como testemunha

Relato do delegadão Antoninho Feijó que prendeu, por suspeita de roubo de um brilhante, o mágico Janjão Meireles, do Circo Zaratini, armado em Itaiaçu das Caixas:

— O suspeitista, depois de passado pelo Vomitório Três Andorinhas, inventoria do pessoal da Farmácia Amaral, deu de largar pelo bocal uma desordem de utensílios, menos o almejado brilhante. Arrolei os seguintes botados do indigitado sujeito: um par de abotoaduras, um canivete, duas moedas de vintém, um tostão do tempo de Getúlio, uma figa de guiné, um chaveiro e uma aliança de prata. E na arrematação, um pombo-leque que saiu voando em pronto instante.

De óculos ninguém entra no céu

Aristobaldo das Neves casou com dona Limocínia Guedes de olho encanado no cacho de casas e nos fortes dinheiros que a viúva guardava em bancos e cofres. Era montado em charutos, na porta do Café Veneza, que Aristobaldo dizia para o vento que passava pela praça Conselheiro Feijó em Cipoais do Areal:

— Já estou desbaratando a parte dos menores. Tenho fé em meu caráter que dentro de seis meses entro firme e forte no bolão de dinheiro da velha. Depois, com a ajuda do medicamentoso vidro ralado em copo de leite, transformo a velha Limocínia em anjo. Vai de óculos e tudo para o céu.

Não foi. Aristobaldo, certa noite, escorregou num degrau podre e não teve tempo de abrir o para-quedas. Ficou esborrachado no cimento, como ovo. Era o quarto marido de dona Limocínia a tropeçar em degrau roído.

A guerra perdida do capitão Bimbim Cravo

E de supetão, no desmaio da estrela-d'alva, a cidade de Imbuzeirinhos do Pilar acordou com a notícia de que Serapião Lacraia, municiado de duas carabinas, cinco facas e três garruchas, tinha tomado o Hotel dos Viajantes e exigia resgate de milhão para liberar suas portas. Logo foram chamar o capitão Bimbim Cravo, autoridade maior em armas e derramamentos de sangue. Nas conversinhas e conversetes do Bilhar Alemão, enquanto passava o giz na ponta do taco, Bimbim gostava de relembrar coisas e loisas do tempo da revolta contra Floriano Peixoto:

— Espadanei tanto tiro que a guerra acabou e ainda fiquei na retranca das armas. Foi preciso que Floriano viesse dizer, de viva voz, que não carecia mais de meus préstimos. Veio e falou: "Compadre, suspende o fogo que o país está em calma". Meti o pau-furado na cintura e voltei para os meus quefazeres.

Foi na mão desse mestre de heroísmo que Imbuzeirinhos do Pilar entregou o caso do Hotel dos Viajantes. Bimbim Cravo, que picava fumo na sombra das caramboleiras de sua chácara da rua da Praia, ouviu tudo, pediu que o relatante contasse o acontecido por mais três vezes, depois do que deu seu parecer abalizado. Assim:

— Pelo relatado, esse Serapião é bicho bom de gatilho. Tem ciência militar e muita instrução de armas. De modo que a gente, para evitar derrame de sangue, vai lascar em cima do maldoso o canhão da praça do Comércio.

E assim, por ordem de Bimbim Cravo, foi o canhão do tempo dos bugres preparado e espanado para desentocar Serapião de seu ninho de balas e espingardas. Fardado de mestre da Banda Independentes do Pilar, o capitão colocou a cidade de garrucha na mão. E era ordem sobre ordem. E embrulhado nessas ordens, antigo de não poder mais, o canhão seguiu para o Hotel dos Viajantes. Antes de fazer fogo, Bimbim mandou Jonjoca Cordão, presidente da Maçonaria de Imbuzeirinhos do Pilar, oferecer a Serapião uma saída honrosa. Serapião não conversou. Botou Jonjoca para correr na ponta de dois tiros reforçados por um denegrido pontapé na funilagem. Diante da afronta, o capitão resolveu falar forte e firme pelo gogó das armas. No meio da praça do Comércio, sacando da garrucha, ordenou:

— Fogo!

Deu-se aquele estrondo, aquele fumaréu. Espanada a fumaça, não havia mais canhão, não havia mais nada. A peça, com a boca em cacos, estava morta no meio da praça do Comércio. Nessa circunstância, Bimbim mandou pedir providências ao governo para que remetesse tropa de linha de modo a desencravar Serapião do seu ninho de despotismo, enquanto ele ficava na vigília das armas, na proa do aguerrido povo de Imbuzeirinhos do Pilar. E andava o capitão todo sentinelista, postado no alto da torre da Igreja do Rosário, na hora que desabou sobre a guerra aquele luarão de bruxa de vassoura. E vindo de longe, nos pés desse clareado, deu presença um vulto que trocava pernas na direção da praça do Comércio. Uma boca falou:

— É Bentinho Cachaça. Vem nas águas das nove horas.

De fato, era Bentinho que chegava cantando "Meu-boi-morreu", para subir os degraus do Hotel dos Viajantes e desaninhar o pistoleiro Serapião a pontapés e bofetões de cachaça. E assim estragou, para sempre, a guerra do capitão Bimbim Cravo, especial em tiros e derramamentos de sangue.

Extrato de mulher é solavanco

Jordão de Araújo pegou Neném Cruz pela gola do paletó, sacudiu Neném como quem sacode toalha de mesa e falou:

— O negócio é meter a cara. Mulher não gosta de sujeito mariquinhas. Gosta de sarrafo, seu Neném. Energismo! Tu chega na aba da saia de Ocarina e vai desempacotando naquela cara de marmita de operário o ventilador da mão. Quanto mais firme o tapa mais ela vai apreciar. É o que eu digo sempre, Neném. Mulher gosta de solavanco.

Em casa, Neném deu um treino diante do espelho. Mandou o ventilador da mão na cara de ninguém. E bem treinado, jogou água de arejar sovaco nas entranhas do braço, passou brilhantina Dois Corações no cabelo desabado na testa — e partiu. Com esta ideia de mula sem cabeça:

— Hoje ela vai ver quem é Neném Cruz, filho do velho Cruz de Ribeirão das Almas!

Diante da doméstica Ocarina, que trabalhava de copeira na casa do dr. Ramagem Rodrigues, Neném calibrou o braço e passou para a cara redonda da sarará o tal ventilador de mão recomendado pelo amigo Araújo. E feroz:

— Comigo é no sarrafo!

Mais tarde, com o olho preso por fita de esparadrapo, Neném voltou ao Bar Estrela de Belém para relatar a Jordão o sucedido. Que foi assim:

— Pois é. Cheguei e despachei o braço na cara de engomador elétrico de Ocarina. A sarará tirou o corpo fora, de modo a me largar um tapa-olho de Camões que não lhe conto! Aí meti uma cabeçada de bode velho. Outra vez a sarará, que parecia aparentada dos capetas, deixou passar a minha cabeçada e na passagem largou o alicate da mão bem no meu passador de farinha. Aí desfolhei por cima de uns pés de espada-de-são-jorge e dei de espernear como galinha na hora do facão. Fiquei entupido, com o funil da respiragem atolado. Por sorte, um bombeiro que ajeitava os canos da casa do dr. Ramagem correu em meu valimento. Com um desentupidor de pia fez o vento voltar ao covil dos meus peitos. Não satisfeito, o bombeiro levou minha pessoa, ainda meio zumbi, para sua oficina que ficava nos imediatismos da travessa do Castro. Lá recebi nova remessa de vento pelo nariz e outros prestativos dessa ordem. E pior, Jordão, é que o careta cobrou o serviço como se fosse soldagem de cano. Vinte mil-réis por desentupir a pia do meu nariz. Ladrão!

Por causa de uma vírgula mal-encarada

E na tarde que o dr. Feitosa de Castro, diretor das Águas e Encanamentos de São João da Laje, pediu que o escrevente Porfírio Freixeiras retirasse certa vírgula de certo ofício, Freixeiras tremeu nos borzeguins. Espumou gramática, pronomes e crases. Em vinte anos de Águas e Encanamentos, de ofícios e pareceres, nunca chefe algum, em tempo algum, mandou que ele extraísse essa ou aquela vírgula de seus escritos. Com o papel na mão, ficou remoendo, remoendo, tira-a-vírgula, não-tira-a-vírgula. Até que tomou uma decisão definitiva. Chegou junto da mesa de Feitosa de Castro e expediu o seguinte ultimato:

— Ou o doutor deixa a vírgula ou eu peço transferência de repartição.

Feitosa, que era homem de pontos de vista firmados, foi claro:

— A vírgula sai e o distinto amigo também.

O resto veio no *Diário Oficial*. Vejam que barbaridade! Por causa de uma simples vírgula, de uma inútil vírgula, Freixeiras foi redigir ofícios em Barro Amarelo. Lugar que não dava a menor importância às crases, quanto mais às vírgulas.

Manequinho e o anjo de procissão

Viveu a vida toda com um violão na sovaqueira. Aos domingos e feriados, Manequinho Gaúcho, de lenço no pescoço, saía para seus bordejos. Chegava na praça da Matriz ou na rua dos Padres para conversar com um e com outro. Um amigo vinha e pedia:

— Gaúcho velho, manda modinha para o vento. Aquela do tatu-subiu-no-pau. Lasca, Manequinho!

E Manequinho:

— Estou de luto fechado por morte de uns parentes em Alegrete. Quando aliviar o preto, satisfaço o pedido.

Nunca que Manequinho achava jeito e modo de tocar no vento ou em recinto fechado. Sempre achava meios de tirar o violão fora dos pedidos. Uma noite, bem bebido e bem mamado, confessou para Braguinha Araújo, adjunto de xerife em Cacimbas do Livramento:

— Afonso amigo, vai para mais de dez anos que vivo de violão mudo. E assim vou varando o tempo, comendo meus salgadinhos em festetes e beberetes. Em Umbuzeiros, no vento da animação, lasquei uma cantoria numa festa do major Antoninho Guedes que foi uma vez só! Acabaram com a modinha a poder de sopapos. Até rabo de arraia deram no pobre instrumento que caiu longe, desacordado, com as tripas das cordas para o lado de fora. Aí jurei por são Sebastião, todo crivadinho de flechas, de nunca mais tocar para ninguém. Também lhe digo, amigo Afonso, pior do que eu não pode ter. Sou uma desgraça! De uma feita, a rogo do padre Zozó Melo, acompanhei procissão tirando uma ave-maria das cordas do instrumental. Foi no instante que um anjinho, largando o andor, chegou perto do meu ouvido e falou mais ou menos assim com a boca feita de paina: "Manequinho, Manequinho! Tudo tem um limite. Vai tocar mal assim nas profundas dos infernos! Vai, Manequinho, que te dou transporte grátis. Vai e não amola, Manequinho!". E assim dizendo, fez duas evoluções por cima da minha cabeça e voltou ao seu lugar de anjo de andor.

Viagem à terra natal a bordo de uma peruca

Estava careca, era Carapebus Pereira e apelou para a solução da peruca. E de peruca, depois de uma ausência de trinta anos, voltou a Cajubais, onde tinha iniciado sua vida de comerciante de couros. Foi muito homenageado e comemorado. Teve festa na Associação Comercial e discursos na Câmara de Vereadores. Encorajado pela bem encastoada peruca, Carapebus pediu a palavra em várias ocasiões e até coisas enluaradas falou nos desvãos do ouvido de certa viúva, ainda boa de lençol, que encontrou na casa dos Novais. E em festa regressou Carapebus ao escritório de sua firma de couros em São Luís. E ainda gozava os dividendos do sucesso de Cajubais, quando recebeu o jornalzinho da terra, O *Democrata*. Desatarraxando a folha chamou o pessoal do estabelecimento:

— Seu Palhano, venha cá. Seu Barbosa, veja o deputado falando às massas!

De fato, lá estava Carapebus em retrato grande, dedo futucando as nuvens, em atitude de Demóstenes dos couros. Mas perdeu o vento quando leu, por cima da fotografia, os seguintes dizeres:

"Saiu de Cajubais cabeludo e voltou trinta anos depois de peruca."

E embaixo, em letras graúdas, um anúncio de remédio contra queda de cabelo, o afamado e conhecido Revigorante Araújo.

Tatão, o esquartejador

Era domingo que pita cachimbo e Tatão Chaves aproveitou para pedir Lili Mercedes, mestra de letras, em casamento. A cidadezinha de Monte Alegre, sabedora da novidade, botou a cabeça de fora para presenciar Tatão em cima das botinas de lustro e por baixo dos panos engomados. Para avivar a coragem, Tatão bebeu, no Bar da Ponte, meio dedo de licor, coisinha de aligeirar a língua e aromar a boca. Como achasse o licor educado demais, mandou cruzar a bebidinha com cachaça de fundo de garrafa. E recomendativo:

— Daquele parati mimoso que até parece flor de jardim.

De talagada em talagada Tatão perdeu a mira da cabeça. Embaralhou o pedido de casamento com negócio de disco voador, imposto de renda e busto de moça. A essa altura, gravata desabada e camisa fora da calça, Tatão preveniu:

— Sou o maior dedilhador dos desabotoados das meninas já aparecido em Monte Alegre. Sou Tatão Chupeta!

Gritava que era monarquista, que era a favor da escravidão e que o prefeito de Monte Alegre não passava de uma perfeita e acabada mula sem cabeça. E para arrematar, ganhando a porta do Bar da Ponte, garantiu:

— Só queria que aparecesse neste justo instante um boi cornudo para Tatão esfarinhar o chifre do sem-vergonha à bofetada!

Nisso, um boizinho desgarrado apontou na esquina da rua do Comércio. Tatão cumprindo a promessa, armou o maior soco do mundo. E atrás do soco saiu Tatão, atravessou a praça 13 de Maio, entrou no Mercado Municipal, desmontou duas barracas, esfarelou um comício de tomates e só parou no Açougue Primavera. E meio adernado sobre um quarto de boi que sangrava em cima do balcão:

— Soco de Tatão é pior que canhão de guerra. Mata e esquarteja!

Incêndio como bonificação de fim de ano

Onofre Guedes era amador de bombeiro-eletricista em São João do Funil, onde grassava com alicates e martelos. Durante a semana media fazenda na Casa dos Panos e nos feriados, de maleta na mão, saía para espalhar seu ofício de casa em casa. Não cobrava um vintém pelo trabalho. Em troca, em dois anos de atividade, quase demoliu São João do Funil. Danificou, como bombeiro, mais de vinte casas e como eletricista deitou fogo na Mercearia Almeida, na Coletoria de Rendas, no Bazar Três Amigos e na Papelaria Mimi. E como bonificação de fim de ano fez cair a varanda do capitão Apolinário Peçanha, que morava num chalé de ponta de rua. Mas a obra-mestra de Onofre Guedes, seu carro-chefe, foi o grande incêndio da Fogueteria Azeredo. Quando o velho Azeredo, na boquinha da noite, ligou a chave que a mão especialista de Onofre tinha consertado, viu subir aquela língua de fogo e atrás da língua de fogo um estrondo de ser ouvido em cidades longes. Subiu Azeredo, subiu cadeira de Azeredo, gatos e cachorros de Azeredo subiram em cachos. Tudo subiu. De longe, na praça do Carmo, o povo ficou apreciando aquele ninho de rojões lagartixando para o céu. E Onofre Guedes diante daquela obra-prima deixou pingar da boca admirada esta observação:

— E não sei nada de eletricidade! Se conhecesse o ofício era muito Onofre Guedes de levar pelos ares a cidade toda, com a rua do Comércio atrás e o capitão Apolinário Peçanha no comando. De boné e fita de provedor-mor da Santa Casa no peito.

Amante de Sevilha com bofetada no terceiro ato

Carta de Sandoval Moscoso ao primo Betinho Moscoso de Barrinha de Serapuí:

Segura firme para não cair da cadeira, primo. Teu parente agora é artista de circo de cavalinhos. Desde que sucedeu aquele mal-entendido com o dinheiro da prefeitura de Barrinha, quando tive que sair às pressas com a maleta dos impostos, que peguei lugar no Circo Internacional, uma companhia que desce e levanta panos em todo o Brasil. Entrei como ajudante de domador e desde que o leão morreu esfacelado por uma cadeirada de um cretino de um bêbedo, que pulei para as vastas pantomimas e dramas que o circo expele de cidade em cidade. O trabalho mais pau-com-formiga que peguei foi de Judas. Sabe como é o povinho dos matos, que só deseja ver o desgraçado do Judas estrebuchando nas cordas do enforcamento. Em Iguabinha, lugar danado dos colarinhos, quase morri dependurado. Na hora da figueira, naquele temporal feito de lata de querosene nos ouvidos, um sem-vergonha com cara de porco-espinho pulou no palco e veio apertar meu gasganete. Foi uma batalha, Betinho, para fazer o vaca-braba desocupar meu gogó. Fiquei avariado de farmácia no decorrer de um mês. Agora, felizmente, trabalho em serviço mais leve. Apanho bofetadas no terceiro ato do drama *O amante de Sevilha*. Mas tenho promessa de pegar o cargo de galã da peça *O ladrão elegante*. Como o primo muito bem sabe, desde que lasquei aquele desfalque nos cofres públicos da prefeitura de Barrinha, que peguei uma prática danada de misturar meu dinheiro com o dinheiro dos outros. Ademais, primo, em *O ladrão elegante* vou dar beijos de repuxo na cara bonita de Rutinha Cruz, uma coisa feita de curvas e recurvas. Essa lindeza vai fazer a figuração de certa madama muito virtuosa, sortida de rococós e não me toques. Deixo de saber disso, Betinho. Comigo ela vai perder os pivôs. Vai sair do palco com os beiços e partes próximas em fogo vivo, que em negócio de realismo estou sozinho.

O rodapé é o limite

Telefonema de Noquinha Reis para sua amiga Lucimar Ferreira:

— Noca, vou acabar meu noivado com Santinho Cruz. Um monstro da pior espécie! Estou de namoro amarrado com ele vai para mais de dois meses e o cretino sem tomar nenhuma providência. É louco por pé. Fica horas fazendo crochê nos meus dedos. Ontem, não tendo ninguém em casa, mandei que ele subisse, que deixasse o tornozelo em paz para tomar posse de partes mais substanciosas. E sabe o que esse desaforado respondeu? Que do tornozelo não saía, nem mesmo depois de casado. Que eu arrumasse outro para os compartimentos de cima que ele ficava mesmo no rodapé.

Bifes à milanesa com farinha de caco de vidro

Dona Eucalística Pestana resolveu ficar viúva por conta própria, pelo que deliberou encaminhar o marido, o meirinho Santinho Pestana, para os confins de uma feijoada. Tinha de tudo a feijoada da bondosa Eucalística: certidão de óbito, anúncio de missa de sétimo dia, alça de caixão, meia dúzia de grinaldas, canto de coruja e até discurso do dr. Sayão Meireles, orador oficial da Irmandade de São Francisco de Paula, da qual o candidato a defunto era provedor e tesoureiro. E dona Eucalística, depois de dar os últimos retoques de arsênico na feijoada, misturou tudo com este pensamento:

— Pestana, com a fita de provedor da Irmandade de São Francisco de Paula na caixa dos peitos, vai chegar no céu na nuvem das quatro horas. Não tem escapatória. Esta feijoada está especial. O gato Romão, só de passar por perto, ficou desfalecido na porta da cozinha. Desta Pestana não escapa. Tenho fé em Deus que não escapa!

Mas escapou. Comeu a feijoada, repetiu três vezes e não morreu. Dona Eucalística falou admirada:

— Sim senhor! Estômago de locomotiva! Papou arsênico de matar um batalhão e ainda palitou os dentes. Desaforo! Mas esse boitatá não perde por esperar. Vai pegar o maior sortimento de vidro ralado já existido. Vai morrer soltando cacos de garrafa pelas abotoaduras.

Não soltou. Comeu vidro reforçado com preguinhos enferrujados e fatias de gilete. Até engordou. Uma noite, depois de dois meses de vidro ralado, parou o garfo no meio de um bife coberto com farinha de vidraça, lambeu os beiços e disse:

— Eucalística, não tem cozinheira como tu! Não tem! De dois meses para cá, desde que a velha Sebastiana deixou nosso fogão, que venho sentindo um gostinho especial na comida. É o que eu digo aos amigos da Irmandade de São Francisco de Paula. Não tem para uma feijoada ou bife de caçarola como tua mão. Mão de anjo, Eucalística! Mão de santa!

Só mais tarde, quando tentou esborrachar o marido a cacetadas, é que a virtuosa senhora soube de tudo. Que Pestana, antes de ser meirinho em São José do Alto, tinha trabalhado no Circo Polonês. Soltava labareda pelo funil do nariz e comia bifes à milanesa com farinha de caco de vidro. Era Don Pestana, El Mago del Fuego.

Tango argentino morto a pauladas

Comunicado que Robertinho Guará mandou ao presidente da Associação do Comércio Atacadista de São José dos Pilares:

> Tenho que relatar o triste sucedido que sucedeu com o tabelião Quim-Quim Borges na viagem de botar as autoridades do governo no concernente ao que se passa em São José dos Pilares e arredores. Logo que Quim-Quim chegou no Rio de Janeiro, mal saído do navio, tomou um banho alongado, coisa dilatada de mais de duas horas, depois do que saiu mais aromado que um jasminal. Largou de lado o ternão preto de lavrar escrituras para calçar paletó de almofadinha, curtinho por cima da aba das ancas, de deixar a repartição traseira mais arrebitada do que rabo de tanajura. E foi nas águas dessa sem-vergonhice que peguei Quim-Quim Borges andando todo moderninho na tal da rua do Ouvidor, sem pejo da idade de avô. E não contentado, Quim-Quim aprendeu tango argentino que é uma pouca-vergonha de não caber em salão de família. O parceiro gruda o rosto bem junto do rosto da parceira,

quebra o organismo para trás, estica os braços e sai em passo de ganso pelos recintos do baile. Sujeito que praticar esse tal de tango argentino em festa de São José dos Pilares ou casa com a moça ofendida ou morre na hora.

Um sujeito cheio de leis e parágrafos

No dia em que sua aposentadoria arrebentou no *Diário Oficial*, Norbertino Feitão só teve um pensamento: mudar de Norbertino Feitão, ser outro sujeito, um Norbertino diferente do que tinha sido durante trinta e cinco anos de selos e carimbadas. Deu balanço em sua carreira de funcionário das Obras e Calçamentos. Mil processos, quatro mil despachos, vinte mil portarias e trinta mil informações. Se papel fosse navio, tinha dado volta ao mundo várias vezes. E além disso, teve de aturar os discursos dos senhores diretores-gerais, cada qual mais sabiá-laranjeira. O dr. Anacloves Cunha, por exemplo, falava por qualquer motivo. A mais reles promoção do mais reles funcionário era sempre acompanhada de discursativo do dr. Anacloves Cunha. A ponto de certo Lacavinha Moscoso, almoxarife das Obras e Calçamentos, estipular:

— Se tem discurso do Anacloves Cunha prefiro não ser promovido!

E agora estava livre de tudo isso, do dr. Anacloves Cunha, dos aniversários dos senhores diretores-gerais, do presente de fim de ano do senhor ministro e das festas cívicas acolchoadas de discursos e empadinhas de camarão. Era um Norbertino livre, com o resto da vida às ordens. E ao fechar, pela última vez, a mesa de trinta e cinco anos de papéis e carimbos, Feitão disse baixinho:

— Vou jogar a chave na primeira lata de lixo que encontrar. Vão ter que esbandalhar a fechadura a tiros de portaria, porque mesa de funcionário, mesmo aposentado, só pode ser aberta a poder de portaria. É dos regulamentos. Está na Lei 23, de 15 de outubro de 1932. Parágrafo 42.

Riu da portaria que a besta do diretor-geral teria que esguichar sobre a mesa muda e fechada. E foi em riso que entrou no Hotel Miramar, na rua Senhor dos Passos, onde sempre morou desde que veio de Curvelo. Desencovou dona Ricota Melo para este aviso:

— Pode jogar toda a papelada de meu quarto no olho da rua. Contrata um caminhão, dona Ricota! Tem processo mais antigo do que a Guerra dos Canudos. Rua com eles, dona Ricota! Não quero ver mais papel na minha frente. Quem gosta de papel velho é lixeiro, dona Ricota!

Em cima de Norbertino Feitão fez descer as roupas mais finas, cortadas pelas tesouras mais caras. De repente, pegou bigode e fomentou um par de suíças de cair, como avenca, pelas abas do queixo. E outra vez convocou a proprietária do Hotel Miramar:

— Dona Ricota, deixei de ser provedor de várias irmandades. Quero ter tempo para gozar o bigode e as costeletas. Me chama, dona Ricota, de Nonô Feitão. Sempre tive vontade de ser Nonô, Nonô Pente Fino, dona Ricota...

Logo depois viu que a rua Senhor dos Passos não comportava sua aposentadoria, pelo que mudou para Ipanema. E modernão, paletó de veludo e lenço no pescoço, caiu na doce vida de beira de praia. Uma tarde, num futebol de areia, ao dar com bola que vinha pelo alto, Nonô gritou de dentro do seu calçãozinho de borboleta no choco:

— Deixa que o papai vai subir de cabeça!

Subiu tanto que foi parar no céu. De costeleta e bigode de ponta virada.

Crime adiado por licença médica

Bentinho Barbalho era o delegado mais relapso já existido ou por inventar. Imperava em Ribeira de Guapá Nova. Vivia pescando dourado, catucando tatu, desovando modinha do violão. O matador chegava e dizia:

— Delegado Bentinho, não durmo e não como mais pratrasmente de duas quinzenas por causa que matei Tonico Sousa por uma bobagem de mulher de porta aberta.

E Bentinho, meio debruçado sobre o nervoso:

— Vai te arrepender longe, desgraçado, que estou de capivara contratada para logo mais e não vou perder tempo com criminoso sem-vergonha, que comete despautérios e ainda tem o descaramento de relatar essas exorbitâncias à autoridade!

Certa tarde, Bentinho Barbalho dependurou, na porta da delegacia, o seguinte aviso:

> O delegado Bentinho Barbalho está encostado no Instituto de Aposentadoria em licença médica, pelo que fica adiado o apuramento de casos

desimportantes, na ordem de roubo de cavalo, desencaminhamento de donzela ou morte de turco.

Reforça o seguro que o incêndio é por minha conta

Montou escritório na praça das Mulatas e colocou na porta, com dizeres graúdos, uma placa avisativa de que Agostinho Patrício dava fianças e avais a qualquer pessoa, mediante a módica corretagem de dez por cento, bem assim como estava preparado para praticar incêndios espontâneos com a maior perícia e honestidade. Era com a boca redonda de entusiasmo que Agostinho afirmava:

— O progresso de Pipeiras pede firma como a minha. Eu devia até receber estipêndios do governo.

Quando Miguel Simão procurou os préstimos de Agostinho para tirar sua firma da falência pelos braços do fogo, recebeu do perito em fianças e incêndios todas as garantias:

— Não tenha receio. Alarga o seguro que eu cuido do resto. Só trabalho no curto-circuito, que é o mais garantido. Esse negócio de vela esquecida em canto de corredor está muito desmoralizado. Faço obra limpa. Em Santo André lasquei fogo numa fábrica de gelo, amigo Simão. Numa fábrica de gelo, entendeu?

O negócio de Agostinho Patrício progrediu tanto que o governo teve de fechar o estabelecimento a poder de cadeia. Em dois meses de escritório, Agostinho deitou fogo em dez armarinhos na rua do Aragão, demoliu a Recebedoria Estadual a mando dos negociantes em atraso de impostos, bem assim como varejou pelos ares a Fogueteria Penalva. Agostinho era o primeiro a avisar:

— Reforça o seguro, minha gente, que o curto-circuito é por conta da firma.

Na hora de purgar doze anos nas grades, Patrício desabafou:

— Se fico por mais um mês, a firma acabava com a cidade a poder de curto-circuito espontâneo. Mas este país é assim mesmo. Ninguém pode progredir, comprar uma roupinha nova, que vem logo a perseguição. Por essas e outras é que esta nação do Brasil não vai para frente. Não vai!

A gloriosa morte de Gaudério Paiva

E no Mercado das Flores, mergulhado numa braçada de rosas, Pestana de Araújo encontra o amigo Gaudério Paiva, o Paivinha das Rendas Imobiliárias. Bem recauchutado, modernão, vistosão, tinindo por dentro de uma camisa vermelha com rajadas amarelas. Pestana abre a boca em admiração:

— Homem de Deus, que avanço é esse?

E Paiva saindo de dentro das rosas:

— Cala a boca, Pestana. Morro mas não entrego a rapadura. Sei que estou velho, que estou fora de compasso. De manhã, quando acordo, tenho de ser desempenado por dois especialistas em reumatismo. Mas logo que piso a rua do Ouvidor ou a rua das Marrecas sou outro. Empino o peito de 1901 e não perco um atrasado de moça bonita. Sou Paiva de dar com os costados em Jacarepaguá por um pedaço de menina. Hoje mesmo tenho um compromisso de francesa nova, coisa especial, uma certa Mimi que desentoquei da última remessa chegada de Paris. Qualquer outro, que não fosse este Gaudério Paiva, arrepiava a carreira. Eu não. Mando para as trombetas de Jericó! Essa tal de Mimi vai ver quem é o Paivinha das Rendas Imobiliárias, filho do desembargador Aldenor Paiva que morreu no Teatro de Variedades de Juiz de Fora quando deram de presente uma espanhola ao respeitável público e o velho, para chegar na frente, pulou do alto de um camarote na direção da boca do palco. É o que eu digo. Mando para a cabeça! Ela não perde por esperar. A vida começa aos setenta, meu caro. Aos setenta! Telefono depois contando o resultado da batalha.

Nunca mais telefonou. Morreu em plena guerra, por entre as flores dos dezoito anos da menina Mimi. Morreu nas barricadas, de ceroulas, por trás dos travesseiros, de arma na mão. Sem bala e sem pólvora. Glorioso como um estandarte!

O aparelho competente e necessário

Albernico Sanches trouxe para Guarataízes a maior novidade em curar doenças da carne e da cabeça. Montou consultório na rua dos Alfaiates e dependurou na porta estes dizeres vistosos:

HIPNOTIZADOR PRÁTICO

A cidade, no princípio, ficou cabreira, rindo até dos macaquismos que Albernico fazia com as mãos para deixar o padecente desfalecido nos braços do sono. Mas depois que curou, com um par de hipnotizações, a papeira de dona Licovina Beirão, professora pública, foi um chover de gente no consultório da rua dos Alfaiates, de Albernico não ter mãos a medir. Quando o sujeito era duro de dormir, desses de cabeça de coco-babaçu, o especialista Albernico gritava para os fundos do consultório:

— Enfermeiro Melo! Traga o aparelho competente e necessário.

Melo, encaixado em avental branco, aparecia com um roliço porrete de borracha que logo soltava na cumeeira do renitente que desfalecia feito borboleta de jardim. De porretada em porretada Albernico Sanches ia amontoando curas. Como a do capitão Carvalhais de Araújo, que tinha a mania de falar sozinho. Com duas porretadas, o doente adquiriu na testa um calombo de ser visto longe, pelo que perdeu o uso e gozo da palavra o resto do ano. Semelhante coisa sucedeu com a viúva Livinha Cravo. O enfermeiro Melo foi tão feliz na porretada que a viúva, atrasadona de roupa e de vida, logo pegou linha moderna. Não só estofou as divisões traseiras como empinou o busto que era murcho de não ganhar de um maracujá de gaveta. A medicamentiva borrachada fez ainda dona Livinha botar óculos graúdos e saia por cima dos joelhos. Remoçou, entrou por baixo de uma peruca e da peruca já saiu nos braços do comendador Joaquim Seabra. Casou. E na hora de descer os degraus da igreja, vendo entre os amigos a figura de Albernico Sanches, logo caiu nos ombros dele com estes dizeres:

— Se não fosse o tal aparelho competente e necessário eu não saía da prateleira. Ia ficar viúva encravada, de só fazer crochê e rezar novena. Se levo mais duas hipnotizadas como só o enfermeiro Melo sabe dar, eu ainda ficava mais avançada. Era viúva de fisgar ricão até no Rio de Janeiro. É o que eu digo. Não tem como o teu hipnotizador manual. É um porrete!

Guarda-chuva preto em negócio de futuro

Montado em roupa preta, sapato preto e chapéu preto, chegou em Cocais um certo Gesteira Chaves. Foi colocar pé na rua das Palmeiras e logo desabar sobre a cidadezinha um temporal de larga fartura. Choveu tudo, água, trovão, uma espingarda de dois canos perdida em 1917 e um cacho de coriscos. Na porta do Hotel Barbalho, esfregando as mãos, Gesteira falou em preto enquanto olhava a barriga preta das nuvens:

— Assim é bonificação demais! Não pedi tanto, são Pedrinho. É bom maneirar até que a gente monte a Funerária Boa Viagem. Guarde o resto para a inauguração.

Abriu o guarda-chuva preto e foi embora na mesma cor.

O comprador de fazendas

Deu de falar em fazendas, em propriedades que tinha comprado, a preço de barbante, em São José de Goiás. A família, meio entupigaitada, viu logo que o velho Monsanato, Joaquim Adrião Monsanato, estava de aduela furada. O filho mais velho até falou:

— Coitado dele! Só vive lendo negócio de planta, de adubos e de terras.

Monsanato, tirando os óculos e botando os óculos, é que não parava de apregoar:

— Comprei coisa de não acabar mais! É chão de perder de vista. Tem até onça-pintada. Ou mais que isso!

Rapidinho, Monsanato foi empurrado para as garras dos doutores. Mas que nada! O velho era mais forte que todos eles. Logo de manhã acordava com as fazendas na língua:

— Boa Esperança, São Julião, São Pedro da Porteira! Tudo meu. Chão de perder de vista. Tem até onça. Ou mais que isso!

Vinha o leiteiro e Monsanato para o leiteiro:

— Seu menino, com uma cacetada de trinta mil contos

quase devasto o estado de Goiás! Três fazendonas meti no saco. E tudo de porteira fechada. Tem até onça de comer gente, seu menino!

Na noite em que o velho, de *Manual do perfeito criador* embaixo do braço, afiançou que tinha comprado um cavalo pedrês, tão ensinado que era muito cavalo de dançar polca, uma sobrinha de Monsanato, entendida em miolo mole, balançou a cabeça desalentada:

— Está aí, está Napoleão Bonaparte.

E resolveram, em último grau, chamar uma dessas sumidades que já atendem ao telefone cobrando taxa de ouvido. O especialista veio e colocou toda sua medicina a serviço do miolo mole do comprador de fazendas. E trafegava pela quinta ou sexta visita quando, em seu consultório, recebeu uma telefonada do sobrinho de Monsanato. Neste jeito:

— Doutor, não precisa vir mais não, doutor.

E do outro lado, orgulhoso de sua medicina, o doutor já de coreto armado:

— Como que então curei o velho, hein?

E o sobrinho de Monsanato:

— Curou não, doutor. É que as escrituras chegaram e o cavalo pedrês já está na porta. Selado e arreado, doutor.

Aposentado não tem direito à música a bordo

E quando o comendador Nogueira, Natalício Brasão Nogueira, morreu espetado numa perna de peru, a inconsolável viúva presenteou a Lira 21 de Abril com dez fardas e quatro cornetas do pranteado. E na missa de sétimo dia, na intimidade de uma conversa com amiga velha, revelou:

— Nogueira era possuído da mania de entrar no quarto, nas noites de fazer coisas, todo fardado, nunca esquecido que foi, no começo da vida, corneteiro da Polícia Militar. Chegava na boca do quarto, batia continência, metia a corneta no beiço e largava quatro cornetadas. Era um ta-ra-ta-ta-tá sem fim. Com o tempo, foi diminuindo o número de cornetadas. Até que na morte de Pinheiro Machado, em 1915, não dava mais ta-ra-ta-ta-tá nenhum. Chegava no quarto, fazia mal e porcamente a continência, apresentava o instrumento e caía no mais profundo sono. De uma feita, como reclamasse, Nogueira disse que não queria saber mais nem de corneta nem de farda por causa que estava aposentado e sem direito à música a bordo.

Como tio Nonô, nunca mais em tempo algum!

Depois de muito vai-não-vai conseguiram que Nonô Mendonça, tabelião aposentado de Cruz Alta, fosse passar tempos na Bahia, na casa dos sobrinhos Mendonça. O velho — setenta anos corridos sem sair uma única vez de terras e céus de Cruz Alta — foi. Desembarcou de fraque e queria andar de fraque, como competia a um tabelião jubilado. Os Mendonça pediram que não fizesse isso. E rindo:

— Não usa mais, titio. É coisa do tempo do gramofone.

Mas do ternão preto de lavrar escrituras e acompanhar defuntos Nonô não abriu mão. E foi assim, encastoado em negro, que certa noite os sobrinhos removeram o tabelião para um teatro que esguichava francesas e espanholas por camarotes e cadeiras. Sentaram o tio Mendonça bem na primeira fila, na boca do palco. Quando o velho, de dentro do terno preto, viu aquele leque de pernas bonitas, tudo ao alcance de sua vista e da mão, extraiu o lenço largo que guardava no bolso, passou o pano pela testa antiga e falou bem alto, como era de sua natureza falar:

— Estou desmoralizado! Que vai dizer de mim o povinho

de Cruz Alta quando tiver notícia de que Nonô Mendonça esteve em teatro de perna de fora, gozando os altos-relevos das moças! Estou perdido!

O teatro, pegando pelas orelhas a voz grossa de Nonô de Cruz Alta, quase morreu de rir. Os sobrinhos de Mendonça sumiram por baixo das cadeiras. Foi quando a moça mais ondulada da passarela, de perna de fora, veio colocar seus arredondados arremates bem no centro do colo de Nonô. E com modos sem-vergonhistas:

— *Con su permiso...*

E Nonô, outra vez de voz graúda:

— Já que estou para sempre desmoralizado, quero que o povinho de Cruz Alta se dane. A menina tem meu especial consentido para ficar a gosto onde estabeleceu suas partes mais cativosas.

O teatro veio abaixo.

Rogaciano Mota descobre a vocação: sem-vergonha

Rogaciano Mota viveu, durante quarenta anos, por baixo do maior respeitismo já visto. Puxava andor de procissão, tomava parte nas festas cívicas do Recreativo Rui Barbosa e fundou a Liga dos Bons Princípios de Gameleiras de Ubá, com o promotor público na comandância e Rogaciano na secretariância. Por qualquer meio palmo de tornozelo de fora, Rogaciano armava coreto e dava retreta:

— É o fim do mundo! A filha da professora Roquinha Reis de canela desprovida de vestido. É demais!

Um dia, a serviço da lavoura, teve de vir ao Rio de Janeiro para tratar de coisas de saúva e plantação no Fomento Agrícola. Veio em terno preto e chapéu de cerimônia como para missa ou batizado. No quinto dia de Rio de Janeiro o terno já tinha sumido e o chapéu de aba retorcida dormia no cabide de uma pensão da rua Senador Pompeu. De repente, Rogaciano ficou modernão, de pegar, em meio mês de carioca, um par de costeletas que dobrava em curva quase na boca. E uma tarde, ao ser surpreendido por Tomezinho Codó, caixeiro-viajante que vendia ferragens em Gameleiras, Rogaciano desabafou:

— Seu Codó, não queira saber! Sou a maior vocação para sem-vergonha do Brasil. Só agora é que descobri. Não tem melhor coisa no mundo, amigo Codó, do que ser sem-vergonha. Não tem!

E de camisa empombada e de cabelo encaracolado sumiu no formigueiro da rua do Ouvidor.

Variações em torno do bife tropical

Astolfo Lampadosa logo na primeira rodada do casamento, bem não havia desempacotado sua primeira quinzena de uso e gozo da menina Risoleta, sentiu que não podia arcar com as responsabilidades de esposa de dezoito anos. Foi para o espelho, olhou Lampadosa de frente e de lado, para dizer baixinho:

— Casa, desgraçado! Enfrenta menina que mais podia ser tua neta e depois me conta! Casa, cretino!

Remirou de novo sua figura de gambá velho. E foi em jeito de gambá antigo que Lampadosa entrou no Fomento Agrícola para despachar seus papéis de funcionário perito em leis e parágrafos. E estava no rendilhado de uma informação sobre a formiga saúva quando viu, na mesa de dona Clarinha de Mello, o *Cozinheiro moderno*. Abriu o livro para encalhar os óculos num certo bife tropical, coisa de fazer milagre, de levantar defunto. E com a receita na cabeça, Lampadosa deu entrada no Restaurante Beija-Flor. Chamou o mestre de cozinha e mandou que preparasse um prato de sua especial predileção, o famoso bife tropical. E de óculos em punho, como espada de comando:

— É fácil. O amigo pega um filé, mete no dito quatro colheres de manteiga, joga na panela três bananas-da-terra na companhia de duzentos gramas de farinha de trigo. Em seguida, largue pimenta-malagueta no angu, daquela que já sai do vidro rogando praga. Feito isso, salpica o prato com pó de canela de cambulhada com meio copo de cachaça Vai Que Eu Te Espero. Nesse ponto, o amigo joga por cima alho e duas colheradas de colorau. O resto fica por minha conta.

O prato foi construído. Era uma peça de grande porte, que Lampadosa, de guardanapo no pescoço, devorou com mil fomes. E ao sentir uns ardumes por dentro, esfregou as mãos e falou sozinho:

— É hoje que dona Risoleta, com dezoito anos e tudo, vai ver quem é Astolfo Lampadosa! Ela não me conhece. Estou como no meu tempo de fuzileiro naval. Até melhor. Estou largando fogo pelos parafusos!

Também foi a última coisa que Lampadosa, velho funcionário do Fomento Agrícola, pensou nesta vida. O resto ficou para a outra.

Quem pega bala na popa não chega a tabelião

Ao descer em Bom Retiro a notícia de que havia estourado negócio de revolução e tiro no Rio de Janeiro, Pepito Cruz deixou os panos e a tesoura da Alfaiataria Modelo, correu em casa e falou esbaforido:

— Mulher, apronta a farda e escova meu boné de puxar procissão.

E rapidinho, em lombo de burro, caiu no rasto da revolução que fumegava e dava tiros. Foi num dia e voltou no outro com uma bala encastoada na popa e uma carta de recomendação contra os cofres públicos da prefeitura de Bom Retiro, onde pegou o cargo de amanuense. E Pepito em conversa magoada com os amigos:

— Se levo um tiro em lugar de maior respeito que não bala na popa, eu vinha tabelião. Tabelião de carreira, com direitos a grandes mamadas nas tetas do governo. Mas com meia balinha na traseira eu não podia mesmo requerer maior benefício do que esse de amanuense, que é leitinho fraco para minha fome de bezerro novo.

Água mineral não combina com feitiço

E Argemirando Viana, depois de pular de doutor em doutor, fez descer sua doença na mão do curandeiro Nonô Saquarema. Nonô, que trabalhava com fumaça de charuto, passou para Argemirando essa receita:

— Bote numa garrafa de cachaça, da marca Chora no Barranco, cinco colheres de pólvora, duas pedras de enxofre, meia caixa de fósforos, treze pelos de rabo de macaco, duas penas de urubu novo, quatro unhas de coruja, uma raiz de agrião, duas pitadas de colorau, meia dúzia de pimenta-de-fogo, dois pauzinhos de canela, cravo do sertão, tucumã de cozinha, teia de aranha de quarto de moça donzela, dois pregos enferrujados, um retrato picadinho de Herodes e um dente de alho bem amassado. Tu enterra por dois dias a beberagem para depois tomar na parte da manhã e na parte da noite.

Por entre a fumaça do charuto o curandeiro ainda avisou:

— Se fumegar é que a garrafada está em ponto de bala.

Argemirando bebeu, inchou e explodiu. O curandeiro, preso em Capão de Piaus, justificou assim a explosão de Argemirando:

— Tinha que arrebentar! Maluco da cabeça! No lugar da medicativa cachaça Chora no Barranco, o sujeito botou essa tal de água mineral, uma desgraça que já salta da garrafa na ponta dos cascos, fazendo borbulha feito panela de pressão!

Todo boticão tem sua dor de dente

Dentista era Pinalcídio Ferrão de Cajuais da Serra. Sujeito engraçado! Saía dos trabalhos de boticão do consultório da rua das Formigas e entrava no Colégio Rui Barbosa na praça da Aclamação. A moçada desse amontoado de carteiras e quadros-negros só faltava latir. O menos que esse povinho dos estudos praticava era enforcar resmas de gatos no frontispício dos mestres. Só que ninguém fazia isso com o professor Ferrão. Se algum aluno pulava carniça por cima dos regulamentos, Pinalcídio olhava por baixo dos óculos e avisava:

— Seu Bentinho, tome cuidado! Na próxima extração lhe tiro o molar pelo cangote com bofetões de anestesia. Faço como fiz com o aluno Francisquinho da Farmácia. A poder de boticão, puxando o canino do malcriado, espichei o pescoço dele um palmo a mais. Saiu feito ganso.

Pinalcídio Ferrão tinha essa vantagem: era o único dentista de Cajuais da Serra. Toda dor de dente que botasse a cabeça de fora caía direta em seu boticão.

Porque Lulu Bergantim não atravessou o Rubicon

Lulu Bergantim veio de longe, fez dois discursos, explicou por que não atravessou o Rubicon, coisa que ninguém entendeu, expediu dois socos na Tomada da Bastilha, o que também ninguém entendeu, entrou na política e foi eleito na ponta dos votos de Curralzinho Novo. No dia da posse, depois dos dobrados da Banda Carlos Gomes e dos versos atirados no rosto de Lulu Bergantim pela professora Andrelina Tupinambá, o novo prefeito de Curralzinho sacou do paletó na vista de todo o mundo, arregaçou as mangas e disse:

— Já falaram, já comeram biscoitinhos de araruta e licor de jenipapo. Agora é trabalhar!

E sem mais aquela, atravessou a sala da posse, ganhou a porta e caiu de enxada nos matos que infestavam a rua do Cais. O povo, de boca aberta, não lembrava em cem anos de ter acontecido um prefeito desse porte. Cajuca Viana, presidente da Câmara de Vereadores, para não ficar por baixo, pegou também no instrumento e foi concorrer com Lulu Bergantim nos trabalhos de limpeza. Com pouco mais, toda cidade de Curralzinho estava no pau da enxada. Era um enxadar de possessos! Até a professora Andrelina Tupinambá, de óculos, entrou no serviço de faxina. E assim, de limpeza em limpeza, as ruas de Curralzinho ficaram novinhas em folha, saltando na ponta das pedras. E uma tarde, de brocha na mão, Lulu caiu em trabalho de caiação. Era assobiando "O teu-cabelo-não-nega, mulata, porque-és-mulata-na-cor" que o ilustre sujeito público comandava as brochas de sua jurisdição. Lambuzada de cal, Curralzinho pulava nos sapatos, branquinha mais que asa de anjo. E de melhoria em melhoria, a cidade foi andando na frente dos safanões de Lulu Bergantim. Às vezes, na sacada do casarão da prefeitura, Lulu ameaçava:

— Ou vai ou racha!

E uma noite, trepado no coreto da praça das Acácias, gritou:

— Agora a gente vai fazer serviço de tatu!

O povo todo, uma picareta só, começou a esburacar ruas e becos de modo a deixar passar encanamento de água. Em um quarto de ano Curralzinho já gozava, como dizia cheio de vírgulas e crases o *Sentinela Municipal*, do "salutar benefício do chamado precioso líquido". Por força de uma proposta de Cazuza Militão, dentista prático e grão-mestre da Loja Maçônica José Bonifácio, fizeram correr o pires da subscrição de modo a montar Lulu Bergantim em forma de estátua, na praça das Acácias. E andava o bronze no meio do trabalho de fundição, quando Lulu Bergantim, de repente, resolveu deixar o ofício de prefeito. Correu todo mundo com pedidos e apelações. O promotor público Belinho Santos fez discurso. E discurso fez, com a faixa de provedor-mor da Santa Casa no peito, o major Penelão de Aguiar. E Lulu firme:

— Não abro mão! Vou embora para Ponte Nova. Já remeti telegrama avisativo de minha chegada.

Em verdade Lulu Bergantim não foi por conta própria. Vieram buscar Lulu em viagem especial, uma vez que era fugido do

Hospício Santa Isabel de Inhangapi de Lavras. Na despedida de Lulu Bergantim pingava tristeza dos olhos e dos telhados de Curralzinho Novo. E ao dobrar a última rua da cidade, estendeu o braço e afirmou:

— Por essas e por outras é que não atravessei o Rubicon!

Lulu foi embora embarcado em nunca mais. Sua estátua ficou no melhor pedestal da praça das Acácias. Lulu em mangas de camisa, de enxada na mão. Para sempre Lulu Bergantim!

UM NINHO DE MAFAGAFES CHEIO DE MAFAGAFINHOS

A

Oyama de Macedo,
Leo Gilson Ribeiro,
Hélio Pólvora
e
Daniel Pereira
com
meu benquerer e meu muito admirar

Havia um ninho de mafagafes cheio de mafagafinhos.
Bom desmafagador será quem bem os desmafagar.
(Repetir sete vezes sem errar que o rei dará a filha a casar.)
Trava-língua popular

Personagens de nomes estrambóticos deste livro

Abilatrício Teles
Abrantino de Melo
Afanor Pereira
Agarino Chaves
Albernaz Feitosa
Alcebiláquio Castanho
Alfemina de Melo
Ambrotilde Feijó
Amphilacyo Guedes
Antiórgenes Barbeitas
Apolôncio de Sousa
Aspergilda Pereira
Bedeslau das Neves
Belarmedes de Araújo
Bendengó de Araújo
Benzinato Cunha
Bercó Guaraciaba
Bimbim Cardoso
Bobó Reis
Bombarda de Atayde
Cacimbilda Saquarema
Cajuca Nepomuceno
Cinibático Feijó
Cinorato Penalva
Clodomélio Peixoto
Cravino Dias
Daulacídia dos Reis
Dorontina Gusmão
Edigardina Palhares
Escolástica Saquarema
Estenfonsina de Melo
Fabilôncio Canabrava
Felistoso de Azeredo
Finfilóquio Tupinambá
Gerundina Melo
Gilofásio de Aragão

Gorjão Feijó
Juberbal Moscoso
Jubertino Couto
Jupiaçu Pereira
Jurundino Melo
Juribaldo de Melo
Lembrantino Cunha
Licencina Cravo
Licordino Arruda
Memé do Couto
Mercodenes Silveira
Miocardes Chaves
Olibório Bastos
Oneocrates Peixoto
Percilato Reis
Protestato Forjado
Reberaldo Carijó
Ricolina Rios
Salamantino Calheiros
Sandó Cruz
Sinofredo Batista
Sinofrildo Feitosa
Sonofrida Manhães
Teteu Pederneiras
Tintim Ramos
Uruguntina de Azevedo
Xenxém Brito

1
COM UM PAR DE AURORAS E MEIA PORÇÃO DE LUAR FAÇO UMA CANÇÃO

Na próxima vez venho de dilúvio a bordo

E desembarcaram o sapateiro Finfilóquio Tupinambá em Santo Antônio do Banhado na ocasião em que o Circo de Bagdá montava para a distinta assistência o número mais arriscado de seu repertório: a bala humana. Sem saber de nada, bêbado de trocar pernas, perfeito peru de aniversário, Finfilóquio entrou no camarim do mágico, atarraxou a cartola dele na cabeça, bem assim como vestiu o fraque e arrumou o cachecol no pescoço. E soltando aguardente pelas juntas dos cotovelos foi parar no picadeiro do Circo de Bagdá e no picadeiro, como fazia o mágico, tirou do bolso o lenço puxador de pombinhos na justa hora em que o canhão fazia funcionar a bala humana: um sujeito todo prateado, voando de passarinho. Com o estrondo do tiro, o leão do circo, pegando jaula descuidada, saltou de cabrito diante do povo arrumadinho em bancos e cadeiras. Foi um corre-corre sem tamanho e feitio, gente por cima de gente num atropelado de gritos e chiliques. Basta relatar que um perneta subiu de macaco pelo mastro dos trapézios, e uma senhora bojuda, redondona de não caber nos vestidos, ficou entalada entre as cadeiras e desandou a gritar pelo nome de seu falecido marido:

— Capanema, Capanema! Chegou o fim do mundo. Me espera no céu que eu já estou subindo. Vou atrasar um pouco porque perdi os óculos. Me espera, Capanema.

No meio do picadeiro, de queixo caído e cartola na mão, o bêbado Finfilóquio falou baixinho:

— Finfim, Finfim, tu é o maior magicão do mundo. Só no puxar do lenço tu inventou um canhão e mais um danoso de um leão que já saiu comendo a perna de um par de bolivianos e mais as partes traseiras de uma dona de óculos metida a fazer discursos, foramente um serviço de parto que o leão fez só de berrar junto dos nove meses da barriguda. Lhe digo uma coisa, Finfilóquio. Se tu calibra a magicação, como manda o regulamento, tu era Finfilóquio de botar no picadeiro duas dilatadas cobras, um par de tigres, uma dúzia de elefantes, quatro leões-marinhos, manadas de bicicletas, cinco dobrados da gloriosa Banda Marcial de Santo Antônio do Banhado e mais uma batelada de gringos para o povinho esborrachar a pau. Mais que isso, Finfim velho, tu era homem de trazer a arca de Noé de volta. Com o tal do Dilúvio e demais benefícios.

Toda honestidade tem sua fita métrica

Cravino Dias, encharcado de água de matar gato, subiu para o alto da torre da Igreja de Nossa Senhora do Parto e deu de gritar:

— Vou criar asa, minha gente! Vou virar aeroplano. Se morrer, meu bondoso primo Sicarino Dias, que mora em Morrinhos, está capacitado para mandar um relatório de minha lavra ao pessoal do governo. Triste de Jacubais do Norte se meu relatório abrir a boca. Fecha este ninho de sem-vergonhismo, de não abrir em derredor de cem anos. Não fica uma reputação em pé. Nem o sacristão Carino Papa-Hóstia escapa, que é o maior beliscador de popa de moça que já vi. Meu relatório, povo de Jacubais do Norte, é pior que mordida de lobisomem em noite de sexta-feira. Pega todo mundo. É pedir a Deus que meu relatório não saia ventando pelos compartimentos do governo. É madeira de dar em doido!

Diante de tamanha ameaça, Jacubais do Norte mobilizou os préstimos do dr. Varjão Dourado, sujeito de muito respeito, de colarinho engomado, sempre de preto, do chapéu às botinas. Nunca em vinte anos soltou uma risada. Quando esse boitatá chegou na praça da Matriz, recebeu de Cravino uma tijolada de desmontar os parafusos. Neste jeito empenado:

— Logo quem vem falar comigo! Varjão do cartório! Esse, minha gente, não aguenta meia sindicância. Pega logo trinta anos de cadeia no abrir da primeira página. Com partezinha de lavrar escrituras, é o maior dilapidador de viúvas de Jacubais do Norte. Não perde uma! Esse boitatá puxa o estandarte do meu relatório.

Para que esse avassalador papel não rolasse para as mãos do governo, como uma cascavel de chocalho aceso, Jacubais do Norte fez uma subscrição de modo a limpar todas as dívidas de Cravino Dias, desde que mamou até que botou sapato no pé. Cravino já desceu da torre da Igreja de Nossa Senhora do Parto com um cargo de bons dinheiros no cartório do dr. Varjão Dourado. Quando, tempos depois, o compadre Lulu Reis recordou o caso da torre, Cravino riu e explicou:

— Compadre, resolvi entrar para o relatório, abaixo do escrivão Varjão Dourado e do prefeito Santinho Gomes. Meu tempo de aeroplano já passou. Agora eu sou da caixa registradora.

O Quarta Vara de Família e suas consequências

Carta de Zizi Cruz para Neném Arantes de São José de Ubá:

Neném, comunico que rompi o noivado com Bendengó de Araújo, aquele que no tempo da vacina obrigatória inaugurou a mazurca nos salões de Cosme Velho. Pensei ter sossego ao lado dele, no gozo de sua aposentadoria de juiz de foro. Mas, logo nos primeiros agarramentos de noivado, vi que Bendengó não dava pé. Desceu sobre seu terno preto uma remessa de pouca-vergonha que não te conto! Só falava em passeios por horas mortas e assuntos correlatos em terrenos baldios. Certa ocasião, a moçada, com Dezinho Cento e Oitenta Quilômetros no comando, deu uma festinha daquelas no apartamento de Saraiva Boa Boca. Combinei acabar com o fogo do velho nessa noite. Pois lhe digo uma coisa, Neném, Bendengó já chegou soltando estrelinhas, mais espinoteado e na frente da moda que a meninada toda. Esqueceu a mão-boba até em tomada de eletricidade. Foi escândalo tanto que a vizinhança chamou a radiopatrulha. E no meio da algazarra, tirando o maior iê-iê-iê da praça, Bendengó gritava:

"Gastei meu tempo despachando processos na Quarta Vara de Família. O que eu quero agora é descontar em folha. Viva o progresso! Viva!". E tome mão-boba, Neném. O negócio pegou tal volume que Taninha Biquíni, aquela que desde 1960 ganha todos os concursos de roupa nenhuma, chegou para mim e ventou no meu ouvido: "Esse Quarta Vara de Família, Zizi, é de fratura exposta. Tira teu organismo da alça de mira dele, que o velhote, nessa embalagem, vai cortar a fita inaugural do outro século". Embarquei no conselho de Taninha. Mandei o Quarta Vara de Família andar.

O terror vem de paletó de alpaca

Era da Secretaria de Comércio e fazia relatórios. Arrastava pela vida um nome encaroçado: Juruberbal Calastra. Era um sujeito cheio de pormenores: sabia leis e regulamentos, desde a primeira portaria de um vago ministro imperial ao último ato publicado pelo *Diário Oficial*. Mas o forte de Calastra era o balancete. Diante de uma dessas peças papelosas, Calastra lambia os beiços e esfregava as mãos:

— Duzentas páginas! É como gosto, é como aprecio.

Era o terror em paletó de alpaca da Secretaria de Comércio. O olho de Calastra varria tudo. E era de longe, sem precisar de outro exame, que descobria erros:

— Seu Nogueira, cuidado com o Código de Contabilidade. O Penedo Alves pegou trinta anos de cadeia. Seu Nogueira! Trinta anos!

Ninguém queria história com Calastra. Nos processos mais em ordem, seu dedo metediço sempre encontrava um deslize:

— Veja este selo! De cabeça para baixo. E logo quem! O marechal Floriano.

Adoeceu em definitivo. Veio o padre, um velhinho da paróquia do Encantado, para consolar o candidato a defunto. Falou das belezas do céu e garantiu que as suas portas seriam abertas a ele, Juruberbal Calastra. E fazendo o sinal da cruz:

— Como bom cristão sereis admitido no reino de Deus.

Calastra, já com o pé na eternidade e outro nos seus quarenta anos de leis e regulamentos, perguntou lá muito longe, em voz de encerramento de ponto:

— E a portaria de admissão já foi lavrada, reverendo? Saiu no *Diário Oficial*, reverendo?

E morreu.

Volta à infância a preço de ocasião

E então chegou o sábado da grande luta de Ursus, o Estripador. Que pegava pela frente Manezinho do Poço, que não estripava ninguém, que só tinha pegado esse serviço de pedreira por estar numa dependura de ser vista de longe. Armaram a briga no Pavilhão do Centenário, bem nos beiços do Largo da Abolição. A cidade de Abricós veio toda para ver a batalha que custava dois mil-réis por cabeça. E quando Ursus, um sujeito que devia ser parente de navio ou trem de ferro, pegou Manezinho pelo pé e desandou a espichar a pessoa de Manezinho como quem espicha couro de boi, a boa cidade de Abricós viu logo que o pobre ia sair dessa demanda com mais de três metros de comprimento. Uma boca, apavorada, avisou:

— O gringo vai estuporar Manezinho do Poço!

Aí brotou paulada de todos os lados. Apanhou gente que nunca apanhou na vida, e até a parteira Aninha Guedes, que veio ver que bolo era aquele, levou um rabo de arraia de ficar dependurada na cumeeira do Bazar Alvarenga. O gerente do Cinema 7 de Setembro, Antoninho Índio do Brasil, foi sorteado com uma paulada tão cheia de corpo que virou anão. Como bem disse o delegado Chico de Barros, que mediu o avariado dois dias depois do seu encurtamento, se a paulada não sai meio chanfrada, resvalando na saboneteira dele, Antoninho ainda encurtava mais. Era Antoninho de vir montado em cueiro e de chupeta.

Pegou o telefone e ligou para a aurora do mundo

Ficou lelé de hospício no momento em que o dr. Saraiva de Aragão, dos Contratos e Arrendamentos, largou na moleira do escriturário Gudesteu Meireles dois quilos e meio de espinafração. Neste feitio rendilhado:

— Se lhe pego outra vez de olho de bode em cima das meninas da repartição, pode escrever que é o teu fim de carreira. Ninguém te salva, seu Gudesteu! Ninguém! Nem o senhor ministro, nem Deus, ouviu?

Foi nessa curva da espinafração que a doidice de Gudesteu Meireles saiu da cabeça para a ponta da língua. Neste estilo:

— Não ouvi nem vou ouvir mais nada, seu calhorda! És de levar garfos e talheres dos amigos para casa. Te conheço de outros corredores. Vou falar com Nabucodonosor para largar um inquérito neste covil de Ali Babá, de não ficar nem os alicerces. De saída, na abertura dos trabalhos, pegas no barato trinta anos de trabalhos forçados por cima dessa focinheira sem-vergonha. Nabucodonosor morre por um negócio assim. Vou telefonar para Nabucodonosor agora mesmo. Um telefone, por favor! Um telefone!

E partiu para o aparelho. Atrás, branco mais do que o papel dos seus despachos, seguia Saraiva, ratão velho da vida pública nacional, pedindo concordata. Era encovado, humildinho que Saraiva implorava:

— Seu Gudesteu, não faça isso. Estava brincando, seu Gudesteu.

Mas Gudesteu Meireles, baixo funcionário dos Contratos e Arrendamentos, foi perfeito. Pegou o telefone e discou para a aurora do mundo. Para o rei Nabucodonosor da Babilônia.

As esperanças também vão a pique

Estava o comemorativo do noivado da viúva Estefanilha Barbeitas com o escrivão de cartório Feitosa Rojão no quarto balde da famosa e sempre consumida Espanta Resfriado na hora em que o funileiro Afanor Pereira, mais conhecido como Fofó Peço-a-Palavra, de copo em punho, entrou de Rui Barbosa:

— Quero dizer uns poréns.

Logo montaram Fofó, que já caía pelas tabelas, num canto de sala para que saudasse o noivo, impoluto presidente do Sapucaí Esporte Clube e seu amigo de desentocar garrafa das prateleiras dos botequins de Santa Maria do Vento. Fofó, depois de fazer umas visagens e largar no recinto umas sinalefas, caiu em cheio sobre o noivo:

— Rojão velho! Estás aí, estás montado no burro do dinheiro, que a viuvona Estefanilha rende mais que uma paróquia em mão de vigário esperto. Só de boi, a distinta tem para mais de mil cabeças, fora a dinheiragem em caixa de banco de cambulhada com o tal de montepio que herdou do falecido Lacavinha Barbeitas. Com esse reforço de verba, Rojão velho, a gente encana a perna do Sapucaí Esporte Clube do qual tu és o impoluto presidente. Vamos comprar um becão na Bahia, um par de atacantes no Ceará e um técnico no Rio de Janeiro. Ninguém vai mais poder com o time de Sapucaí, todo de roupinha nova, de chuteirinha escovada e goleiro de boné e de luvas. E não como no estado atual, todo mundo esfarrapado, mais parecendo pedinte de porta de igreja. E quando o juiz endurar, a gente não conversa, Rojão. A gente reboca dona Estefanilha para o meio de campo e bota a cara de vitrola dela bem nas bochechas do juiz que não tem ninguém que resista. Corre todo mundo cuidando que deu boitatá no recinto. Viva Rojão! Viva o montepio de dona Estefanilha!

Rojão perdeu o emprego de marido da viúva, e Fofó, as orelhas.

Como Setembrino Facó desatarraxou o capitão Felisberto Cerdeira de delegado de Sarandi das Cruzes

Lá em cima andava Setembrino Facó: dois metros da sola da botina ao chapéu de aba larga. Era major. E, além de major, dono de muitas e variadas posses em terras e gados. Desde que levou uma chifrada de certo boi-corneta, pegado lá nele em lugar fino, não foi mais homem de deliberar. Quebrado das ideias, veio morar em Sarandi das Cruzes, em casa avarandada e ajardinada. Desse conforto só saía para puxar procissão de são Jorge e votar no marechal Floriano Peixoto, morto para trás de muitos anos, mas vivinho em folha na cabeça de Facó. Vez por outra mandava passar a farda e polir as botinas. Com este aviso:

— Vou ao Rio. A chamado de Floriano.

Abraçava os filhos, dava duas voltas na praça da Matriz e regressava ao casarão avarandado. Eram assim as navegações de Setembrino Facó da boa cidadezinha de Sarandi das Cruzes. Era aparecer nos seus engomados de militar e o povo dizer:

— O major está de viagem. É tempo de lua.

Foi chegado por esses dias em Sarandi das Cruzes um capitão-delegado de brabeza por demais apregoada, um certo Felisberto Cerdeira. No correr de dois meses Cerdeira purgou na palmatória e no sal amargo os pecados de Sarandi das Cruzes. Sovou todo mundo, até negociante de relógio trespassado na barriga. A boca do povo apregoava:

— O couro do capitão-delegado não para de curtir lombo de gente.

Até que uma tarde, sem ninguém esperar, o major pediu farda para uma viagem de serviço. Altão, barbadão, desceu a rua do Comércio para indagar de uns e de outros:

— Se mal pergunto, onde tem na praça um moleque de nome Cerdeira que vai para dois meses não faz outro serviço que não estropiar o povo destas ribeiras?

A rua do Comércio, de ponta a ponta, cerrou as portas. Logo foram avisar o capitão-delegado que Setembrino Facó queria tirar um particular dele. Mas no rabo desse aviso chegou a barba do major, e por trás da barba o major falou:

— Levanta os fundilhos dessa banqueta para saudar um superior em patente e dele receber incumbência!

E Setembrino Facó, sem esperar pelos trocos, decepou na nascença a prosopopeia do delegado Felisberto Cerdeira. Estatelado no assoalho, dado como morto, ficou a autoridade de Sarandi das Cruzes. Quando acordou, foi para ganhar a janela e sumir na estrada como um buscapé maluco. E na poeira do desarvorado seguiu a voz de Setembrino Facó:

— Cachorro! Está destituído!

E diante de Sarandi de queixo caído, Setembrino escreveu uma longa carta ao marechal Floriano Peixoto.

Em casa de surdo para que tocar violino?

Ao palito do jantar o comendador Noronha e Sande comunicou ao filho que as meninas de seu compadre Abilatrício Teles queriam que ele fosse passar o tempo de férias na casa de beira-mar de Queimados. E com jeito recomendão:

— Aceitei em teu nome. Mas tenho uma ressalva a fazer. Não tome confiança com as meninas Teles, que tenho muito apreço pela amizade do compadre Abilatrício. Ademais, sou provedor da Santa Casa e sócio remido da Beneficência Portuguesa. Tenho um nome a zelar.

Se o pai mandou, o filho melhor fez. As moças Teles, nos sozinhos da casa de Queimados, bem que faziam por onde o moço perder o respeito. Mas que esperança! O moço, firme como um jequitibá de mato a dentro, não derramava um só pingo de patifaria. Era um bigode desperdiçado, um par de costeletas posto de lado. Num banho de mar, em que as Teles tomaram parte quase sem pano, com maiôs que cabiam em caixa de fósforos, o filho do comendador Noronha e Sande foi perfeito. Na hora em que as curvas da menina Quiqui Teles derraparam do biquíni, deixando o biquíni de um lado e sua pessoa de outro, o moço em férias, rápido, jogou por cima dos sobe e desce da menina seu paletó preto. Mais tarde, em conversa de varanda, Quiqui comentou com sal e pimenta:

— Gostei do paletó. Mas também não precisava fechar os olhos. Que exagero!

Com meio mês de beira de praia, as Teles já não aguentavam tanto respeito junto. A mais velhinha, pela boca de seus dezoito anos, foi franca:

— Antes a gente convidasse o primo Bedeuzinho de Alencar. É feioso, tem um olho fora do esquadro, mas força as prateleiras. Com essa mania de sonâmbulo, o sem-caráter vai faturando alto. Tive de expulsar, certa ocasião, o sonambulismo dele quatro vezes numa só noite. Larguei tanto tapa na cara do Bedeuzinho que Bedeuzinho perdeu a direção e foi pedir asilo no quarto da empregada Maria das Dores, de onde só saiu três dias depois. Era melhor a gente ter convidado o sonambulismo dele.

Antes que as meninas Teles dissessem que o visitante era de fazer crochê e ponto de malha, o comendador Noronha, em visita ao compadre Abilatrício, chamou o filho a um canto e despejou na concha do ouvido dele o seguinte reparo:

— Muito bem que tenhas respeito pelas meninas. Mas nem tanto ao mar nem tanto à terra. Uma mão-boba num escuro de corredor não desabona ninguém. Eu mesmo, que sou Provedor da Santa Casa e sócio remido da Beneficência Portuguesa, não perco vez. Agora mesmo, para não deslustrar nossa firma, passei a mão num facilitado da menina Quiqui Teles, que não refugou. Tanto que vou te mandar embora e ficar no teu lugar. O nome dos Noronhas e Sande não pode ficar desmoralizado. Nunca!

E remeteu o moço no primeiro trem que apitou.

Herói atolado em carne-seca e lombo de porco

Cibinático Feijó, que morreu atropelado por uma feijoada de fim de semana, fez carreira e fortuna em cima de uma única e jamais esquecida bebedeira. Aconteceu certa noite no Bar Alvorada, na hora em que Cibinático, depois de estilhaçar duas prateleiras de variadas garrafas, foi para a porta do estabelecimento e falou com voz empapada de lacraias e escorpiões:

— Aviso que não sou mais o baixo funcionário Cibinático Feijó. Sou o grão-vizir de Bagdá, que veio dizer as verdades a respeito deste povo sem-vergonha que desonra Lavrinhas de Santo Antônio com a sua peçonha e seu gatunismo. Se o governo botar uma ratoeira na boca da rua do Poço não fica ninguém solto, que só tem rato velho em Lavrinhas de Santo Antônio.

E Cibinático Feijó, encadernado em grão-vizir de Bagdá, soltou a língua que foi um destempero. De ladrões e gatunos fez a festa. Vez por outra, avisava:

— E ainda não chegou o sultão da Arábia, que esse é de quebrar as prateleiras. Quando o sultão chegar, vai escorrer honra de gente como chuva na calçada. O sultão da Arábia sabe, de cor e salteado, de todos os desfalques que deram na pobre Prefeitura de Lavrinhas de Santo Antônio desde 1918. Vem tudo a furo! Ninguém vai perder por esperar!

Antes que o sultão da Arábia chegasse, o prefeito Bentinho Alonso rebocou Cibinático para uma conversa particular. A conversa resultou tão rendosa que Cibinático saiu dela feito diretor de repartição e tesoureiro da Sociedade dos Atacadistas e Varejistas de Lavrinhas de Santo Antônio. Recolhido o grão-vizir e adiada a vinda do sultão da Arábia, Cibinático voltou ao seu normal de bom sujeito, temente das leis e das autoridades constituídas. Vez por outra, contrariado numa pretensão, ameaçava fazer voltar o grão-vizir com todas as suas verdades. Mas o grão-vizir nem chegava a sair da garrafa, pois logo os desejos de Cibinático eram satisfeitos em moeda corrente do país. E assim viveu e prosperou Cibinático Feijó por muitos anos até que escorregou no toucinho de uma feijoada e caiu. Quando acordou, estava mortinho como se nunca tivesse nascido. Atolado em carne-seca e lombo de porco. Sem grão-vizir e sem sultão.

Macaco sabe quando a banana está madura

Os cento e trinta quilos de dona Bebé das Neves ancoraram junto ao marido e exigiram:

— Bedeslau, neste Carnaval vou sair de dama da corte.

Saiu de dama da corte. Só para transportar dona Bebé para o baile houve necessidade de dois caminhões. Tiveram que desmontar um par de portas dos Independentes de Brás de Pina de modo a fazer subir os cento e trinta quilos de dona Bebé das Neves. A peruca, de tão grande, foi montada na hora — veio em carrinho de mão. E tudo parecia acomodado nos salões dos Independentes de Brás de Pina quando dona Bebé gritou para o marido:

— Bedeslau, vem cá! Fui vilipendiada. Aquele cretino de chapéu de índio mexicano está chamando minha fantasia de Pão de Açúcar. Mostra os recibos das contas a ele, Bedeslau! Diz a esse filhote de gambá que só de algodão em rama, para enchimento das ancas da minha dama da corte, gastei mais de cem quilos. Só de algodão em rama!

Bedeslau das Neves, pacífico corretor de imóveis em Jacarepaguá, foi tirar satisfações com o sujeito de chapéu mexicano e levou um bofetão de maus bofes. O bofetão veio com tal sustância que ainda deu para destroçar e danificar um garçom, um velhote que dizia coisas na concha da orelha de uma colombina, uma senhora de dentadura postiça, um anão metido a granadeiro imperial, o glorioso estandarte dos Independentes de Brás de Pina, um par de mesas, duas portas, um ventilador, uma varanda e o corrimão da escada. Quando o bofetão perdeu o veneno, não havia mais baile. Em verdade não havia mais nada.

Mataram uma flor a bolachadas

Carta de uma certa Maria Clara Monserrat justificando o abandono do doce lar:

> Lilico Pinto, lhe escrevo estas caligrafias para limpar minha honra e tu não cuidar que sou mulher sem-vergonha. Desde que tu pegou diploma de prático de dentista que tu modificou comigo. Todo mundo notou, até a velha Bentinha Boa Morte. No princípio de nossa ajuntação, tu largava o ventilador do braço na minha pessoa que era uma devastação. Eu era como poção em tua mão. Apanhava de duas em duas horas. Depois, tu foi afrouxando os parafusos, de passar dias e dias sem que a minha cara fosse beneficiada com um tabefe, emboramente eu fizesse por onde. Uma vez até conversei, bem na hora de tua chegada, com o dono do Armazém Esperança, aquele de bigodão em feitio de chifre de boi. Quando cuidei que ia entrar no educativo de um bofetão, tu baixou no meu terreiro com conversa de extração de dente: "Minha nega, já estou praticando no tal de pivô". Vi logo que teu amor tinha passado no dia em que tua pessoa me deu um ramo de rosas.

Até falei com a comadre Jurubaldina de Melo: "Comadre, Lilico está me largando de lado. Não bate em mim desde duas semanas". Foi por esse motivo, Lilico, que resolvi viver maritalmente com Felismino Paixão, ajudante de mecânico. Sujeito para saber tratar uma dama está ali mesmo! É cada bolachada de deixar meus beiços mais avantajados que travesseiro. Estou muito feliz e tenho esperança que Felismino não vai amortecer o braço, que homem que é homem trata as damas com esse xarope, de não deixar a gente olhar nem no avulso para outro sujeito. Foi essa desgraça de diploma que te amolengou, Lilico. Tu agora, desculpe a franqueza, é um mariquinha como outro qualquer. Tu não gosta de mulher, Lilico. O que tu gosta é de flor.

De como Gugu Almeida dilapidou a honra de Santa Fé do Pinhal e esquartejou as finanças da Sociedade Recreativa 13 de Maio

Gugu Almeida, mais conhecido por Almeidinha das Flores, por ser dado a jardinagem e falar fino, tinha alvará para entrar em todas as casas de família de Santa Fé do Pinhal. Não havia festa de moça que Almeidinha não metesse a colher. Inventava vestidos, patrocinava namoros, até bordados Almeidinha fazia. E andava tudo em paz quando aquela notícia estourou como rojão na cabeça de Santa Fé do Pinhal:

— Almeidinha fugiu de madrugada com um baú de dinheiro da Sociedade Recreativa 13 de Maio. Até o retrato do finado Rui Barbosa o sem-caráter levou. Com prego e tudo!

Depois, fazendo o inventário do sucedido, brotou coisa de não acabar mais. Em dois anos de convivência com Santa Fé do Pinhal, Gugu Almeida, a poder de bordado e costura, tinha procedido a uma limpeza completa no donzelismo da praça, de só restar um único rabo de saia para remédio, assim mesmo por ser de cara feita às pressas e zarolha de nascença. Desobstruída a donzelagem de Santa Fé do Pinhal, Almeidinha passou a trabalhar as viúvas, findo o que caiu em cheio nas senhoras casadas. E entrava na quinta ou sexta dama, no momento em que o carnegão do desfalque saltou nas vistas de todo mundo. Gugu esquartejou as finanças da Sociedade Recreativa 13 de Maio de não deixar dinheiro nem para comprar um selo de carta. Foi como bem disse o boticário Janjão Cruz, na porta da Farmácia Progresso:

— Uma sorte ter Gugu dado o desfalque. Se não fosse isso, o sujeito ainda praticava mais disparates. Acabado o pessoal de saia, ele era muito Almeidinha de partir para o povo de calça e bigode. Tesconjuro!

Com nome de Pernevildo ninguém chega a ministro

Entrou na Alfaiataria Elegante, abriu um crediário, chamou o gerente Guedes Penalva e falou meio sobre o importante:

— Quero um terno da mais fina casimira inglesa. Troço de dar na vista. Com colete e seus devidos acompanhamentos. É para a posse do Pernevildo Mattoso. Mattoso com "tt", que vai ser ministro do Fomento. Faz questão que eu compareça. Sujeito legal. Sempre o mesmo.

Parou, tomou novo abastecimento de ar e continuou montado em seus recordativos:

— Joguei muita bola com Mattoso. Era beque de escora. Não passava nada. Chutava até bem-te-vi. Uma tarde, no antigo campo do Andaraí, deixou o Zozó Almeida, um que foi caixeiro da Casa Jurema, sem fala durante um quarto de hora. Quando a fala voltou, Zozó estava contaminado de asma: miava por uma dúzia de gatos. É o que eu digo, amigo Guedes. O Mattoso merece. É do peito, sujeito que não nega fogo. Quero para a posse dele terno do mais fino, com colete pomposo. De trespasse, amigo Guedes.

Mas logo na manhã seguinte telefonava para o gerente Guedes dando última forma no pedido:

— Guedes, quem fala aqui é o Abelardo Moscoso. O Pernevildo não vai ser mais ministro. Vai ser diretor-geral, que é troço de não acabar mais. Suspende a casimira inglesa e trabalha em pano nacional. E nada de colete. E muito menos de trespasse.

E desligou para ligar no dia seguinte desta maneira chanfrada:

— Guedes, quem fala é o Abelardo Moscoso. O Pernevildo não vai ser diretor-geral de nada. Ficou contente com uma subchefia de uma subdiretoria em Paracambi. Suspende o terno e arruma para mim um boné, que é de boné que eu vou à posse do cretino do Pernevildo. E boné zebrado, Guedes. De aba de abotoar por baixo do queixo.

E desligou.

Eternidade com xarope

E houve um pau feio e firme em Santo Antônio das Trovoadas acompanhado de tiros e facadas. O aleijado Fifi do Pires, que vivia de angariar esmolas na porta da Igreja de Nossa Senhora do Rosário, à mão direita da praça da Pólvora, pegou uma reta de pé de deixar para trás o relâmpago mais veloz. O tabelião Nonhô Azeredo, que viu Fifi passar montado em mil pés pelo frontispício do Bazar Alemão, falou admirado:

— A olho nu, o perneta corria mais que um veado de campo aberto na frente de dez cachorros.

Mais tarde, em poder do xerife Tatão Bastos, Fifi do Pires confessou:

— Pois é, seu Tatão. Deu-se que aconteceu um milagre. Na hora do tiroteio, toda a praça da Pólvora cerrando as portas, vi aquela nuvinha azul e nas bordas de seus algodões um anjinho todo pintadinho de ouro que assim falou: "Fifi Maximiniano Pereira Feitosa da Cruz, mais conhecido por Fifi do Pires, afilhado de santa Teresinha do Menino Jesus e protegido do arcanjo Gabriel, resolvi dar umas férias ao teu pernetismo, pelo que vou fazer com que a parte avariada fique como boa fosse, de modo a te livrar das balas avulsas, que bala sem dono, amigo Fifi, sempre encontra uma popa vazia para fazer guarida. Mas não fica com a boca doce, Seu Fifi Maximiniano Pereira Feitosa da Cruz, que só suspendo teu pernetismo durante o comício de tiros. Vai, filho de Deus, mas volta são e salvo para tuas esmolas na porta da Igreja de Nossa Senhora do Rosário que são Pedro faz questão que ninguém mexa com tua pessoa. Do contrário ele convoca o delegado Tatão Bastos à sua presença a poder de espinhela caída ou de qualquer outra doença mortal".

Tatão fez o sinal da cruz e mandou Fifi em paz para seu pires de porta de igreja.

Surucucu de letra de fôrma

Era feroz do bigode ao cadarço dos sapatos. Era Albernaz Feitosa de Oliveira Pontes. O charuto, montado no meio-fio da boca, ameaçava deitar fogo em Sarandi de Ponte Nova, da praça da Sé à rua do Sacramento. Mas o que fazia a cidadezinha pender a cabeça e ficar por trás de portas e janelas era a pesada pasta que Albernaz arrastava como um canhão de peçonhento calibre. Albernaz era o primeiro a garantir, batendo a mão cabeluda no aterrador pertence:

— Por baixo destes couros tenho a vida do povinho de Sarandi de Ponte Nova. Da primeira chupetada que mamou ao último desfalque que deu nos cofres públicos. Sei de tudo! Muito sujeito que é tido como bom pai de filhos, de corrente de ouro trespassada pela pança, tem contas a ajustar com ela. É só eu querer abrir os couros para não ficar ninguém livre nesta praça de sem-vergonhas. Não vai ter cadeia para comportar tanto condenado. Prendo todo mundo, que todo mundo em Sarandi de Ponte Nova tem rabo de ratão velho preso dentro dos couros de minha pasta.

A verdade é que Sarandi tremia nos cascos ao ver o charuto de cara feia de Albernaz passar em cima de sua negra pasta. E por tremer assim de maleita terçã é que fazia tudo que Albernaz queria e muito bem inventava. Albernaz pegava a pasta, dava entrada na Papelaria Moderna e dizia ao velho Chiquinho Cruz:

— Seu Chiquinho, diga ao povo da Associação dos Varejistas que estou carecido de lavar o baço em Poços de Caldas, pelo que peço as devidas providências para minha pessoa pegar hotel condigno e hospedagem fidalga naquela praça de águas medicosas. Dou dois dias para a deliberação. Só dois!

Logo, sem perda de tempo, o dinheiro saía das gavetas e a pasta de Albernaz Feitosa de Oliveira Pontes desaparecia por um par de meses. E assim, de ameaça em ameaça, varou Albernaz o tempo por baixo da fumaça do charuto e montado nos couros da denegrida pasta. Quando alguém duvidava da documentação nela contida a sete chaves, havia sempre uma boca aconselhativa para advertir:

— Não catuca onça-pintada com vara curta, homem de Deus!

Até que uma tarde, ao atravessar a rua do Cravo, um boizinho desgarrado, sem respeito por Albernaz e sua devastadora pasta, varejou com ele em distância de mais de quatro metros. Albernaz voou de bem-te-vi e foi cair bem no centro da Barbearia Almeida. O pessoal do corte, diante daquele disparate, sustou o trabalho das navalhas e tesouras para ver, espantado, o derrame de *Tico-Tico* e almanaques de farmácia que a boca da pasta expelia no chão cabeludo da Barbearia Almeida. Era o fim de Albernaz Feitosa de Oliveira Pontes, surucucu de *Tico-Tico*, cascavel de almanaque de farmácia!

Saudade embarca no trem das sete

Desembarcou armado do maior bigode que já transitou pelos trezentos e tantos anos de Saruí dos Pardais. E, antes de pegar a cidade de corpo inteiro, parou no Bar Dois Irmãos para dar uma meia-mão de tinta na bigodeira. Recuou diante do espelho, calibrou o pente e mergulhou o serrote bem no centro de sua ostentosa peça, de modo a ficar mais espevitada. Feito isso, cintou o paletó, passou a mão sobre a cabeleira a fim de esfarinhar o topete, depois do que ganhou o centro de Saruí dos Pardais. E, nesse passar, praticou os seguintes destemperos: dona Mindoca Barros caiu do alto de uma escada, a moça Lili Cunha sentiu uma paulada no peito e desmaiou, a viúva Licencina Cravo recebeu o espírito de seu finado marido, que já desceu falando mal do governo, enquanto dona Celeste Barbirato engasgava com a perna de um peru e a professora Mariinha Cruz engolia um lápis. E fechando esse ninho de desgraças, dona Antuérpia Bependi deu de escrever soneto que foi uma inundação. Tanto que o diretor do *Democrata*, jornal livre e independente, não aguentando tanta rima e tanto verso, pediu demissão do cargo, por ser a dita Antuérpia Bependi senhora do prefeito e dona do único anúncio que o jornal tinha: o famoso Calomelano Jacaré. E quando o bigode foi embora, no trem das sete horas, nunca mais a boa cidade de Saruí dos Pardais foi a mesma pessoa. Nunca mais!

Transferência para o céu só com ordem superior

Ao ser avisado de que o moço Matias Abrunhosa tinha papado todos os votos de Juribé da Boca do Mato, o major Tatão Garcia deu dois socos na mesa e sentenciou:

— Ganhou mas não vai botar sua prosopopeia nas vereanças. Vou mandar Bentinho Joca conversar com o desaforado.

Bentinho Joca era especial em forçar a transferência do pessoal de Juribé da Boca do Mato para o céu. O major, que havia despachado dois ou três sujeitos nas balas de Bentinho Joca, mandou bilhete para que viesse ao alpendre de sua fazenda já montado e carabinado. Bentinho relutou, mas veio. Tatão Garcia jogou logo o assunto na mão dele:

— Bentinho, tenho serviço cativoso para sua mimosa pólvora. Coisa de lhe dar nome. Um tal de Matias Abrunhosa.

O pistoleiro rolou o chapéu entre as mãos e refugou:

— Major, releguei o ofício das armas desde que entrei na praticagem da Bíblia.

Tatão pegou fogo. Não, ele não podia deixar o serviço em

branco. Nem que fosse o último, mas devia pegar. E batendo no bolso do dinheiro:

— Além do mais, Bentinho, pago na boca do cofre.

E tanto o major Tatão mexeu e virou que o pistoleiro acabou por aceitar a incumbência. E dava Tatão o moço dos votos como morto e despachado quando, certa tarde, pela boca de um amigo, Bentinho mandava pedir desculpas por ter de recolher a palavra dada. Não podia, por causa das letras da Bíblia, pegar mais nas armas. E o recadeiro fez ponto-final na conversa com esta cortesia dos matos:

— Sou Sicarino Gomes, para servir o major, para servir sua vossa pessoa.

Aí o major pisou nas esporas. Ventou pela sala de jantar que ele mediu de um lado a outro com passo de cobra pisada. E com um soco na mesa:

— Por essas e outras é que Juribé da Boca do Mato não vai para frente. Não vai nem pode ir! Ninguém quer nada com trabalho. Ninguém!

Com licença que eu sou do tango argentino

E de supetão o amor chegou para Benevenuto Cascadura, com negócio em Cordovil, dono da Mobiliária Moderna. Veio em forma de certa Mariângela Peixoto. Mariângela gostou dos sofás da Mobiliária Moderna e Cascadura gostou dos sofás de Mariângela. E de sofá em sofá casaram. Mariângela com certidão de idade de vinte anos e Cascadura quase entrando nos setenta. E quanto mais a moça subia, mais Cascadura descia. É que Mariângela era movimentosa — o vento não ganhava dela. Rebocava Cascadura para todo canto. Não havia festa e festinha a que não comparecesse de marido à frente. No dia em que Cascadura soltou iê-iê-iê nos salões do Recreativo Bandeirante, viram logo que era Cascadura para um semestre só. O guarda-livros Bembém de Melo, da Mobiliária Moderna, não teve dúvidas em garantir:

— Não vai ver o balanço do próximo ano. Não come castanha do Natal. Não come!

Foi nesse porém que Cascadura resolveu mandar vir de Niterói um sobrinho, moço moderno, de peito largo e cabelo caindo pelas ribanceiras. E passou ao cabeludo os encargos de sair com a moça Mariângela. E era rindo e esfregando as mãos que Cascadura comentava com os amigos:

— Não há como ter sobrinho novo. É um descanso. Dividi Mariângela com ele. O sobrinho ficou com a parte externa. E eu com a interna. O parente é de sala e salão. Eu sou dos travesseiros. Ele dança iê-iê-iê. Eu sou do tango argentino. Duas vezes por semana tiro a minha "La cumparsita". E vez por outra dou um "Mano a mano" extra. É o que digo. Não há como ter sobrinho novo. É um descanso!

Não casou e ainda ficou perneta

Lola, a cartomante, jogou as cartas na mesa e falou admirada:

— Sorte tua, homem! Vejo nas cartas amores e mais amores. O distinto ainda este ano vai casar com menina rica, que vejo num sobrado de esquina.

Licordino Arruda saiu das cartas de Lola diretamente para a Alfaiataria União, onde mandou cortar dois ternos de tecido de preço. E com o olho espetado no espelho:

— Quero paletó de cintura de macaco, lascado dos lados, feito asa de borboleta.

Em cima dos ternos de preço, Licordino iniciou o avanço sobre a menina Pepita Ribeiro, que morava num casarão de esquina. Como Arruda soubesse que o velho Sepúlveda Ribeiro, pai da moça e dono do Bazar Chinês, era presidente da Loja Maçônica de São Joaquim, combinou com um vendedor ambulante de bugigangas armar um desentendimento bem na porta do bazar, na hora que o velho Ribeiro estivesse presente. E no funil do ouvido do vendedor de gravatas:

— Te compro um samburá de mercadorias pelo serviço. Te monto uma loja.

Uma tarde, estando Sepúlveda Ribeiro na porta do Bazar Chinês, Licorino arrumou o maior bafafá rente dos olhos e dos ouvidos do pai do seu benquerer. E aos berros, de dedo no focinho miúdo do gravateiro:

— Perto de mim, seu cretino, ninguém desabona a Loja Maçônica de São Joaquim! Ninguém! A não ser passando pelo meu cadáver.

E para reforçar o argumento, largou a mão na cuité do vendedor de gravatas que foi cair na parte central da barriga de sete meses do velho Sepúlveda. Que por sua vez desabou sobre uma senhora de óculos. Que por sua vez espantou um burro que passava atochado de verduras. Que por sua vez largou um par de coices na pessoa do delegado Bimbim Teixeira. Que por sua vez deu um par de tiros na popa de Licordino. Que por sua vez não casou e ainda ficou perneta.

Princesa oriental com direito a nu artístico

Chegou em casa no Realengo, tirou a fantasia de mucama da Marquesa de Santos e desabafou:

— Moscoso, em verdade não tenho marido. Aquele sujeito, nas suas barbas, garantiu que um elefante era mais bem apanhado do que eu. E a tua boca, Moscoso, não teve uma palavra, uma só de protesto! Vou mandar vir o mano José Gusmão de Barro Vermelho. O mano José sabe lidar com atrevidos. Por coisa de menor porte, por um fiu-fiu de rua, quase matou o anão Juquinha das Bicicletas. Fez o nanico botar dois palmos de língua para fora. Dois palmos! Que eu medi.

Jordão Moscoso, diante da imposição de dona Marcolina Moscoso, resolveu pegar o revólver e voltar ao baile dos Enfezados de Catumbi. E rolando o tambor da arma:

— Vou largar fogo nos chifres do atrevido! Pode ficar sossegada.

Foi e saiu no rabo da festa dependurado em dois acolchoados braços. E dias depois, de Santana dos Ventos, passava o seguinte telegrama para dona Marcolina Moscoso: "Manda teu mano desafrontar a honra da família porque troquei o revólver por uma princesa oriental com direito a nu artístico".

Passaporte para Deus

Era Tutu Cabrito e jogava de boné. Em tarde de graça, com água benta nas mãos, não deixava passar nem assobio de lobisomem, que é o assobio mais maneiroso e fino jamais existido. Tutu era uma muralha. Vinha a bola e Tutu, só para avacalhar o coreto, tirava o boné, curvava a cabeça, fazendo rapapé. E a bola, como lulu de estimação, vinha morrer na ponta de seus dedos. No jogo contra o Fundão da Barra, time na ponta dos cascos, de nunca perder em vinte anos uma só vez, Tutu assombrou todo mundo — o padre, o delegado, o coletor federal e até o coronel Salema Alecrim, presidente de honra do Fundão F. C. E, como o pessoal da terra não encontrava modos e jeito de verrumar as redes de Tutu, o coronel, sacando de enorme regulamento devidamente acompanhado de enorme revólver, espichou a partida por quatro vezes. E Tutu, em pulo de macaco em roça de milho, segurava a bola pelos pés e pelo rabo. Foi quando um becão do Fundão F. C. pegou a redonda, veio vindo, veio remando, até que ficou a um beijo da cara de Tutu. Virgem Nossa! Era um sujeito de pernas de pilastra e peito de caminhão. E disparou aquele foguete que sacudiu o campo, a cidadezinha de Fundão, coisa que foi até sentida no Largo do Carmo em Cipó das Antas. Saiu aquela poeira de ninguém ver mais ninguém. E na hora que a poeira adernou, rindo e brincando com a bola nas pontas dos dedos, Tutu pulou de boné e com boca pouco-casista brincou:

— Manda outra que essa não valeu, cambada!

Aí o coronel Alecrim não aguentou. Em passo militar, atravessou o gramado, chegou a bombordo de Tutu Cabrito e fez este pequeno discurso:

— Tu é de muita competência, negócio nunca visto neste mundo. Vai pegar assim no céu.

Tutu foi. Montado nos tiros do coronel Salema Alecrim.

Ninguém compra o céu pelo crediário

Nonô Silveira e mais o major Rubirato Resende: quarenta anos de política, quarenta anos de desentendimentos. Nesse tempo todo e nem um bom-dia nem um boa-noite. Se Nonô aparecia municiado de bigode de ponta caída, Rubirato mandava levantar o seu, de ficar aquele par de chifres entre o nariz e a boca. Nonô comprava suas necessidades na Padaria Estrela. Rubirato nem passava na porta desse estabelecimento. Era partidário da Panificadora Dois Irmãos. Quando, pela quinta vez, o major segurou o leme da Prefeitura de Areão, por pouco não enforcou a Padaria Estrela nas cordas de suas leis e parágrafos. No mês em que Rubirato deixou a Prefeitura de Areão, a Padaria Estrela já estava com dois palmos de língua de fora. O major foi claro:

— Se dilato o tempo por mais uma quinzena, o pessoalzinho fazedor de pão abria falência!

O mesmo fez Nonô Silveira ao alisar, também pela quinta vez, a cadeira de prefeito de Areão. Largou tamanha cacetada na Panificadora Dois Irmãos que o estabelecimento vazou por baixo e quase foi a pique. E Nonô para a fiscalização:

— Vou largar tanta raça de taxas e inventismos de impostos que eles vão soltar pão pela chaminé!

E assim, de briga em briga, foram vivendo e foram morrendo. E na hora em que Nonô Silveira sentiu que seu tempo era chegado, pediu ao confessor de seus pecados, o padre José Ananias, para trazer o major à sua presença. E assim falou para aqueles quarenta anos de inimizade e desavença:

— Pois é, major, desculpe o incômodo. Mas é que a gente brigou tanto que não teve tempo de conversar. E o piormente, major, é que a gente brigou por um povinho sem-vergonha, uma racinha miúda e descarada como é o populacionismo de Areão. Na hora em que a gente brigava na política, Sinofredo Batista, com parte de puxar procissão, sempre de preto, muito ladainheiro e água-benteiro, devastava, da sala de visitas aos quartos mais adentrados, a família dos Norandes, de não respeitar nem a velha Niquinha Norandes, uma de pincenê que ficava fazendo crochê no fundo do Bazar Chique. E até o farmacêutico Serafim Pena, seu compadre, na sombra da proteção do major, deu um rombo tão avantajado nos cofres da Santa Casa de deixar o provedor Chiquinho Cunha, meu afastado parente, sem fala só de ver o rombão do desfalque. Uns calhordas, major! A gente brigou por nada, por um balaio de sem-vergonhas. E pena levo desta vida por ter perdido meu tempo e as amizades do major, que sempre foi homem de bem, sujeito de mãos limpas e coração aberto. E nem vou ter o consolo de encontrar o major no céu, pois tenho certeza de que encalho inteirinho no inferno, de botas e fita de presidente da Lira Conspiradora no peito.

O major Rubirato, pegando a palavra e ajeitando a cabeça de Nonô no fofinho do travesseiro, rebateu:

— Por isso não seja, amigo Nonô. Sou tão cativo de suas boas palavras que vou sair de sua casa e largar na Prefeitura de Areão um desfalque de sacudir a pedra fundamental do estabelecimento. E para garantir, de uma vez, minha entrada no inferno, de modo a lhe fazer companhia, vou dar no pé com menina de doze anos, para o pessoal cair no meu rastro gritando: "Mata o abusado, mata o lobisomem!". Com um desfalque de soltar fumaça pelos chifres e menina de leite a bordo, não tem aba de céu que aguente. Vou para o inferno sem carecer de passaporte, amigo Nonô.

O amigo Nonô sorriu, fechou os olhos e morreu. Feliz.

Autoridade sem gravata é cascavel sem veneno

Relatório que o xerife Zuzu Leitão, competente e mal paga autoridade de Jacareíba do Alto, mandou aos seus superiores:

> Participo e comunico que o soldado Santinho Boa Morte deu baixa no serviço de prender e soltar para ser entregador de mercadorias do Bazar Vila Nova por não aguentar mais o mau pagamento do governo. A situação de minha pessoa é ainda mais gravosa, sabido que uma autoridade competente não pode andar sem a sua gravatinha e a botininha em dia com o lustro. Como não vejo a cor do ordenado vai para mais de meio ano, fiquei despossuído de força até para dar ordem de prisão a um gato vadio. Tanto que já empenhei, em mão de um tal Joaquim Sovina, a bicicleta com que praticava minhas rondas noturnas, bem assim como arrendei o pedrês de fazer prisões de mato adentro, pois o milho anda pela hora da morte e não vou sustentar cavalo de repartição pública estando com os meus ordenados em atraso.

Com um par de auroras e meia porção de luar faço uma canção

Passou a mão pelo topete e deixou cair sobre o referido seu melhor ponto de exclamação:

— Não é um topete. É um festival! Vai ser bem talhado assim na Conchinchina!

E Salamantino Calheiros, cobrador da Sociedade de Auxílios Mútuos, partiu para estraçalhar, com pedido de casamento, o coração da moça Estelita de Barros. Antes de pegar a rua, como reforço do topete, mergulhou os chifres do bigode num frasco de brilhantina e já preparava o lenço para receber meio balde da conhecida Loção Luso-Brasileira quando seu braço encalhou no meio do caminho. E Calheiros para Calheiros:

— Não exagera, homem! Vai acabar a família da pretendida desabando todinha em teus braços varonis, do dono da casa aos parentes de quadro a óleo. Calma, Calheiros! Devagar com o andor, bom Deus!

E partiu, sem a famosa Loção Luso-Brasileira, para o Méier, na direção do pedido de casamento. No Bar Alemão, de modo a esquentar o ânimo, bebeu uma talagada de mel de abelha com meio copo de Assobio de Cobra, do que resultou discussão sem pé nem cabeça sobre disco voador misturado com assentador de moça. E entre uma talagada e outra andou de bicicleta sem saber e ainda sem saber cantou "O orvalho vem caindo" num comemorativo da rua Senhor dos Passos. E, movido a Assobio de Cobra e mel de abelha, fez discurso, no Centro Cívico União Faz a Força, sobre Olavo Bilac, sem saber nada de Olavo Bilac. E ainda foi velar um defunto na rua Senador Pompeu sem saber nada do defunto, a não ser que ficou noivo da viúva. Em seguida, com um negro urubu no ombro e uma panela de alumínio na cabeça, forçou a entrada do Teatro Municipal, onde queria, à viva força, cantar "Vereda tropical". Impedido de expelir sua "Vereda tropical", Calheiros voltou ao Méier para ancorar no Bar Alemão. Amarrotado do topete às solas da botina, mas orgulhoso, confessou ao dono do estabelecimento de beberetes:

— Digo uma coisa, amigo velho. Se meto a Loção Luso-Brasileira no lenço, como era meu intencionamento fazer, eu sacudia esse tal de Teatro Municipal pelo rabo. Botava todo mundo de queixo no chão. Porque "Vereda tropical" com Loção Luso-Brasileira de reforço é coisa de soltar estrelinha. Ninguém pode com a Loção Luso-Brasileira. É pior que surucucu na desova. É uma carnificina.

E dizendo isso, pendeu a cabeça e dormiu nos braços da Loção Luso-Brasileira.

2

MATARAM MEUS SONHOS A PAU

O perigo de carimbar fora de prumo

Anatólio Pereira levava toda semana uma resma de papéis para a Secretaria de Fomento. Chegava, apresentava seu amarrado e dizia:

— Veloso, hoje é coisa pouca. Só quinhentos requerimentos.

Veloso Codó, mal pago funcionário da Secretaria de Fomento, esperneava:

— Isso é um absurdo! É requerimento demais! Assim não há quem aguente!

Sentado em seu chá de espera, numa desengonçada cadeira da Secretaria de Fomento, Anatólio via o carimbo de Veloso descer com preguiça de baixo funcionário sobre os quinhentos requerimentos apresentados. Entrava mês e saía mês e as mesmas carimbadas, tristes e sem graça. Anatólio, imaginoso, resolveu cooperar com o governo: mandou fazer um carimbo e passou a carimbar por conta própria os papéis. Era carimbada de espatifar mesas. Com orgulho Anatólio afirmava:

— Simplifiquei o serviço. Largo o carimbo no pé do ouvido do papel que na mesma hora vira documento do governo. No ano que vem vou aumentar o negócio. Vou reconhecer firma a cinco mil-réis por penada.

Preso dois anos depois, no meio de uma carimbada, Anatólio comentou:

— Por essas e outras é que este país não vai para a frente! Eu até que devia ser recompensado pelo trabalho que poupei ao pessoal do governo e não processado como se fosse um reles ladrão de galinha. Nação ingrata!

Com dois carretéis de curvas qualquer um derrapa

Fifi Saquarema estava morre-não-morre, vai-não-vai. Veio médico, veio conferência de médico, veio curandeiro e até sessão espírita veio. E Saquarema de barba escorrida no peito de 1905, olho vidrado, fazendo vestibular para cliente do Cemitério de Nossa Senhora de Nazaré. Dona Cacimbilda, cuidadosa esposa de Saquarema, foi chamada com urgência de sua estação de águas em Cipó. Chegou, sorriu e deu seu parecer abalizado:

— Só tem um modo de botar Saquarema de novo em pé. É arrumar moça bonita e largar de enfermeira na cabeceira dele. Sua sem-vergonheira mata a moléstia a pau.

Dito e feito. Colocaram para tratar do velho Saquarema menina tirada de capa de revista. Só de curvas tinha para mais de dois carretéis. Diante de tamanhos argumentos, o velhote Saquarema arribou. No segundo dia de enfermeira às ordens era outro, coradão, bonitão! E no fim da semana pulou da cama, foi para o espelho, passou a mão na viçosa barba, endireitou o camisolão de doente e falou assim para a moça enfermeira:

— A menina não quer dar um bordejo com este são Pedro aí pelas abas das nuvens?

Fifi Saquarema estava curado.

Filhote de anjo não tem asa

Chegou em Monserrate de boné zebrado e disse que era especial em montar foguetes. Era Belarmedes de Araújo e falava em forma de gringo, pelo canto da boca. E na frente, aquele charuto que mais parecia uma tora de madeira. Bem jantado e sobremesado, foi para o Bilhar Oriental dizer que vinha montar em Monserrate o maior foguete do Brasil. E soltando grandeza:

— Vou mostrar quem é Belarmedes de Araújo de Icó da Boca do Mato. De manhã, em lugar de café, eu comia pólvora em tempo de criança. Agora vou sair montado em lombo de foguete. Todo mundo vai falar desta cidade. Todo mundo. Vai vir até o povinho da imprensa, racinha abelhuda que tudo quer saber porque mexerico quer fazer.

O comércio de Monserrate, nos braços do entusiasmo, municiou a peça de Belarmedes de um tudo: bandeira, bandeirinha, bandeirona, o retrato do falecido Santos Dumont, uma figa da Bahia para livrar o foguete de urubus e maus-agouros, um limpa-trilhos para evitar que a trapizonga extraísse penas de algum filhote de anjo desgarrado pelo céu, bem assim como o busto em tamanho graúdo da mulher do prefeito de Monserrate, dona Uruguntina de Azevedo. O busto era assim explicado por Belarmedes:

— É para o povo da Lua ver o horror cá debaixo. Ver dona Uruguntina de bigode e cara de engomador elétrico.

Montaram o foguete na praça do Rosário com data marcada para subir pelos ares. E quando a data chegou, um domingo embrulhado em chuva, também chegou Belarmedes de charuto e com o anão Joãozinho Pau de Amarrar Cabrito debaixo do braço. Relatou não poder subir por estar afrontado de asma, pelo que botava em seu lugar o nanico mediante trezentos mil-réis e mais uma vitrola velha, um chapéu de mocinho de fita de cinema, um revólver sem gatilho e uma gravata-borboleta. Dito isso, encastoou Joãozinho no lombo do foguete. Depois, com mão perita, largou o charuto na cauda do rojão, que bufou, soltou estrelinha e subiu. E estava aquele amontoado de gente dando vivas ao foguete quando a inventoria de Belarmedes, em curva maluca, voltou em modo de cachorro danado na direção da praça do Rosário. Isso feito, entrou pela Barbearia Almeida, saiu pelos fundos, ganhou o largo do Capim, destroçou o Bazar Dois Irmãos, danificou a tabuleta do cartório de Bembém Cruz, ministrou um rabo de arraia na professora Daulacídia dos Reis, chamuscou a cauda de um burro, deixou desacordado um tal de Jonjoca de Melo e levou pelos ares uma carrocinha de pipocas que transitava pela rua da Praia. E mais não fez porque perdeu a pólvora e apagou. Do anão Joãozinho Pau de Amarrar Cabrito nunca mais ninguém soube notícias. Nunca mais.

A importância de usar óculos

Com um canudo debaixo do braço, óculos e terno preto, chegou em Santo Antônio dos Currais e alugou casa vistosa na rua da Misericórdia. Feito isso, mandou botar na porta, em letra de relevo, nome e ofício: Ramos Calheiros, médico geral. E na sala de consultas, em lugar destacado, com fita vermelha, o canudo da doutorança. E durante dois anos Calheiros, na proa de sua maleta, arrumou tanta doença a cinco mil-réis por cabeça que foi um disparate. Não escapou de seu ouvido especializado nem o mais largo peito de Santo Antônio dos Currais, um tal de Juca Candó, que saiu do consultório de Ramos Calheiros de cabeça caída, já na beira da sepultura. Vendo Juca assim tão por baixo, tão no rodapé, um amigo quis logo saber que doença tinha ele pegado. E Juca:

— O tal de repuxamento do vazio de braço dado com inchação na sacola das partes baixas.

Só de olhar por trás dos óculos o doutor sabia a causa que minava o padecente. Quando o cristão não tinha nada, Calheiros apresentava parabéns, mas avisava:

— O amigo tem coisa de pequena monta. Catarro de nascença, que pode ser desobstruído em duas consultas de cinco mil-réis.

Choveu dinheiro no bolso de Calheiros e mazelas no pessoal de suas receitas. E quando não teve mais jeito e modo de cavar ouro na mina de Santo Antônio dos Currais, por ter chegado uma seca de murchar trilho de linha, Calheiros fez as malas e nem retirou seus pertencentes da casa da rua da Misericórdia. Foi embora na fumaça da manhã para lugar incerto e não sabido. E no dia em que arrombaram a porta do consultório, meio mês depois, foram encontrar, dependurado na parede, em jeito zombeteiro, o canudo de sua medicina. Que nem era de medicina coisa nenhuma. Era um diploma de sócio benemérito da Liga dos Bons Costumes de Bacaxá do Imbé. Rindo em sua fita vermelha.

Doutor, só formado pela flora medicinal

Entrou em Guriri das Cruzes com fama de doutor adiantado. E como doutor adiantado, moderno de roupa e de cabelo, Belinho Santos cravou consultório e anunciou na Associação Comercial uma conferência sobre a anestesia. Era a primeira vez que a boa cidade de Guriri das Cruzes ouvia falar em tão altas cavalariças medicinais. O major Totônio Dantas, enquanto media fazendas no Bazar Estrela de Bagdá, disse desconfiado:

— Essa tal de anestesia deixa o padecente desfalecido por tempo sem conta. Meu compadre Chico Esteves, que mora em São Gonçalo de Niterói, pegou uma anestesia de caráter tão daninho que já saiu da unha do doutor adquirido de barriga-d'água.

Foi a conta. Logo a cidadezinha de Guriri das Cruzes, de ponta a ponta, ficou contra a anestesia do dr. Belinho Santos. Dona Miocardes Chaves, com aquela dentuça de limpa-trilhos, deu o alarme:

— Esse doutor quer desfalecer a gente e depois abusar das partes virtuosas de nossa pessoa. Vou comprar garrucha de segurança.

Assustado, o moço da anestesia correu para a Farmácia Araújo, onde foi depositar nos ouvidos de Tobias Melo, boticário de suas receitas, o sucedido com ele e sua conferência gorada:

— Amigo Tobias, não sei que fazer.

Tobias ouviu e respondeu:

— Doutor, o povo de Guriri das Cruzes anda escaldado com gente da medicina. O dr. Juquinha de Almeida, com dois dias de consultório, fugiu levando a mulher do delegado Pimpim Castanheira. Veio depois o dr. Bragança de Araújo e quase estraçalhou os cofres da Santa Casa com dois desfalques de abalar o edifício. Não contando com o dr. Silveira Calixto, que devastou a donzelice da praça de não restar uma só menina capacitada para arcar com véu e grinalda. Mas o pior de todos, o mais danificador, foi Gumercindo Pena. Veio com parte de hipnotizador, pelo que montou consultório na rua da Praia e começou a extrair coisas do pessoal de Guriri das Cruzes. Hipnotizou relógios, brilhantões de caroço de milho, moça solteira, guarda-chuva de cabo de ouro, o anelão do major Nico Rosa e um amarrado de dinheiro do coletor federal Bembém Tavares. E uma noite, no Teatro Santa Bárbara, deu um hipnotizamento geral, negócio forte de apagar as luzes. Aí não teve cabimento a hipnotizagem de Gumercindo Pena. Atraiu até a dentadura de ouro de dona Cocota Reis e mais um brilhantão da viúva Acácia de Rezende, coisa vistosa, que vinha no dedo dela desde o tempo dos barões. E no arremate, na hora de sair, Gumercindo levou a menina Mariquinhas Paió, uma de guarnição de frente vistosa, de nunca mais ser vista ou dela alguém ter notícias. Só teve um beneficiamento o despautério de Gumercindo Pena. Acabou com a papeira da mulher do promotor público, dona Inacinha Bentes, uma coisa horrível que mais parecia toalha de boi. Por essas e outras, doutor, é que o povo de Guriri ficou cabreiro com médico moderninho e agora só quer doutor formado pelo *Almanaqüe Cabeça de Leão*.

Belinho ouviu o conselho do boticário Tobias, pelo que deu meia-volta volver em sua medicina, vestiu fraque, tomou uns sintomas de baú velho e desandou a receitar coisas antigas. Inundou Guriri das Cruzes com poções e purgativos. De duas em duas horas.

O maior espetáculo da terra

Carta de Mindoca Pereira, professora de letras, para uma prima de Alagoas:

> Aspergilda, não lhe conto nada. Deu em Aroeiras uma francesada da Companhia de Variedades de Marselha que foi um pé de vento. Uma pouca-vergonha de dar na vista. Basta dizer que o capitão Guarabira de Alencar, aquele que deu baixa por causa de Getúlio, sempre muito sério e fardado, puxando procissões ao lado do dr. Paixão Cunha, foi o primeiro a mostrar do que era forrado. Fugiu com uma tal de Zuzu, que andava no arame, enquanto seu amigo Cunha caía no mundo com uma descarada de nome Suzette. Mas, prima, a pouca-vergonha não parou nesse ponto. Logo depois, no segundo espetáculo da companhia, o sem-vergonhismo do prefeito Secundino de Matos veio aos borbotões, de sair pela boca e pelos ouvidos. Abandonou os administrados dele com um saco de dinheiro tirado das obras públicas e, dentro do saco, uma tal de Mimi, que tirava a roupa na vista de todo mundo. E até o velho Pascoal Carambola, afetado de barriga-d'água, arranjou de

fugir com a costureira da companhia, uma gordona de dente de ouro e cara de cartomante. E, fechando o vexame, o sem-caráter do meu marido, capenga de nascença, não tendo mais o que arrebanhar, fugiu com a anã que tomava conta dos cachorrinhos. Um adulterativo nunca visto. Chegado em Araras do Fundão, o anãozista mandou dizer para seu compadre Lindolfinho Guedes que ficou com aquele meio quilo de gente por ser capenga e ter chegado tarde, pois o que ele queria era a moça do arame. O pior, prima Aspergilda, é que eu, sem saber de nada, costurando minhas costuras em casa e cuidando dos meus alunos, na maior honestidade, só vim a saber dessa desgraça quando não tinha mais o que escolher na praça. Mesmo assim, fiquei com o domador de leão. É careca, bigodudo, barrigudo, mas dá as suas chicotadas.

A noite fantástica do funcionário João Fraga

Alicinha Pena derramou dois litros de esperança no ouvido de João Fraga. Neste jeito encantado:

— Janjão, vai haver um comemorativo no meu apartamento de Ipanema. Depois dos comeretes e beberetes, a gente acerta as contas. O pessoal vai embora e é no sozinho que eu quero conversar contigo. Te prepara, Janjão, que vai ser negócio de fraturar os candelabros.

Fraga, pacato funcionário das Rendas Mercantis, sem prática para enfrentar convites dessa bravura, começou a fomentar a coragem logo de manhã. Enxugou várias tinas de cerveja e desbaratou, em batalha campal, meia garrafa de conhaque. E ficou tão atilado que deu em cima de uma velhota na rua do Ouvidor. A velhota protestou, e Fraga baixou a língua na velhice dela:

— Vai pentear macacos, vovó. Se o dr. Fraga gostasse de pelanca, vinha de urubu.

Quando chegou na festa de Alicinha, logo na porta, avisou:

— Está chegando o Fraguinha das meninas. Quem tiver

suas donzelices a cuidar que se cuide. O dr. Janjão é pimenta no organismo.

E desandou a beijar todo mundo, velhos, novos, bigodes e damas. O beijo que deu na direção da viúva Moscovo quase desatarraxou a dentadura da virtuosa senhora. E Fraga, rindo:

— E não apliquei o tipo desentupidor de pia, que esse é devastador. Em Nova Iguaçu, quase matei dona Ricolina de Melo com uma beijada desse calibre. Saiu para o Hospital Santa Terezinha com beiços de nove meses. É o que eu digo. Janjão Fraga é pau de dar em maluco.

No dia seguinte, com a cabeça maior que o mundo, Fraga telefonou para Alice Pena:

— Licinha, quem fala é o Fraga.

Do outro lado do falador Alice acionou o gatilho:

— Seu cretino, seu abusado! Que pensa que minha casa é? Malcriado, sem-vergonha.

E desligou. Fraga, com esse caco de vidro na cara, ficou atordoado. E ligou para Lobato de Sousa, que esteve na festa do começo ao fim:

— Lobato, me diga uma coisa. Que foi que eu fiz para Licinha estar de cobra contra mim? Me diga, Lobato.

Lobato, rindo, relatou o que houve e o que não houve. O caso é que Janjão, depois de fazer dois discursos e arrasar, num deles, o Dia do Índio, subiu na aba de uma janela para cantar boleros. Só o tal de "Babalu", Janjão Fraga repetiu doze vezes. Foi "Babalu" tanto de sair pelas portas e corredores. Mas Janjão não ficou nisso. Segundo o relato do amigo Lobato, destratou o desembargador Guedes Frazão, um senhor de respeito, que dançava valsa com a menina Clodomélia Peixoto. Depois do que avançou sobre o quarto de Alicinha para beber, na vista de todo mundo, dois vidros de extrato e comer um pote de creme. E só abrandou um pouco quando a luz deu defeito e ele, Janjão, gritou que era eletricista formado:

— Deixa que eu quebro o galho, deixa!

De acordo com o dizer de Lobato, Janjão levou um choque de ficar desacordado, esguichando bebida pelos furos do nariz e pela boca. Mais logo voltou com todo gás. Tão sobre o inflamado que comunicou, de copo em punho, seu próximo casamento com a dona da casa. Segundo ainda o relato do amigo Lobato, o comunicado foi curto e rombudo. Assim:

— E não pensem os distintos que vou encalhar a vida toda nessa cara de remarcação de Alicinha. Que esperança! Caso e remeto para o organismo dela o maior balde de veneno que encontrar na praça. Alicinha vai tocar harpa no céu ainda no presente semestre.

Depois de ouvir tão mimoso relato, Janjão Fraga pensou deitar fogo às vestes. Mas não deitou.

Ninguém toma chá em panela de pau

Taveira de Melo chegou na Divisão de Arrecadação e disse:

— Vim pagar as taxas.

De trás de uma barriga bem-criada, de lápis na orelha, pulou um sujeito que olhou Taveira de alto a baixo para perguntar pelo requerimento:

— Trouxe?

Taveira disse que não. E o homem do lápis na orelha:

— Nesse caso, volte em termos. Sem requerimento não pode haver despacho. Sem despacho não pode haver a competente guia e sem a competente guia não pode haver o necessário requerimento. Sem requerimento não há progresso. É o caso do Indostão. Murchou desde que aboliu o requerimento.

Taveira fez um requerimento, dois, três, quatro, uma dúzia deles. Quando cruzava os corredores da Divisão de Arrecadação os funcionários cochichavam:

— É o tal careta que quer pagar as taxas antes do prazo.

Durante dois meses Taveira não fez outra coisa. De papel em punho andou de mesa em mesa, de sala em sala. Até que lá uma tarde, certo Bentinho Chaves, baixo funcionário que transitava sempre com pilhas de requerimentos no desvão do braço, chamou Taveira para um canto e jogou em seu ouvido este conselho:

— Distinto, o encarregado das taxas só vem nesta repartição de seis em seis meses. Delegou poderes ao Abrantino Seabra, o Seabrinha da 4ª Diretoria de Arrecadação. O Seabrinha, por sua vez, delegou poderes ao Aristeu Cunha, que passou rapidinho a incumbência para Pestana Barroso, um de cavanhaque e bigode, que vive falando de Rui Barbosa pelos corredores. O Barroso, por falta de tempo, passou seus poderes para Almeidinha Alves, um cabeçudinho metido a anão. Deu em cima de uma empregada em Brás de Pina, pelo que levou o maior bofetão desse semestre, de ficar com a lataria da cara amassada em vários compartimentos. Enquanto não desamassar, responde pelo expediente um tal de Pepito Crispim, da Farmácia São Salvador. Corre na botica para pegar a carimbada das três horas, que depois disso Crispim vai pescar cocoroca de só reabrir a carimbação no rabo da tarde. Vai com Deus que dentro de dez anos tua taxação fica em dia.

Se o mundo vai acabar faça um ofício e peça prorrogação de prazo

E quando o tabelião Porciúncula Arruda soube que a cidade de Xeroquém dos Índios estava em fumaça de guerra, todo mundo dando em todo mundo, esfregou as mãos, fechou os livros de registros e partiu na direção da rua das Andorinhas para gritar na porta da viúva Gusmão:

— Dona Dorontina, o mundo está acabando! É aproveitar a vida nos estertores dos últimos capítulos, dona Dorontina!

Mais que depressa dona Dorontina correu para o retrato do falecido, todo de preto e com a fita de provedor da Santa Casa no peito, ficou de mãos postas e disse:

— Perdão pela ofensa, Gusmão. Mas o mundo vai acabar e não vou perder esse faturamento final.

Pegou a mala, encastoou seu bem torneado alisador de sofá na garupa do cavalo e sumiu com o escrivão para matos baldios. E o mundo não acabou.

O maravilhoso no bolso de seu colete

E na justa hora em que o mágico Pepito Mendes, errando a calibragem, em lugar de pombinhos de cartola soltou diante da seleta e educada assistência de Guaru das Cruzes aquele nojento par de urubus, o major Memé do Couto levantou a voz:

— Isso é um deboche! Esse afrontamento tem de ser varrido a pau. O mágico está querendo rebaixar o ilustrado povo de Guaru das Cruzes.

Desligaram a luz e houve uma lavoura de pau na cabeça de todo mundo. O mágico Pepito Mendes, logo de saída, subiu de foguete, ganhou as lonas mais altas do circo e sumiu no céu estrelado de Guaru das Cruzes. Só restou do seu encantado porte uma fumacinha que parecia dar bananas para o pessoal da terra. E nesse meio-tempo o cacete trabalhou no varejo e no atacado, pelo que dona Gerundina Melo, mestra aposentada, adquiriu uma porretada tão daninha que deu para ver o arcanjo são Gabriel dependurado na aba de uma nuvem. Já nessa ocasião o dr. Lacavinha de Almeida, ilustrado promotor público, botava para fora um vidro de magnésia bisurada e mais um recibo de sócio remido da Beneficência Portuguesa. E Josito Ribeiro, alfaiate e orador da Banda 21 de Abril, a poder de cacetada fez o mais mimoso número já visto em qualquer circo de cavalinhos do mundo: andou no arame de cabeça para baixo levando nas botinas um jarro de flores, um par de gatos, um anão, três macacos e duas dúzias de ventarolas. E Pereirinha Guedes, cobrador de impostos, recebeu, nessa chuva de pauladas, tão espevitado pescoção que varou toda a cidade de Guaru das Cruzes para sumir pelas comarcas ribeirinhas. Para acalmar os ânimos soltaram a onça do circo de cavalinhos. Coitada dela! Ficou desmaiada com um soco de oitenta pontos e cinco carretéis de esparadrapo. Só houve um benefício em todo esse desentendimento. A viúva Sonofrida Manhães ganhou um sopapo tão medicinal que perdeu a papeira e aprendeu a andar de motocicleta. Era como ela mesma dizia:

— Remocei vinte anos na ponta desse bofetão. Agora sou outra. Estou até com ideias de desenviuvar.

Meses depois, o capitão Tutu Reis, que a tudo assistiu entrincheirado por trás de umas cadeiras, dando de cara com o mágico Pepito Mendes em São José das Ventanias, cumprimentou o soltador de pombinhos pelo nunca visto número que praticou em Guaru das Cruzes. E admirado:

— Nunca mais vou ver coisa igual. O amigo parecia um rojão. Um foguete de fraque e cartola.

E Pepito Mendes:

— Parceiro, a paulada que levei no dedão do pé fazia até um caminhão criar asas. Mas o pior, parceiro, aconteceu com o anão Juquinha Labareda, um que no circo soltava foguinho pela boca. Foi contaminado por uma porretada de tal feitura que até hoje está rodando pelo céu. Enquanto durar a gasolina da porretada Juquinha não desce. Por muito tempo vai ter anão nas nuvens. Por muito tempo, parceiro.

O amor nosso de cada dia

E sem aviso, na asa do outono, voltou aos dias antigos. Era de novo Jubertino Couto, dos Couto de Santarém do Brejal. O pai, na varanda da casa, passando a mão pela barba, dando ordens curtas e grandes. E ele no lombo de um pedrês especial, cavalinho de perna ligeira mais que o vento. E no céu a fumaça do São Diogo, engenhão que só faltava falar. Muito açúcar jogava no mundo a boca do São Diogo! Um dia veio moça professora para professorar a meninada de Santarém do Brejal. Tinha uns servidos abundantes, braços bem talhados, cintura de funil. Jubertino ficou atarraxado por tanta coisa bonita. Nem mais cuidou do pedrês, seu cavalo veloz. Só pensava nos utensílios que moravam por baixo dos panos da moça professora. E sobre isso e sobre mais aquilo muitos ventos passaram. A mestra de letras casou num domingo e sumiu numa segunda-feira para nunca mais. E a vida rolando. Certa noite o engenho adoeceu, tossiu e morreu. E a boca do vento soprando meses e anos. Soprou tanto que jogou o moço de engenho numa repartição de papéis, já de caneta na mão, rendilhando ofícios: "Apresento a V.S.ª os protestos de elevada estima e distinta consideração". E agora, de supetão, enquanto dava parecer sobre empréstimos agrícolas, seus dias de menino voltavam de corpo inteiro. Riu ao ver de novo a fumaça do São Diogo fazer bobagem no céu, figurar mulher nua no algodão das nuvens. Já entrava ele, Jubertino Couto, dos Couto de Santarém do Brejal, pelo canavial quando a voz do dr. Saraiva de Almeida, subchefe da Seção de Empréstimo e Ajuda à Pecuária, cortou a viagem no meio. Com esta tesourada:

— Seu Couto, tenho urgência nesse despacho. Deve subir ainda hoje à consideração superior.

Jubertino deu uma cambalhota e voltou ao tempo presente. Novamente Jubertino Couto, amanuense do Fomento Agrícola, carimbador de papéis e despachador de requerimentos: "Aproveito o ensejo para apresentar a V.S.ª os protestos da mais elevada estima e distinta consideração".

Em rio de piranha macaco bebe água em canudo

Com o olho estilhaçado e o nariz empenado a socos, deu entrada na Farmácia Santa Marta, em Curupati do Arrozal, um certo Nequinho Pires. Aconteceu que Nequinho saiu de parceirada com seu compadre Chico Araújo para um mafuá do largo do Retiro. Foi nesse entrementes que encalhou perto de Chico uma mulatona de lindos apanhados, com dois alpendres de macios confortos. A língua de Chico, depois de pular dentro da boca em jeito de chocalho de cascavel, varejou no ouvido da moça umas sinalefas que ela não apreciou. Logo apareceu um boiadeiro para limpar a honra daquela natureza bem lançada. O sujeitão, que parecia um carro de boi cruzando com trem de ferro, já entrou soltando fogo pela folga do dente de ouro:

— Vou dar um educativo nesse deletério.

Rapidinho, Chico, meio encolhido por trás de Nequinho Pires, disse:

— Compadre, passo para seu encargo esse responso e se tu apanhar pensa que sou eu que estou apanhando. São Lifôncio que te ajude, compadre.

Não teve são Lifôncio que ajudasse Nequinho. Logo no primeiro foguete que tomou, voou nariz, voou óculos, voou boné de Nequinho e atrás desses pertences seguiu Nequinho levando na mão a carteira de sócio remido da Banda 21 de Abril. Desfalecido ficou Nequinho por entre esparadrapos e sanativos na Farmácia Santa Marta. Quando voltou a deliberar, a primeira pessoa que viu foi seu compadre Chico Araújo, que olhou os estragos, fez o sinal da cruz e falou:

— Virgem Nossa! Como eu apanhei!

Afundou o boné na cabeça e foi embora.

Uma figa só não faz verão

Dagoberto Falcão, por motivo de devolver um par de bofetadas que recebeu do cabo Honorato Grande, procurou os serviços de Neném Cabiúnas, macumbeiro com negócio aberto na rua da Prata, em Itajaí do Monte. Inteirado das necessidades de Dagoberto, o especialista sumiu na fumaça do cachimbo para voltar do fundo do seu negro covil munido de uma baita figa para uso e gozo de Dagoberto Falcão. E no brinco do ouvido dele, em tom de segredo:

— Foi preparada dentro dos conformes de São Cipriano. A madeira curtiu no luar de muitas luas. É figa de segurança, coisa de muitos poderes, meu filho. Vai municiado dela que não tem força de dragão ou corisco do céu mais valente.

Dagoberto, confiado na figa, soltou o ventilador do braço na focinheira do cabo Honorato em plena praça das Verduras. O braço de Dagoberto, em forma de pá de moinho, fez o diabo: desmantelou um jacá de manga, esquartejou um tabuleiro de mariolas; arrebentou o toldo da Casa Pavão e deixou meio estilhaçado das ideias um certo Joãozinho Codó, entregador de pão.

E não contente, o ventilador de Dagoberto espatifou, em prejuízos de contos de réis, os vidros da Sapataria Almeida. Quando o soco de Dagoberto perdeu a corda, o cabo Honorato aproveitou para largar um desmonta-orelha bem no pé do ouvido do protegido de Neném Cabiúnas. Dos braços dos amigos Dagoberto caiu nos braços da Farmácia São Sebastião. Ao deixar a botica e seus curativos, debaixo de quilos de algodão e metros de gaze, o nariz de Dagoberto Falcão parecia um edifício. E foi assim, montado em tromba de elefante, que o avariado foi reclamar de Neném Cabiúnas:

— Seu Neném, antes fosse só do que mal acompanhado por essa figa desmoralizada. Veja em que estado fiquei.

Mas quando Neném Cabiúnas soube como Dagoberto tinha procedido em relação ao uso da figa, botou a mão na cabeça para dizer:

— Tu é maluco, sujeito. Tu não agitou a figa? Pois tinha que agitar. Figa é como remédio. A gente tem que chacoalhar para a medicagem ganhar força, pegar substância. Foi por não seguir meus conselhos que Diomedes Pestana foi apanhado em flagrante delito de roubalheira na Prefeitura de Itajaí do Monte. Se agitasse a figa dele, como estipulei, até hoje estava dilapidando os cofres públicos. Até hoje!

E encerrou o assunto.

Apanhou os cacos da cara e foi embora

O dr. Azeredo Portilho, aposentado da Justiça, arrastou seus setenta anos de despachos e arrazoados para junto da mesinha da bela Clara Prates, datilógrafa da Secretaria de Obras, para pedir:

— Dona Clarinha, largue um tapa nesta minha cara do tempo das ventosas, por favor. Largue, dona Clarinha!

A bela datilógrafa achou graça e foi em espaço dois que respondeu ao velho Portilho:

— Ora, dr. Portilho, não faça um pedido desses. Não vou danificar um monumento histórico. Quem sou eu!

E Portilho:

— Duvido, dona Clarinha. Duvido que não solte a mão na minha cara depois do que vou soletrar na pontinha do seu belo ouvido.

E Clarinha rindo com todos os dentes de sua boca bem talhada:

— Aposto que não, dr. Portilho.

Já de vela solta, o velho firmou os óculos no tombadilho do nariz, curvou os setenta anos bem junto do ouvido da moça da

Secretaria de Obras, para levar o maior bofetão já transitado pelas imediações. E Portilho apanhando no chão os óculos e o guarda-chuva:

— Eu não disse? Tenho experiência. Conheço Azeredo Portilho como a palma de minha mão. Só faz besteira. Vai acabar tomando tapa como quem toma poção. De duas em duas horas.

Apanhou os cacos da cara e foi embora.

Todo escrivão de cartório tem seu registro de mocinho

A sesta das duas horas dormia nos braços da cidadezinha de Santa Fé do Pió quando apareceu, na boca do largo do Capim, o pedrês de Pepito Sanches, e em cima do pedrês, de carabina no ombro, o próprio Pepito Sanches. Que medão! Santa Fé do Pió meteu o rabo entre as pernas, corcovou e mais afundou em sua sesta das duas horas. E Pepito Sanches de berrador aceso:

— Povo sem-vergonha de Santa Fé! Acorda que Pepito Sanches quer aguardente de alambique, dinheiro no bolso e menina bonita nos travesseiros. Como sou piedoso, abro do direito de só querer moça donzela, por causa que sou sabedor que nesta praça não tem uma só para remédio.

Desaforo desse calibre não podia ficar sem pronta resposta. Mas Santa Fé do Pió, de rabo entre as pernas, ainda mais afundou em sua sesta das duas horas. E Pepito, com todas as repartições da carabina atochada de balas, pronta a desovar chumbo, berrava:

— Em que buraco de tatupeba entrou o pessoal de calças deste ninho de ladrões que não vem trocar bala comigo? Quero inaugurar ainda na presente tarde o quarto morrente do dia. Quem vem?

Foi quando o ajudante de escrivão Santinho Gomes, depois de deixar seu trabalho de lavrar escrituras, apontou na rua do Bispo arrastando pesado livro de cartório. Veio vindo, veio capinando, até que passou raspante de Pepito, estabelecido com carabina e faca de ponta no largo do Capim. Nesse passar, Pepito liberou um tiro que chamuscou o livro das escrituras de Santinho Gomes. E no deboche:

— É bala de aviso! Sem o competente consentimento nenhum vivente pode trafegar no distancial de dois metros de meu redor. De que falecimento o mocinho do livro quer falecer? Na força de bala ou no aço de faca de matar porco?

Como resposta, Santinho varejou o livro das escrituras bem no beiçal de Sanches, que perdeu o prumo no preciso momento em que um pontapé do escriturário assentava praça bem na raiz do seu vazio. Caído de borco, valentia esparramada pelo largo do Capim, ficou Pepito desfolhado por cima do meio-fio. Em mil pés Santa Fé logo pulou dos braços da sesta para louvar a valentia do cartorário. E era quem mais gabava a coragem de Bentinho Gomes. O mestre da Banda Lira da Independência, de cima do coreto do largo do Capim, avisou:

— Vai ter retreta em louvor de tamanho heroísmo. Vou dilapidar os metais da Lira da Independência dando expansão ao meu mavioso dobrado intitulado “Estrela-d’Alva”. O moço merece.

E no escarcéu dos vivas e abraços, de não caber Santinho em tantas encomendas, apareceu aquela cintura afunilada, de delicados mimosos, que rapidinho o escriturário rebocou para lugar seguro e sossegado. E já preparava a mão perita para escamar tão lindos achados quando alguém bateu em seu ombro:

— Distinto, a fita acabou. Acorda que a gente vai fechar o estabelecimento.

Na porta do Cine Guarani, em cartaz pregado na parede, Pepito, el Matador, ria em mexicano. Por motivo do grande livro de passar escrituras que Santinho Gomes arrastava pelo largo do Capim.

Dois quilômetros de primavera na vida de Cajuca Nepomuceno

Os setenta e oito anos de Cajuca Nepomuceno chegaram em casa e avisaram:

— Meninos, vou casar de novo. Vou lubrificar esta minha viuvez em óleo de moça nova.

Quando os meninos, com o moço Nonô Nepomuceno à frente, protestaram, o velho largou a mão na mesa e falou indagativo:

— Seu Nonô, teu padrinho Jonjoca Mendes não tomou estado em idade avançada e não largou no mundo uma resma de jonjoquinhas de deixar minha comadre Belinha Mendes escadeirada na flor dos vinte anos? Que tem o compadre mais do que eu? Que tem?

Os filhos de Nepomuceno viram que era perder tempo, que o velho casava de qualquer modo, pelo que apelaram para o capitão Navarro Reis, unha e dedo com Nepomuceno. Quando o capitão soube das intenções do compadre, botou a mão na cabeça:

— Nepomuceno está maluco. Nepomuceno perdeu o tino, coitado! Que vai fazer o compadre em cama de moça nova? Vou falar com ele hoje mesmo.

Foi. Vestiu a casaca de intendente da Prefeitura do Jaguarão do Alto e mergulhou, durante um par de horas, na conversa casamenteira do compadre Nepomuceno. E ao sair, enquanto ajeitava a aba da casaca, disse para a filharada do amigo:

— É assunto muito delicado. Tem de haver ponderação. Muita ponderação, meninos!

No dia seguinte, um sábado, o capitão saiu com Nepomuceno para Pedras dos Frades, onde morava o benquerer dos setenta e oito anos do velho amigo. Foi, viu e voltou. E de noite, procurado pelo moço Nonô Nepomuceno na sua casa da rua da Praia, o capitão foi franco:

— Está tudo decidido! O compadre casa com dona Doroteia e eu, que sou mais velho, caso com dona Edigardina, que é a mais entrada em idade. Está na flor dos dezoito.

E feliz, debruçado no ombro de Nonô:

— E se o menino quiser ir nas águas da gente, tem ainda uma de resto, coisinha de encomenda, seu Nonô. Cada platibanda que só vendo! Está tinindo nos doze anos. Se o governo permitisse, eu tomava estado com as duas. Ou mais, seu Nonô! Com as três!

Deu um puxão na gola do paletó e saiu cantando "Meu boi morreu que será de mim".

Sonho morto a cacetadas de bacalhau com batatas

Era de cintura fina. Um alfinete não ganhava de suas medidas. Tão fina e leve que recebeu, de mão beijada, um sonetão de primeira página do *Rebate*, coisa de esmerado acabamento, em que o menestrel, o farmacêutico Sinofrildo Feitosa, comparava a cintura de Anabela Moscoso a sonho de uma noite de verão. Com o tempo, o sonho casou. E com o tempo, o sonho engordou. Engrossou tanto que o tabelião Carrazedo Cruz, que matrimoniou com a cintura de Anabela em 1922, apelou para o álbum de família de modo a ver que lavoura sem jeito o tempo havia plantado nos vales e curvas da dita Anabela. Retirou do gavetão uma fotografia em que aparecia a cinturinha de soneto de que falava Sinofrildo Feitosa pela boca do *Rebate*. Olhou, remirou e disse:

— O sonho foi morto a cacetadas de bacalhau com batatas.

E rasgou a fotografia.

À sombra das vírgulas em flor

Olibório Bastos era louco por vírgulas. Escrevendo nas páginas de *O Arauto*, era aquela virgulação sem fim, uma atrás das outras, em jeito de formiga carregadeira. Falando, em seus improvisos da praça da Aclamação, era a mesma coisa ou pior. Confessava para quem quisesse ouvir:

— Vírgula é comigo! Nem o presidente da República coloca vírgula melhor que eu. Não perco uma!

Certo domingo, por ocasião da visita do governador Pires de Melo a Santo Antônio do Freixedo, Olibório Bastos foi incumbido de saudar o ilustre visitante em nome do Partido Radical. Entrou de vírgula na boca:

— Senhor governador vírgula fui honrado pelo Partido Radical para vírgula em nome dessa gloriosa agremiação vírgula saudar Vossa Excelência que vírgula descendo dos seus inúmeros quefazeres vírgula veio até nós para um convívio de perfeita amizade ponto.

Choveu vírgula no discurso de Olibório Bastos. Para não ficar atrás em assuntos de vírgula, o capitão Azeredo Mendonça, representante do Partido Republicano, pediu a palavra e disse:

— Senhor governador vírgula tenho a grande honra vírgula de saudar vírgula Vossa Excelência nesta hora vírgula em que vírgula a cidade de Santo Antônio do Freixedo vírgula hospeda vírgula honrosamente vírgula o ilustre governador Pires de Melo ponto.

Em assunto de vírgula, o Partido Republicano venceu seus adversários. Por oitenta vírgulas a mais.

O progresso ancora em Pipeiras de Santana

Pela cara mal lavrada do sujeito, cachimbo no canto da boca e pasta debaixo do braço, viram logo que era cobrador do fisco. Reberaldo Carijó saiu em pé de paina e foi botar o trombone na rua:

— Tem cobrador de impostos na praça. Vi quando retirou da maleta um ferrinho contaminado de dentes, coisa de lascar a popa do povinho que não puder arcar com a responsabilidade das pagas. É bom avisar o major Nequinho Rosa. Ninguém para lidar com o povo do governo como Nequinho Rosa.

Em pronto momento, por um moleque de recados, Nequinho foi avisado. Pelo que já desceu dos confortos de sua invernada soltando azeites. Mais armado do que ele nem uma guerra. Hospedou sua vasta pessoa no Hotel das Famílias. E foi assim, deitado na cama, de botas e esporas, que mandou chamar o cobrador de impostos:

— Quero ter um particular com esse sujeitinho.

Meio murcho, adernado sobre a pasta negra, chegou para ver o major Nequinho Rosa refestelado na cama e de charuto na boca. Quis tomar cadeira, no que foi impedido pelo dedão de palmeira do major:

— Em minhas presenças ninguém senta o rabo para falar. É de pé, sujeitinho! De pé!

Intimou que o homenzinho abrisse a pasta de modo a desembuchar de sua entranha o tal ferrinho de marcar gente e mais o bolão de multas recaídas no cangote do educado povo de Pipeiras de Santana:

— Abra essa desgraça, esse ninho de lacraia.

O sujeitinho abriu. E da pasta preta, em lugar de arrogantes papéis do governo e ferrinhos de carimbar popa de cristão, saiu um derrame de giletes. O homem era caixeiro-viajante. Os aparelhos de fazer barba davam entrada, pela primeira vez, na brava e progressista cidade de Pipeiras de Santana.

A importância de ser casado pela Constituição de 89 e pelo Estatuto dos Funcionários Públicos da União

Gervásio Ferrão quis casar com a doce Alicantina de Araújo. Não casou. Casou com Angelina Barbirato, dos terríveis Barbiratos de Santa Cruz da Mata. E quarenta anos depois, estando Ferrão em Poços de Caldas para dilapidar as gorduras, viu aquele bambu que andava. Era seu amor do tempo do limão de cheiro, nada mais nada menos do que a doce Alicantina. Vinha de pincenê em punho. Um horror! E mal desgrudou os olhos da veneranda surpreendeu, atravessando a rua, dona Angelina, sua esposa de cartório e altar, casada com ele pela Constituição de 89, pelo Código Civil, pelo Código Militar, pelo Estatuto dos Funcionários Públicos da União, pelo Regulamento do Corpo de Bombeiros, pela Caixa da Amortização, pelo Imposto de Renda e pelas Pautas Aduaneiras. Terrivelmente casado! E vinha dona Angelina arrastando um quarteirão de banha. Não era uma pessoa. Era um consórcio. E Ferrão, falando para dentro:

— Escapei de uma vassoura vestida para cair nos braços de um caminhão de secos e molhados!

E assim pensava Ferrão quando, na direção de dona Angelina, veio aquele carro de pneu doido. Gervásio fechou os olhos e calculou:

— Estou viúvo!

Foi um choque seco e terrível. Dona Angelina apenas estilhaçou uma das vidraças dos óculos. O carro, de barriga para cima, deu de soltar fumaça e parafusos. Para sempre imprestável.

Adeus nomeação, o *Diário Oficial* foi embora

Acenaram para Tancredo Tupinambá com um cargo importante, coisa de sair no *Diário Oficial*. O informante foi claro:

— É negócio de vulto, diretor do Departamento de Compras e Pagamentos. Coisa de milhões, Tupinambá. Milhões!

De saída, para abrir os trabalhos, Tupinambá assaltou a tesoura de Pereira Alfaiate, com estabelecimento de modas na rua do Carmo. Mandou descer panos para quatro ternos, tomou as medidas e na hora de assinar os compromissos ainda brincou com o mestre da tesoura:

— Pereira velho, dentro de mais alguns dias esta minha caneta só assina negócio de milhões. Ou de bilhões, amigo Pereira!

E na força da mesma fúria atacou a Sapataria Feitosa e a Camisaria Antuérpia. E bem calçado e bem cortado de roupa, com uma pasta preta embaixo do braço, Tupinambá desandou a rolar sua pessoa por ruas e esquinas. Vez por outra ancorava num espelho para ver a figura do novo diretor do Departamento de Compras e Pagamentos. E, ajeitando o paletó, dava sua opinião abalizada:

— Não tem como terno preto. Diretor de terno preto é outra coisa. É a austeridade em pessoa. Ainda mais de óculos!

Os dias foram passando e nada de o *Diário Oficial* gemer com a nomeação de Tupinambá para a direção do Departamento de Compras e Pagamentos. E Tancredo, já em panela de pressão:

— Logo agora que já fiz terno, que empatei capitais. Logo agora!

Até que um domingo viu, em letra miúda do *Diário Oficial*, o nome de outro e não o seu para diretor das Compras e Pagamentos. E de *Diário Oficial* em punho Tupinambá sacudiu a rua Barão de São Félix, a Central do Brasil, o Rio de Janeiro, Niterói e São Gonçalo a poder de berros:

— Governo caloteiro! Isso não fica assim! Vou para os jornais. Sei de coisas!

Não foi para os jornais. Murchou, começou a sair ao lusco-fusco, de modo a evitar conversas e cobradores. E em certa tarde de chuva, ao botar o pé fora da porta, encontrou Pereira Alfaiate, que apresentou a Tupinambá resmas de promissórias:

— Seu Tancredo, vim lhe cobrar os ternos. Vai para meio semestre que lhe cortei as roupas, seu Tancredo. Não aguento mais.

E Tancredo:

— Por essas e outras é que este país não vai para a frente. O sujeito pega roupa de diretor e o cargo não vem. Mais do que isso, fazem o patriota de bobo. E ainda querem que o sujeito pague as dívidas. Uma ova! Essa eu não pago. Vá cobrar ao governo.

E tirando da mão de Pereira os papéis de compromisso fez deles uma bola que atirou na chuva da tarde. A bola navegou pelo meio-fio da calçada para sumir na boca do ralo. Como a nomeação de Tancredo Tupinambá.

São Pedro ao alcance de cento e oitenta por hora

O avassalador Penedo Barbeitas, diretor da Companhia de Artefatos de Borracha, saiu de sua casa de campo ("vinte milhões só em telhas") a cento e oitenta. Tinha marcado reunião da diretoria ("precisamente às dez horas da manhã") e não podia faltar. E agora, no seu vastíssimo cento e oitenta a hora, corria para a sede grandiosa ("quarenta milhões de cruzeiros só em móveis") da Companhia de Artefatos de Borracha. Não respeitava cruzamentos ("estou atrasado, estou atrasado"), não respeitava nada — o que Penedo queria era chegar a tempo e a hora. O carro do diretor da Companhia de Artefatos de Borracha corria como dono de tudo. A paisagem passava meio esgarçada, meio sobre os estilhaços. E numa curva, sem tirar o pé do acelerador, Barbeitas sentiu que o carro havia raspado uma árvore. Cá entre nós: nunca foi amigo de arvoredos e passarinhos ("homem de negócio não pode perder tempo com somenos"). Gostou do termo e repetiu alto:

— Somenos!

Com o choque, os cento e oitenta quilômetros do dr. Penedo perderam o equilíbrio. Mas o carro, de novo com os pés de borracha no asfalto, continuou. Até mais macio, até mais veloz. Foi quando Penedo ouviu aquele apito. Parou de grito na boca:

— Não amola! Tenho pressa! Sou homem de negócios. Vou falar com o Peralva, o Anésio Peralva da Inspetoria de Trânsito. Pode contar com um mês de suspensão.

E mais enérgico, com o punho do lado de fora:

— Ou mais!

Quis saber, já de lápis em riste, o nome de quem assim apitava sem motivo. Mansamente, por entre nuvens e bater de asas, alguém falou:

— Sou Pedro, meu filho. São Pedro em pessoa.

Seguro morreu de velho e de óculos

Conversa do corretor de seguros Peixotinho Alecrim para convencer Manequinho Feitosa:

— Nada como um seguro, Manequinho velho! Com meia dúzia de tostões, pagos em dilatado prazo, o pai de família fica preparado para morrer em paz. Olha o caso do Gilofásio de Aragão. Se não fizesse um seguro especial, dos que eu sei fazer, deixava a viúva vendendo cocada na porta dos cinemas.

E desdobrando papéis por cima da mesa de Manequinho, o corretor Alecrim relatou o que houve com Gilofásio de Aragão, sujeito metido a passar o verbo no pé do ouvido de senhoras distintas, de não poder ver um tremido de anca por baixo de panos que não sentisse uma pontada no coração. E Peixotinho já de caneta em punho:

— Uma ocasião, na rua do Propósito, Gilofásio caiu de beijos em cima da mulher do capitão Tolentino Saraiva. Foi repelido a socos pela virtuosa senhora. E depois dos socos veio o revólver do capitão que expediu três tiros com vistas aos atrasados de Gilofásio. Uma bala matou um bode, outra fez a Papelaria Mimi abrir falência e a última, sem-vergonha como ela só, foi pedir abrigo na parte mais vistosa do bem amamentado machucador de cadeira de Mocinha Melo. A essa altura da pólvora, Gilofásio já tinha atravessado a gloriosa Comarca de Seridó e só morreu porque passou ventando no meio de um campo de futebol e cuidaram que fosse o ladrão do juiz em desabalada carreira. Dilapidaram Gilofásio com tanta porretada que uma aba dele foi cair no estrangeiro. Vesti terno de luto e fui levar a dona Abelardina de Aragão as péssimas notícias. A virtuosa chorou no meu ombro e assim de choro em choro reboquei seu seguro de vida para o altar, quando tomei o lugar do falecido Gilofásio como marido de papel passado. No caso do amigo Manequinho, o seguro é mais do que necessário. É uma garantia para que tua viúva, com aquela cara feita de trapo velho, tenha pronta saída. Porque tua mulher, Manequinho, devia ser proibida de andar pela rua. Só mesmo abastecida de um vasto seguro é que aquela desgraça de saias pode pensar em novo casamento. Só assim, defunto Manequinho!

Manequinho ficou tão comovido com as boas palavras de Peixoto Alecrim que deu dois tiros nele.

Minhas memórias do futuro

Era técnico em abordagem. Não perdia um lance o tabelião Caldas Palhano de São Sebastião de Mata-Gato. Chegava, tirava o lenço de água de cheiro, atirava duas baratinagens na direção da moça ou dama, e era macuco no embornal. O aprendiz Tobias Rocha, mais conhecido por Rochinha do Cartório, que vivia envergado sobre o lavramento das escrituras, olhava tudo isso com olho admirado. Pisava botina de vinte anos, tinha bigodão da moda e costeleta de ida e volta. E não apanhava nada. Era como Filhinho Pinto dizia dele:

— É manga-rosa. Bonita por fora e sem gosto por dentro.

E Palhano, velhão, calça larga de palhaço, colarinho de palhaço, atirava em todas e todas morriam na bala de sua espingarda. Uma noite, em que lavrava um rendoso par de escrituras, deixando a caneta a meio sono sobre a mesa, Palhano jogou na sala do cartório esta confidência:

— Estou meio empenado, na casa dos sessenta, mas lhe digo, amigo Rocha, que já enquadrei no corrente ano mais de oitenta rabos de saia. A ala leste de São Sebastião de Mata-Gato entrou inteirinha no meu caderno de acerto de contas, de não escapar nem a velha Rosdália Feijó, para não dizer que não aprecio reumatismo.

Rochinha ficou de queixo desarmado. E um ano depois, cuidando Palhano que estivesse nos seus últimos dias de vida, segredou no ouvido do auxiliar de cartório que toda a sua grandeza com o pessoal de saia vinha de uma coisa só:

— A idade, Rochinha.

E Palhano explicou que dama que encurtasse a certidão de nascimento era propensa a uma passeata de travesseiros. O patrício podia ir que era porteira aberta:

— Em trinta anos de sem-vergonhismo não perdi uma, Rochinha.

Ao fazer esse relato, Palhano parou para tomar vento, alisou o braço do auxiliar e indagou com voz calhorda:

— E por falar nisso, quantos anos tem o amigo Rocha?

E Rocha, retirando ligeirinho o braço:

— Para mais de quatrocentos, seu Palhano. Para mais de quatrocentos! A bem dizer, eu já era coroinha de padre quando rezaram a primeira missa no Brasil, seu Palhano!

Mataram meus sonhos a pau

A moça veio sacudindo toda a rua da Sagração com o seu andar de vaivém. E quando raspou a porta da Igreja de São Francisco, bem junto do aleijado Joãozinho Gamela, foi aquele milagre. Joãozinho, atirando as muletas para o céu, saiu na poeira da moça bonita, desempenado mais que menino novo. E atrás dos ondulados dela, Joãozinho Gamela pedia:

— Dona, uma esmolinha pelo amor de Deus! Carecendo de dinheiro, beijinho também quebra o galho, dona!

A sem-vergonheira de Joãozinho Gamela pegou um sarrafo feio e forte, tão feio e forte que Joãozinho correu mais que o vento de agosto, da rua da Sagração aos confins de São Mateus da Marambaia. Quando a cacetada que levou perdeu as forças, Joãozinho desabafou:

— Por causa dessa desbriada, de fundos de tanajura, perdi meu cargo de aleijado de carreira em São Mateus da Marambaia. E logo agora que estava para ampliar o negócio com novas melhorias e beneficiagens. Ia entrar na faixa de cego de esquina, que é o que mais rendimento dá em cidade grande. Vale mais do que o tal do desfalque.

3
COLOQUE UM FECHO ECLER NAS SUAS ESPERANÇAS

Viagem ao redor de uma pasta

Ninguém como Felistoso de Azeredo para usar uma pasta. Começava pelo nome, que já era próprio para pasta:

— Felistoso Serafim Canabrava de Azeredo Gomes e Paiva, seu criado.

Certa feita, numa cerimônia de posse de diretor-geral, Azeredo, sem saber de nada, saltou de um carro na porta da Secretaria do Fomento. Ao chegar, com aquele vasto instrumento embaixo do braço, pilhas de funcionários e agregados desabaram em cima da pasta de Azeredo, cada qual mais solícito e prestativo. O homenzinho do elevador, em roupa de gala, varreu o chão para deixar entrar a pasta de Azeredo. E de boca pingando admiração:

— Tenha a bondade, doutor.

Felistoso de Azeredo, no meio de um bolo de braços e pernas, foi levado ao gabinete do diretor-geral, onde logo mostrou desejo de falar ao encarregado da Seção de Compras:

— Quero, por gentileza, ter um entendimento com ele.

Aos berros, foram chamar o sujeito desejado pela pasta de Felistoso de Azeredo:

— Portela, onde anda o Arnoso Portela? Portelão!

Em roupa de cerimônia, com a comenda de São Gonçalo de Miracema nas platibandas do peito, Arnoso Portela apareceu recoberto de acentos circunflexos na voz:

— Às ordens, doutor. Às ordens.

Nesse ponto é que o equívoco foi esfarinhado. Abrindo a pasta, a mão perita de Azeredo retirou de suas entranhas um punhado de remédios. E mostrando os frascos:

— Meus senhores e minhas senhoras, tenho a honra de ser o representante dos famosos Laboratórios Tavares Junqueira de Pontal do Livramento.

Felistoso foi expedido a bofetões e pontapés. Com a pasta na proa.

Comprou o arco-íris e não tem dinheiro para pagar

Bilhete de Casusa Pinto, contabilista de uma firma em Seridó, ao seu benquerer de nome Maria Teresa de Azambuja:

> Teté, depois que me deste a lata, eu pensei em tomar veneno de rato. Falei com Agapito, aquele da Padaria Luso-Brasileira: "Agapito velho, vou largar uma pedrada de veneno em minha pessoa, de não ter médico que dê jeito". Agapito, que também estava querendo desencarnar por causa de um desfalque que deu na padaria, pediu um pouco do veneno para a gente morrer na mesma remessa. Antes, fomos beber uma prateleira do Bar Quintão e foi aquela reviravolta do pé para a cabeça, Teté. No rabo da madrugada, eu não queria mais morrer coisa nenhuma e Agapito só tinha um desejo: largar outro desfalque na Padaria Luso-Brasileira, de demolir o estabelecimento do forno aos livros de vendas mercantis. Em verdade, Teté, foi noite muito proveitosa. Eu, que nas outras porretadas de cerveja nunca que passava de um reles contabilista desta praça, ontem cheguei a ser conde não sei de quê. Nesse andar, eu vou longe. Estou aí, estou rei da Conchinchina.

Desfalque de macaco tem vinte cachos de banana

Santinho Bento, dono de uma quitanda em Timão do Ipó, estilhaçou a cara de um macaco a bofetões depois de sangrar dúzias de garrafas de cerveja e copos de cachaça. E foi alto, trocando pernas, que Santinho deu explicações de sua desavença com o macaco ao xerife de Timão do Ipó. Neste estilo de pão com manteiga:

— Sujeitinho pior que cobra como o macaco Simão não tem em cem léguas de distância. Trouxe ele do mato, onde passava fome de andar com as costelas em reco-reco. Em casa, dei bom passadio ao sem-vergonha, cama de dormir e banana de comer. Depois de um par de meses, com seu macaquismo e sabujice, angariou minha confiança, pelo que dei ao macaco Simão sociedade na quitanda. Foi nesse porém que o desbriado, pegado de namoro com uma macaca da Barbearia Chique, de nome Sultana, quase meteu meu estabelecimento a pique. De modo a poder comprar cordão de ouro para a macaca de sua estimagem, deu um desfalque de vinte cachos de banana numa só quinzena, foramente o roubo de uma caixa de pó de arroz Sonho Oriental e um vidro inteirinho da famosa brilhantina Perdição das Damas.

Nabucodonosor com as molas partidas

Bercó Guaraciaba era tabelião em Santo Aleixo do Tinguá e andava como tabelião. Só de preto. Parecia uma escritura pública de óculos e gravata. Quarenta anos de caneta e papel e sem um único riso. Tomava banho de mar com os calções abotoados no joelho. Dona Jurubentina dizia com orgulho:

— Sou casada com Guaraciaba desde que mataram o general Pinheiro Machado e até hoje ele não conhece a cor do meu cangote. Respeitosão como ele não tem.

Certa ocasião, para tratar de assuntos do tabelionato, veio ao Rio de Janeiro. E voltou para Santo Aleixo do Tinguá dizendo horrores da rua do Ouvidor:

— É um ninho de perdição. Moças com vestidos de palmo e meio abaixo do joelho. Todo mundo de tornozelo ao vento. Tem mulher até que fuma charuto.

Quarenta anos depois, em pleno império da perna de fora, Guaraciaba voltou ao Rio de Janeiro e foi ancorar na casa de um compadre de Ipanema. E de repente, num domingo assim, com um sol assim, Guaraciaba viu seu terno preto sitiado por um derrame de meninas em flor. Cada qual mais sem roupa, cada qual mais pernuda e cadeiruda. Guaraciaba pulou de dentro do terno preto e pensou voltado para as marolas que as partes das moças faziam por baixo dos panos espatifando seu velho coração:

"Perdi meu tempo! Podia comer filé e comi capim a vida inteira. Sou pior do que o tal de Nabucodonosor. Pior do que esse papador de ervinha."

Nisso, ao acompanhar o ondeado de uma menina que saía todinha para fora do biquíni, o velho tabelião sentiu uma pontada no peito, caiu e morreu. Todo de preto. Como uma escritura mal lavrada.

Cacetada de pau a pique na noite suja

Era um exagerado. Quando a moda dos cabeludos e barbudos deu entrada em Jurubal do Norte, Salema de Araújo, do Cartório Barros Cunha, correu para o *Dicionário ilustrado* e parou o olho escrivão na maior barba que encontrou. E de dedão apontado para o retrato:

— Quero coisa assim, sem tirar nem mexer. Vou levar o livro para o pessoal do Salão Chique ver como quero ficar. Não faço por menos. Vou ser Salema de dicionário.

Pegou uma barba dos maiores crescimentos. Um verdadeiro leque aberto. E de noite, depois de trabalhar nos livros de certidões e registros, Salema corria para o espelho e falava sozinho diante daquela barba vistosa:

— É grande! Como bem diz o amigo Juquinha Mota, a comarca de Jurubal do Norte não tem competência para arcar com as responsabilidades de uma barba deste porte. O que a comarca comporta, no mais espichar, é barba de comerciante da rua do Recreio.

Até que uma noite, tendo fugido o leão do Circo Espanhol,

a cidade dormiu de revólver no dedo e pau de matar lobisomem na cabeceira. Por precaução, desligaram a luz. Sem saber de nada, Araújo deixou o trabalho a poder de alumiado de vela, depois de fechar a porta e ganhar a rua. E caminhava na direção da praça da Matriz quando explodiu aquele grito:

— É o leão do circo, minha gente! Cruzou agorinha mesmo a rua do Vigário. Vislumbrei a barbona dele. É o danado do leão!

E na cauda desse aviso zumbiu, bem no brinco da orelha de Salema, aquela cacetada de pau a pique. E antes que outra viesse reforçar a primeira, Salema, de barba e costeleta, trabalhou no pé. E não confiando em dar no pé, abriu o berrador em manchetes assim:

— Socorro! Sou Salema do cartório! Socorro!

E o povo no rastro dele:

— Mata o leão falante que fugiu do circo de cavalinhos! Mata que é bicho!

Só na terceira cacetada, que pegou lá em Araújo na raiz do estômago, é que ficou esclarecido que Salema não era leão. Mas já era tarde e Salema desfalecido.

Prosperidade vem de curto-circuito

Carta de Anastalício Peixoto, da profissão de contabilista, a um primo de Urucungas do Valão:

> Não lhe conto nada, Agapito velho, dos progressos que tenho angariado em Santo Antônio de Nepomuceno e territórios ribeirinhos. No princípio, trabalhei numa fábrica de sabão que logo abriu falência. Em seguida, aluguei meus préstimos a uma casa de tecidos que gemeu, pediu concordata e morreu. Agarrado a uma carta do prefeito Bimbim Ferreira, parti para cima do Cinema Vera Cruz, que não aguentou o rojão e abriu a boca. Foi nesse ponto que pulei para as Mercearias Girassol. Cheguei num dia e no outro já um dos sócios da firma descarregava desfalque tão ferino de não restar dinheiro nem para pagar a quinzena dos empregados. Dessa casa de comes e bebes passei para a Sorveteria Santo Antônio. Na primeira sorvetada que dei, as máquinas lascaram de alto a baixo, de não ter mecânico ou entendido que desse jeito. Sem emprego, por astúcia de um tal de Chiquinho Boto, fui ser técnico do Royal F. C. O time que vinha de vento em popa, dando

em todo mundo, até que o técnico fugiu de bicicleta com a mulher do promotor público. No lugar dele fiquei eu. Peguei o serviço numa quarta-feira e no domingo eu já estava correndo na frente da torcida do Royal F. C., que fez o vexame de perder por 10 a 1. Aí caí em cheio nos braços da Fogueteria Apolo, estabelecida na rua do Cravo. Por falta de prática, lasquei no rabo de um rojão pólvora tanta que voou tudo, a Fogueteria Apolo, um guarda-comida, uma bateria de cozinha, uma arara, o retrato de Sacadura Cabral e no comando desse despautério o proprietário da firma, o capitão Apolôncio de Sousa, de óculos e sem asa. Nesse entrementes, peguei um biscate de pedreiro em antigo prédio na rua dos Padres. Dei uma martelada de caráter tão daninho que a casa veio abaixo como se estivesse comida de cupim. Foi nessa ocasião que astuciei um serviço de muito proveito e responsabilidade. No lugar do comerciante meter fogo em seu estabelecimento, correndo o risco de não receber o seguro, era mais garantido contratar meus préstimos. Pratico incêndios com todas as garantias, sem risco de investigação do pessoal da polícia. Foi assim que quase botei abaixo a rua do Comércio, de uma ponta a outra. Um tal de Nagib Salem gostou tanto do meu serviço que encomendou, de saída, três curtos-circuitos e mais dois desabamentos. Já tenho escritório montado na praça das Verduras e estou maquinando expandir os negócios para outras municipalidades. Tenho fé em meus curtos-circuitos, amigo Agapito, que vou fabricar por ano uns quarenta avantajados incêndios, reforçados por vinte desabamentos, quinze falências e duzentas concordatas. Se interessar ao primo, abro uma filial em Urucungas do Valão que está pedindo um curto-circuito geral, de torrar tudo em duas horas, com a Fogueteria São João no comando da falência total.

Foge, peru, que o Natal desembarcou!

Queria ficar livre de dona Estefonsina, e para isso organizou Abrantino de Melo um plano quinquenal de cemitério. Fracassou no vidro ralado, fracassou no empurrão de escada, fracassou no afogamento. Tão infeliz foi que manobrou o barco, na lagoa do Fundão, de modo tão sem jeito que o barco adernou e jogou o candidato a viúvo nos braços da marola. Se dona Estefonsina não acode era viúva sem trabalhos e sem canseiras. Foi quando Abrantino apelou para os préstimos de Tibiriçá Cordão, macumbeiro de altas macumbas. Era em alto-relevo seu serviço que tinha até placa na porta, com hora marcada para consulta. Abrantino esperou duas semanas para ser recebido pelo patriota, uma figura que falava bonito, com um anelão em cada dedo e chapéu gelô na cabeça. Só atendia de chapéu. Antes que Abrantino abrisse o bico, Tibiriçá avisou:

— Só trabalho para gente ilustrada. E atendo o distinto porque veio apadrinhado pelo meu compadre Serapião de Melo. Agora, o consultante pode relatar ao que veio, levando em conta que minhas horas são precárias e tenho de receber, na presente tarde, um desembargador e um par de políticos.

Embaraçado, Abrantino disse ao que vinha. Queria casar de novo e não podia enquanto não desbastasse os cento e vinte quilos de dona Estefonsina, possuída de um gênio de caninana combinado com surucucu-tapete. E abrindo o saco da franqueza:

— Estou com menina de dezoito anos engatilhada. Quero gozar o resto de minha vida em capim novo.

Ficou estabelecido que Abrantino devia deixar uma nota firme, pois o estabelecimento de Tibiriçá Cordão só trabalhava com urubu da Bahia amamentado com leite de cabra. E explicativo:

— Galinha de fundo de quintal é do uso dos principiantes. O pessoal graúdo só trabalha de urubu para cima. Não tem como urubu da Bahia para serviço de segurança!

Abrantino deixou dois mil na mesa de Tibiriçá, ficando de mandar mais dois mil no correr dos trabalhos. Os meses rolaram e cada vez mais dona Estefonsina gozava saúde. Abrantino, desanimado, voltou à mesa de Tibiriçá, que mostrou, sacando de um fichário, o andamento do serviço. E meio sobre o avinagrado:

— Isso não é assim como o distinto pensa. Tem ciência, tem ponderação. A gente não perde tempo. O estabelecimento trabalha com uma frota de carros, cada qual levando trabalho para as encruzilhadas. Sou organizado. Pago até imposto de renda, seu Abrantino. Tenho livro-caixa. Livro-caixa, seu Abrantino!

Abrantino deixou mais dois mil e voltou para casa. E outro mês rolou na folhinha e dona Estefonsina em cima de seus pilotis, nadando em cento e vinte quilos de bacalhau com batatas. Abrantino, na curva dos trinta dias, voltou ao estabelecimento do mestre de dendê e urubu da Bahia. Quando a cara do candidato a viúvo apareceu por entre as cortinas, Tibiriçá, pulando nos sapatos, berrou:

— Para fora, desgraçado! Passa na tesouraria, pega teu dinheiro e não volte nunca mais! Essa tal de Estefonsina não é negócio para macumba. Quase abro falência. Um carro pegou fogo, tive ataque de asma e perdi dois dentes. Fiz um trabalho de estrada que parecia uma escola de samba. Deu polícia no despacho. Foi tudo em cana. Com mais duas incumbências dessa ordem, fico desmoralizado. Vai para longe, desgraçado! Tua mulher só a canhão. Tesconjuro, Satanás! Tesconjuro!

Abrantino voltou murcho, ombro caído, bigode no rodapé. Olhou os cento e vinte quilos de dona Estefonsina. Cara larga, braço de arroba. Estefonsina imorrível. Nem a canhão!

A morte não tira férias

Ao varar meio século de defuntos e caixões, a Funerária Boa Esperança de São José do Barro ofereceu, no Hotel Primor, almoço de confraternização geral. Na entrada do robalo, Alcebiláquio Castanho, feliz proprietário do estabelecimento, pediu a palavra, firmou as mãos na mesa e soltou o seu improviso. Assim:

— Deus mata e a Funerária Boa Esperança enterra auxiliada pelos bons serviços do dr. Manequinho Condeixa, que passa atestado de óbito em qualquer bronquite ou resfriado. Sem o dr. Manequinho, que zela por nós desde o tempo do cinema mudo, a Funerária Boa Esperança nunca que tinha chegado ao que chegou. O doutor sozinho é muito doutor de dar trabalho para um cemitério inteiro. Ainda mais agora que comprou aparelhagem de operação. É o que sempre digo. O dr. Manequinho Condeixa é uma garantia para a Funerária Boa Esperança, a que melhor vela pelos defuntos de São José do Barro.

Na ponta da mesa, todo de preto, o dr. Manequinho Condeixa agradeceu comovido. Parecia um atestado de óbito.

Vestiu uma camisa listrada e saiu por aí

Chegou em casa, na rua das Marrecas, soltando marimbondos contra o Carnaval. E enquanto tirava o colarinho de goma:

— País desgraçado! Tudo é feriado! Um funcionário de responsabilidade, com encargo de chefe de seção, não pode trabalhar. Ninguém despacha coisa alguma. É só pulo de macaco e fantasia de baiana. Até o desembargador Jupiaçu Feijó vai sair de marquês de Pombal. É o fim do mundo, dona Escolástica!

E colocando os colarinhos na cadeira:

— Não aguento mais. Vou para os capuchinhos fazer meu retiro espiritual. Já falei com dom Alvorado.

Dona Escolástica, avassaladora senhora de prendas domésticas, fina como um machucador de cozinha, bateu palmas. E nas palmas dos cem quilos de dona Escolástica embarcou Torquato Saquarema para a paz dos capuchinhos. Na porta de casa, orgulhosa do marido, a terrível senhora deu a última mão de tinta no seu consentimento:

— Vai, Saquarema. Vai com Deus, meu filho.

Foi. Mas deu azar. O bloco Vai que Eu Fico em Casa, da

moça do estandarte ao último tamborim, entrou numa grade de não caber na delegacia, pelo que transbordou pelas páginas dos jornais. E lá veio, em quatro colunas encadernado de baiana, o marido de dona Escolástica. Na quarta-feira, ao deixar a prisão, Torquato Saquarema tomou uma providência enérgica. Pediu asilo na embaixada do Peru.

Conto do vigário em família

Quando o primo Bombarda de Atayde, pilotando um baú, chegou na rua do Imperador, foi aquele mal-estar da varanda aos tinhorões na casa dos Ataydes de Cordovil. O velho Antão de Atayde, tio unha de fome, que respirava baixinho só para não gastar os peitos, rosnou de cara a meio-pau:

— Mais um prato, mais um talher. Vou acabar vendendo amendoim torrado na porta do João Caetano.

Mas logo mudou de opinião ao saber que o baú do sobrinho tinha uma história ligada a ações e apólices de estrada de ferro e de mina de ouro. Pensou: "É o Banco do Brasil em casa. É a felicidade a domicílio". E na asa desse pensamento o velho unha de fome mandou que suas meninas, todas em ponto de altar, cercassem o primo da maior consideração. E recomendativo:

— Está madurão, meio maracujá de gaveta, mas tem dinheiro. Quero que Atayde tenha de um tudo.

As meninas entenderam. E logo uma delas deu de estreitar a cintura de modo a alargar outras partes. Bombarda, bem instalado na rua do Imperador, muito apreciou o andar de cobra da parenta, mas rejeitou seus balançados. Foi franco:

— Não caso com uma para não prejudicar as outras na partilha.

E assim, na conta do tio Atayde, fumava charutos e na conta do tio Atayde devastava galinha ensopada, que era o prato de seu paladar. A rua do Imperador sentia que na casa do velho Atayde morava um nababo. A fama de suas apólices subia alto. Vez por outra mandava comprar o *Jornal do Commercio*. Informava:

— É para ver como andam as ações.

Novos charutos vieram e novas galinhas passaram pelo dente de Bombarda até que lá num domingo, estando no palito da digestão, a morte apareceu. Veio de manso como de manso viveu o tranquilo Bombarda. Como água represada, os Ataydes todos, do velho unha de fome às meninas de cintura fina, avançaram sobre o baú do pranteado. A tampa ainda lutou contra essas mãos de rapina. Mas cedeu a poder de murros e pontapés. E da entranha do baú, velha e empoeirada, pulou uma anedota: um maço de jornais antigos. Na cadeira de balanço, morto como ele só, Bombarda parecia sorrir.

Gênio de uma noite de verão

Nenzinho Baeta entrou no salão do Recreio das Mulatas encastoado numa fantasia que só faltava fazer discurso. Tinha de tudo a fantasia de Nenzinho Baeta. Tinha fraque, pincenê, colarinho de ponta virada, cartola e um livro de leis na cava do sovaco. Na entrada do salão, Baeta firmou o pincenê no poleiro do nariz e avisou:

— Estou de Rui Barbosa. Vim fazer discurso sobre assentador de cadeiras das distintas damas desta distinta sociedade. Peço a palavra!

Não deram a palavra a Nenzinho Baeta. Deram nele, na parte subalterna do fraque, um pontapé que fez estremecer até os estatutos do Recreio das Mulatas. Estatelado nas pedras da rua, com o pincenê a meio-pau, mesmo assim Nenzinho não passou recibo. Fez uma ligeira medicação no Bar Estrela D'Alva, consumindo meio copo da revigorativosa cachaça Sai de Baixo, depois do que navegou para o Associativo Flor do Resedá, onde gritou que era Rui Barbosa e pedia a palavra:

— Vim especialmente fazer uma saudação em louvor dos

inchados da meninada do Flor do Resedá, só respeitando as distintas senhoras casadas de papel passado. No mais, tudo entra no meu discurso. Peço a palavra!

Jorrou bofetada em cima de Nenzinho Baeta, que voou pela janela sem ser andorinha ou cambaxirra. E foi sentado no meio-fio da rua Cachambi que esse Rui Barbosa de uma noite de verão desabafou sua mágoa expelindo pelo funil da boca esta resma de tristeza:

— Gentinha desgraçada! Não respeita nem Rui Barbosa. É só falar em ler e escrever que esse povinho fica contaminado da maior dor de cabeça. Em lugar de escola, com quadro-negro e professor, o governo devia botar esse pessoalzinho sem-vergonha para estudar em cavalariça com cartilha de capim embaixo do braço.

Ajeitou o fraque, arrumou o pincenê nos andaimes do nariz e foi tomar bofetadas no Baile dos Audazes de Nilópolis.

O auxiliar de sem-vergonha

Teteu Pederneiras viajou para o Rio de Janeiro em serviço da Prefeitura de Rio das Antas. Era tido e comido como sujeito austerão, severão, puxador de procissões e boca de pouco riso, orador do Centro Cívico 7 de Setembro. Quando vestia roupa de irmão da opa, em responsabilidade de aguentar andor de santo, era folheado em anjo que Teteu Pederneiras andava pelas ruas de Rio das Antas. E foi espanto geral, coisa de botar a bandeira do Centro Cívico 7 de Setembro a meio-pau, quando se soube que Teteu tinha sido preso na praça Tiradentes, numa bagunça de cabaré, dançando modernismos de salão. Diante disso, exonerado de irmão da opa e de secretário municipal, Pederneiras resolveu assentar praça em definitivo em terras do Rio de Janeiro. E para ficar a par do que havia acontecido, a comarca remeteu ao encontro de Pederneiras seu compadre Lacavinha de Araújo, também puxador de andor e também sujeito de muitos e grandes princípios. Lacavinha chegou para ouvir de Pederneiras esta confissão completa e acabada:

— Compadre, eu era sério por fora. Por dentro, compadre, sempre fui um poço de sem-vergonhice.

E assim dizendo, levou Lacavinha para um comício de moças de pernas de fora e partes anexas ainda mais de fora. Lacavinha, passado pelo serviço de Teteu Pederneiras, mandou para Rio das Antas o seguinte telegrama: "O compadre é um caso perdido. Caiu no maior deboche e sem-vergonheira. Não volta mais para a comarca e eu também não. Vou ajudar o compadre nesse serviço".

Muito médico e muita modista para uma virtude só

Era tanto dentista, tanto médico, tanta modista e tanto cabeleirista que Cinorato Penalva acabou por desconfiar desse vaivém de dona Feliciana Penalva. Pensou:

"É muito médico, muita modista para uma pessoa só. Tem dente de coelho a bordo."

E a primeira medida que Penalva tomou foi comprar um chapéu de aba larga, óculos pretos, uma lanterna e o *Manual do investigador moderno*. E foi assim, de chapéu desabado nas platibandas da testa, que Cinorato começou a medir os passos de dona Feliciana Penalva. Virou, andou e mexeu para acabar na mesma. E em cima desse montão de fracasso apelou para um detetive de escritório aberto no Largo do Machado. Foi claro:

— Almejo saber se dona Feliciana pratica, fora de casa, atos atentatórios à minha honra de contabilista da Companhia Importadora e Exportadora Cordão de Almeida.

O desvendador de mistério, o abalizado Lameirão Arruda, mais conhecido como Arrudão de Cascadura, não entendeu em que pau queria Penalva amarrar seu almejo. Diante disso, Cinorato teve que passar a limpo o seu falar engomado:

— Quero saber se dona Feliciana é séria ou não é séria. Quero toda a verdade. Toda!

Arrudão saiu fuçando os calcanhares da mulher de Penalva. E uma semana depois fazia o levantamento de seus andados. Dona Feliciana era de passeios fora de portas, de hotéis escondidos, senhora de paladar variado. Manejava um meirinho da Justiça e um oficial da Polícia Militar do Maranhão em férias em Brás de Pina. E entre um e outro, tirava uma extra nos braços cabeludos de um levantador de pesos. E Arrudão colocando ponto-final no relato:

— Tenho todas as provas. O distinto pode ver de vista própria. Mato a cobra e mostro o pau.

Foi a hora de Cinorato Penalva crescer em forma de berros para cima de Arrudão. Neste estilo:

— Caluniador sem-vergonha! Despeitado! Não pode ver ninguém feliz. Só não te quebro os chifres porque hoje é dia de aniversário de minha virtuosa esposa Feliciana, pelo que não tenho tempo a perder. Vai, língua ferina. Vai morder outros calcanhares. Cretino! Desmanchador de reputações alheias. Boca de lacraia!

E deu o assunto por encerrado. Feliz da vida por ter tirado uma dúvida da cabeça.

Sonho que não sabe nadar morre afogado

O escrivão aposentado Nabuco Feijó reuniu a filharada e disse do alto dos seus setenta anos bem medidos e escriturados:

— Vou tomar estado de novo, vou dar um pontapé nesta minha viuvez de quarenta anos. A saudosa que desculpe. Vou para os cabeçalhos!

Os filhos, alarmados, olharam uns para os outros. E Dorinha, a mais velha das moças, tentou levantar a voz. Mas a mão de Nabuco, que lavrou milhares de escrituras, fez com que Dorinha voltasse à última forma. Assim:

— A decisão está tomada. Vou casar com a menina Filhinha Guedes. O desembargador Oneocrates Peixoto, mais gasto que dentadura de velho, não laçou moça donzela de predicados carnais nunca vistos, coisa avantajada, de não caber na responsabilidade de um marido só? Sou pior que esse lagartão velho e pelancudo?

Casou com os vinte anos em calda de Filhinha Guedes. Casou e remoçou. Floriu Nabuco da cabeça aos pés. E tanto floriu que uma noite, depois de deixar bilhete de despedida, fugiu com a empregada, uma café com leite devidamente acompanhada de um par de olhos de verdes encantos. Comentário de seu amigo Apulcro Mamede:

— O compadre custou a largar a viuvez. Agora, meus amigos, é botar as meninas desta jurisdição no seguro e pedir garantias aos poderes competentes, que Nabuco é boca de fogo. É um limpa-trilhos movido a falta de vergonha.

Mata a cobra e mostra o pau

E por ter perdido uns votos nas eleições de Brejais, o major Quinquim Paranhos resolveu espichar de defunto um certo Bebé de Melo, gogó de ouro que abalava as praças públicas com seu ruibarbosismo de mato adentro. Era voz de não caber numa cidade, coisa de estilhaçar copos e cristais. Quando Bebé expelia discurso na praça do Vintém, o farmacêutico Bentinho Cruz prevenia o prático da botica:

— Seu Bendengó, cuide dos frascos. Hoje tem discurso de Bebê de Melo.

Foi esse ninho de ventania que o major resolveu estancar. Para o serviço mandou vir de longe, por ter muita fama e ser de gatilho rápido, um tal de Percilato Reis, que abastecia cemitérios e beira de estrada com sua pontaria daninha. Na pólvora de Percilato depositou o major Quinquim esta incumbência:

— Em troca de minha proteção e um gadinho limpo do Piauí, quero que passe fogo, de nunca mais comer farinha, num tal de Bebé de Melo, que vive desabonando minha conduta e tirando meus votos na briga das eleições. Tão desrespeitante que passou pela minha pessoa sem tirar o charuto como manda a boa ilustração. Parecia um trem de linha soltando fumaça pela chaminé. Aturo tudo, seu Percilato. Menos faltamento de respeito! É nesse porém que viro cobra. Cobra na brasa, seu Percilato. Perco a ponderação e mando chumbo. Não de pessoalmente, que não vou dar confiança a qualquer sujeitinho. Ademais, sou devoto e não compete a devoto praticar serviço de sangue, seu Percilato.

E para que Percilato não errasse de endereço, colocou em mãos dele dois retratos do candidato a defunto: um de lado e outro de Bebé de Melo todo pomponete, de charuto despencado no beiço e chapelão caído para trás. E dando o último retoque na conversa:

— Veja o sujeitão! Parece um presépio, seu Percilato! Tem de um tudo. Tem lapiseira no bolso, alfinete de pedrinha na gravata, um ramo de flor no paletó e correntona de ouro na barriga. Não tem que errar, seu Percilato! Não tem que errar.

Percilato pegou os retratos, pulou na sela e sumiu na estrada. Para só voltar duas semanas depois com o serviço arrematado. E para Quinquim Paranhos que gozava o soninho do ajantarado na varandona de sua casa de invernada:

— Major, mandei bala mortal nos dois. No que estava de lado e no sem-vergonha que estava de frente, ostentosão de charuto encalhado na boca.

Grita forte que a companhia de seguros garante o resto

Carta de Benzinato Cunha, guarda-livros, a seu compadre Neco Moscoso:

Viajei para bem longe desse atraso de vida que é São Carlos do Fundão para poder dizer umas verdades ao coronel Sandó Cruz. Não caso nem quero ver mais a cara da filha dele, aquela empadona que ficava o dia todo na janela, de olho grudado em todo sujeito de calça que transitasse pela praça do Comércio. Uma ocasião, estando eu no Bazar Almeida, caí na bobagem de dizer que ela tinha uns encaracolados muito bonitos. Pois foi o bastante para que o pai dela aparecesse no Hotel Adamastor todo mordido de cobra. De princípio, para abrir conversa, desmontou a porretadas a mesa onde eu comia minha asa de galinha e bebia minha cerveja preta. Não contente, danificou de enfiada outros utensílios da sala de refeição, de não respeitar nem o retrato do falecido Gumercindo Alves, que morava desde mais de cinquenta anos na parede do Hotel Adamastor, todo de preto, de barba em forma de leque, com a fita de intendente da Prefeitura de São Carlos no peito. Para que o coronel não esquartejasse o estabelecimento, firmei contrato de rebocar para o altar esse baú velho enfeitado de bumba meu boi que é sua filha. Mas passada a fraqueza, voltei ao meu natural e resolvi responder a ofensa, pelo que dou ao compadre a missão de dizer a Sandó Cruz que não caso com a filha dele nem por ouro nem por prata. Se a pé eu não queria pagar o compromisso, quanto mais agora que comprei uma bicicleta de segunda mão. Como sou previdente, já tomei as competentes deliberações para garantir meu compadre nessa missão espinhenta. Pode gritar alto com o coronel Sandó que a companhia de seguros garante a comadre Esmeralda em caso de suceder uma desgraça e sua pessoa embarcar para o outro mundo montado numa bala.

Quem não tem competência não caça onça

E estava Laranjeira de Melo de papo ao vento em sua casa do Grajaú, no torniquete de um enfarte de soltar fumaça pelas dobradiças, quando apareceu, de peruca vermelha e óculos de tartaruga, uma certa e nunca mencionada Jeribela com este pedido:

— Sou a esposa de Laranjeira. Quero falar com ele.

Pânico na circunscrição, de vez que a esposa de papel passado era outra e não essa Jeribela de peruca e óculos de tartaruga. Foi quando a esposa de papel passado, apoiada numa tranca de porta, gritou:

— Isso é uma afronta! Esse cachorro não morre de enfarte sem pegar uma surra de arrebentar as costuras. Não morre, que Deus é grande!

Dona Jeribela, por sua vez, firmando a peruca, rebateu em linguagem de surucucu:

— Vai também acertar aqui com a mamãe, esse nojento. Fazer uma coisa dessas comigo que tenho curso de corte e costura e sou funcionária do Tesouro! Isso não vai ficar assim! Na hora em que o mano Manequinho Cruz souber dessa minha humilhação, já desce do Ceará dando tiro até em borboleta. Vai ter viúva na praça no corrente exercício se Deus quiser.

Diante disso, Laranjeira pulou da cama, saltou pela janela e foi pedir asilo na embaixada do Chile. E mais tarde, em telefonada para seu compadre Marzano Prado, relatou:

— Compadre, o enfarte não aguentou. Meteu o rabo entre as pernas, ganhou a janela e, como estava de pijama de bolinha, deu no pé. E eu, compadre, no rasto dele.

Já que tudo está perdido aguarde o resultado

Como estivesse a dois passos da bancarrota, Juberbal Moscoso aceitou angariar assinaturas e anúncios para *O Tacape*, jornalzinho de boca suja, que nasceu sem-vergonha desde o primeiro número. Era arma de assalto de um certo Gorjão Feijó, que escrevia grosso em Limeira do Itu. E Gorjão, ao contratar os serviços de Juberbal, fez ver que era trabalho leve, coisa de moça, pois o representante do seu jornal chegava e tinha tudo do bom e do melhor. E com mania de grandeza:

— Não sendo assim, é escrever que largo o pau em cima da moçada, seu Moscoso. Ninguém, em derredor de cem léguas, brinca com *O Tacape* de Gorjão Feijó. Ninguém!

Moscoso, mala atulhada de recibos, partiu para fazer a praça em nome de *O Tacape*. E em Gruçaí do Sul, ao dizer ao que vinha e quem era, foi logo empurrado para a delegacia, onde, perante o xerife, duas garruchas e quatro palmatórias obrigaram Moscoso a engolir um exemplar do jornal. E da delegacia passou o pobre angariador de anúncios para a residência do major Fortunato de Almeida de modo a almoçar mais dois números de *O Tacape*. E assim, de *Tacape* em *Tacape*, a garganta de Moscoso deu fim a toda edição em Gruçaí do Sul. E, na sobremesa do último exemplar, lembrou o empanzinado Moscoso que dois dias depois devia chegar o número de domingo, gordão e atochado de anúncios. E nos pés desse pensamento correu para passar o seguinte telegrama ao benemérito Gorjão: "Edição chegada em Gruçaí do Sul acabou toda engolida por mim. Peço, pelo amor de Deus, suspender nova remessa, pois não aguento outra tiragem".

Vingança vem em lombo de burro

Na revolução de 30, com a queda do velho Washington Luís, a cidadezinha de Juruá do Pontal ficou em jeito de bezerro desmamado que acompanha até cambaxirra. O caso é que Juruá do Pontal não deu uma canivetada em favor de ninguém. Cruzou os braços e esperou pelo *Diário Oficial*. E quando chegou a notícia da vitória dos revolucionários, o prefeito foi o primeiro a botar as solas na estrada. Fugiu de nunca mais ser encontrado. O delegado fez o mesmo, bem como o coletor federal e o presidente da Câmara dos Vereadores. Que ao sair deixou esta profecia:

— Vão passar todo mundo pelas armas!

Juruá do Pontal correu para o padre, o padre apelou para o bispo e o bispo para o governo novo. O governo novo, que nem sabia da existência desse ninho de medos, mandou dizer que já tinha despachado para a jurisdição uma autoridade munida de poderes de fazer e acontecer. De fato, no dia seguinte, apareceu, em burrinho tristoso, por baixo de uma fardinha modesta, a autoridade prometida. Mas o que alarmou Juruá do Pontal foi aquele par de latões que o enviado do poder trazia em cavalo suplementar. Chiquinho Borges, barbeiro do Salão Almeida, garantiu balançando a cabeça:

— Boa coisa não é, boa coisa não é!

Mas antes que descesse, já a Associação Comercial de Juruá do Pontal, com o padre na frente, avançava sobre ele. A Banda Castro Alves atacou em forma de dobrado, enquanto a comitiva, com o povo na rabada, seguia para a Câmara Municipal, onde estava armado um banquete de dois bois e trinta perus. Comeram, beberam, discursaram. E no fim, o homenzinho dos latões, muito acanhado, limpando a testa com o lenço, assim agradeceu:

— Venho vindo neste meu serviço desde lugar muito longe. Mas tratamento especial de bom como em Juruá do Pontal nunca tive igual nem perto disso. E agora, que a gente já comeu e já bebeu, é hora de ver onde tem o ninho das miasmas para o devido debelamento, que para isso trouxe duas latonas de petróleo na garupa de minha navegação.

Era um mata-mosquito.

Soldado velho não dá guarda

Em dia com a moda de não caber nos sapatos, paletó curtinho e cabelão encaracolado caindo pelas rebarbas dos ombros, o moço deu entrada em Cachoeiras da Várzea vazando modernismo pelos colarinhos. Quando, do mirante do seu balcão, no Empório do Oriente, Chiquinho Abreu viu o moço transitar pela rua do Foguete, avançou sobre o telefone de manivela e ligou para o delegado Xenxém Brito:

— Xenxém, tem sujeito indigitado na praça. Vem correndo.

Xenxém, em pronto instante, apareceu montado em bicicleta. E sem esperar pelos trocados, seguiu no rasto do cabeludo com ordem de prisão engatilhada. E no Hotel Primavera, antes que o moço entrasse no uso e gozo da hospedagem, recebeu intimação de Xenxém para comparecer à delegacia. E Xenxém:

— Lhe espero dentro do estipulado de um quarto de hora.

O encaracolado foi e apresentou mais do que documentos. Apresentou um título do governo. Era o novo juiz de direito da comarca, dr. Caetano Bustamante de Castro. Xenxém pediu desculpas, arrumou a gaveta de sua delegacia e pediu transferência para lugar mais de roça que houvesse. E na despedida:

— Está tudo perdido! Até o povo da Justiça está contaminado de paletó lascado e costeleta modernista. Vou embora para Macacos do Livramento.

Foi.

Urubus, a fazenda é espichenta

Cajuquinha Saião, bom de bico, falante e orante como ele só, uma tarde apareceu em Barrinha para um empréstimo contra o Banco Irmãos Matoso. O gerente, sujeito tranquilo de nome curto, Jó Sá, mandou servir café e fumou cigarrinho de palha enquanto deixava Cajuquinha desembrulhar por cima da mesa as mil qualidades de sua fazenda de Urubus:

— É pequena, seu compadre, não dilata mais de trinta alqueires, mas muito bem servida de águas e pastos. Só de boi, em tempo de corte, tenho duas mil cabeças, não contando com as madeiras bem mamadas e bem-criadas de minhas posses. Corto pau até para o povo dos estrangeiros, seu doutor. Até para eles! E meu cafezal, emboramente novo, come toda uma aba de morro, desce pela várzea e afunda raiz em matéria de vinhático e jacarandá. Montei também engenho de açúcar, do que estou extraindo para além de dez mil arrobas na boca de cada safra. De gado fino, vindo do Piauí, sou possuído de nada menos de quatrocentas cabeças, foramente a sede da fazenda, que é do sujeito babar de tanta inventoria que tem. Até o tal do retrato a óleo mandei atarraxar na parede, figurando minha pessoa de terno cáqui, chapéu de senador na cabeça e botina amarela de jaca madura. Do alto do retratão eu fico vendo a varandona que é coisa de perder de vista. E o pomar, seu doutor? É um despautério de pé de fruta. Só vendo para acreditar. Só vendo!

O tranquilo Sá, acostumado ao bico fino dos coronéis de mato adentro, puxou uma fumaçada do palhinha e cravou este prego perguntador nos avantajados de Cajuquinha:

— Seu compadre, se mal pergunto, quantos andares tem sua fazenda? Quantos, amigo Cajuquinha? Quantos?

Cajuquinha Saião pegou o chapéu de aba larga e voltou para terras de Urubus. A única fazenda pequena por fora e grande por dentro.

Gato com asma não mia

Quirino Feital era preguiçoso de raiz. Nasceu para figurar na folha de inativos. Vivia na casa de uns parentes em Jaguari do Sul. Vez por outra um primo de Quirino vinha com história de emprego para Quirino. E Quirino, já no vinagre:

— Só no ramo, parente. Só trabalho no ramo.

O ramo de Quirino era o de consertador de gramofone no tempo em que o gramofone tinha passado de moda. Quando havia ameaça de emprego à vista, Quirino sacava de sua velha asma. Era de ser ouvido longe, no outro lado da rua. Os vizinhos cochichavam:

— Tem perigo de emprego para seu Quirino. Já está de asma solta.

Nessas ocasiões Quirino aparecia todo embrulhado em cachecol, com seus gatos escondidos no peito, por causa do vento encanado. Era destroçando perna de galinha ou posta de peixe que Quirino lembrava:

— Essa doença de gato é de matar. O velho Elesbão Siqueira, um que tinha armarinho na rua da Praia, pegou uma asmona tão repuxada que assobiou três noites e três dias sem parar. Ficou tão arroxeado que explodiu e morreu.

Mas uma noite, depois de um joguinho de cartas, Quirino Feital anunciou que tinha ficado livre da asma. E alegrão:

— Matei a gataria do peito com caldo de rã. Não tem para desbastar asma como caldo de rã.

Toda a parentagem de Quirino bateu palmas. O primo Artaxerxes Feital, louco para desencravar Quirino de casa, aproveitou para dizer:

— Pois amanhã mesmo vou falar com o senador Zacarias Caçalho para lhe arrumar um galho no governo. O senador manda no governo. Uma carta dele é uma ordem.

Quirino, recebendo tamanha afronta assim em rosto, ficou branco de cera, botou a mão no peito e disse já em língua de asmático:

— Primo, tive uma recaída. A asma voltou, primo. Que desgraça!

E saiu miando de gato.

Não é Cabral mas descobriu que é sem-vergonha

Dona Arabela Cerqueira, feliz da existência, mandando um telefonema na direção de sua amiga Belinha Castro:

— Bebé, o melhor negócio que fiz foi dinamitar a minha viuvez nas mãos de Jonjoca Cerqueira. Jonjoca é apreciador da vida ao ar livre, escoteiro fanático. Chega sábado de manhã e lá vai Cerqueira, de chapéu largo e mochila nas costas, fazer fogueirinha nos matos. Parece um colegial em férias. Na hora em que chega seu amigo Gaspar Vilarinho, de perna cabeluda de fora e corneta de lobinho na mão, apronto para eles a merenda e mando os dois embora. Uma graça!

Ligação de Jonjoca Cerqueira para um amigo:

— Não te conto nada, Belesdan. Inventei um negócio que até estou pensando em tirar patente de seus proveitos. Coisa genial, Belesdan. Saiba que sou escoteiro de mochila nas costas e machadinha na mão. Para não avacalhar, raspei o bigodão e podei as costeletas. Porque ficava meio chanfrado escoteiro parecido com um bode de gravata. Sou agora de fazer fogueirinha no mato. Todo fim de semana invento para dona Arabela que vou acampar em Magé ou Rio das Ostras, de parceirada com Gaspar Vilarinho, o La Cumparsita do Recreativo Resedá, um que demoliu a poder de desfalques a Caixa Beneficente dos Cegos de Andaraí. E, cá entre nós, mal a gente dobra a esquina de casa, deixa de lado a mania de escoteiro para pegar barra pesada. É em hotelzinho apropriado, seu doutor, que a gente vai acender fogueira, derramado sobre perna e braço de moça bonita. Lhe digo uma coisa, Belesdan. Quando a mina de lobinho e escoteiro for a pique, parto para esse negócio de foguete espacial. Fundo a Sociedade Científica Estrela do Sul, compro boné de astronauta, boto Vilarinho na garupa e nunca mais volto. Nunca mais!

Os simpáticos vigaristas ou o triste fim de Don Beltrán de la Cueva

E foi com o nome inventado de Don Beltrán de la Cueva, o maior artista comedor de fogo de Espanha e África, que o nacional Bentinho Cruz, com uma lanterna de bombeiro na mão e chapéu de aba virada na cabeça, deu entrada em São José do Cerro para pegar o melhor quarto do Hotel Moderno. Antes, para fazer a praça, tinha vindo um certo Agapito de Almeida, sujeitinho feito às pressas, mas bem-falante e de bom faro comercial. Chegou e colocou na mão de São José do Cerro esta pechincha: um espetáculo do grande Beltrán de la Cueva em homenagem à distinta cidade e seu educado povo. E Agapito, com os dedos nas cavas do colete:

— Sorte dessas, meus senhores, só acontece uma vez na vida. O mundo inteiro vai falar de São José do Cerro e seus ilustrados habitantes.

A cidade concordou em acolher as labaredas de Don Beltrán de la Cueva. Por dois dias o secretário Agapito de Almeida não fez outro trabalho senão o de recolher dinheiros públicos e privados. Don Beltrán ficava encovado em seu quarto como cobra na desova. Vez por outra soltava um par de *buenos días* ou um par de *buenas noches*, que era tudo que Bentinho Cruz sabia de espanhol. De noite, para impressionar o povinho de São José do Cerro, largava, pelo vão da janela do Hotel Moderno, dois palmos de labareda que a boca de seu maçarico fabricava. Cá embaixo, no meio da praça da Matriz, cercado de gente, Agapito comentava com os dedos nas cavas do colete:

— É Don Beltrán fazendo gargarejo, apurando o fogo.

Encurtando: dois dias antes do grande espetáculo, marcado para o rabo de um domingo, Don Beltrán e seu ajudante de esperteza pegaram o meio-fio da noite e caíram no mundo. E já estavam longe, astuciando novo golpe, na hora em que chegou a competente autoridade, e da competente autoridade para São José do Cerro foi coisa de dois bofetões e meio dia de trem. Em São José do Cerro, no dedão do delegado Bimbim Cardoso e a poder de cacetadas, Don Beltrán de la Cueva bebeu meio copo de querosene e soltou, diante dos olhos espantados de Agapito, uma labareda levada dos demônios. A danada, perdendo o prumo, subiu pelas paredes em risco de queimar o sargento ajudante de palmatória, um certo Leitão Bodó. Antes que a casa pegasse fogo, correu todo mundo. E na frente da labareda, ligeiro mais que o vento, Agapito e seu amigo bebedor de querosene corriam a todo pano. Na estrada, muito longe das garras de Bimbim Cardoso e do sargento Leitão Bodó, Agapito quis saber que mágica tinha sido aquela de Bentinho soltar fogo pela boca. E meio desconfiado:

— Tu é mágico mesmo, Bentinho?

E Bentinho:

— Que mágico, que nada, sujeito! Com tanta bofetada no cangote qualquer um solta labareda. Até sem querosene. Com água da bica.

Isso esclarecido, partiram para Piabanhas do Sul de modo a

preparar novo e devastador assalto aos cofres públicos. Foi quando Bentinho Cruz resolveu despedir de uma vez o pobre Don Beltrán de la Cueva. Com estes fortes argumentos:

— Sujeito sem-vergonha! Apanhou da polícia de soltar carvão de fogo pela boca. Cretino! Agora sou Giuseppe Streparola, o maior atirador do mundo. Troquei o querosene pela pólvora.

E na qualidade de Giuseppe Streparola, o Atirador, chegou Bentinho Cruz em Piabanhas do Sul. Para o grande golpe da "bala de ouro".

Coloque um fecho ecler nas suas esperanças

Em Pipeiras do Livramento, um certo Jordão Laporte, funcionário de pequeno calibre dos impostos municipais, largou uma cacetada de oitocentos quilos na direção do periquito do realejo de Jonjoca da Ponte. Na polícia, para onde foi rebocado pelos gritos do periquito, Jordão desabafou:

— Seu delegado, vai para mais de meio ano que esse descarado vem praticando enganações comigo. Tiro a sorte no bico dele, pago o estipulado pelo serviço, abro o raio do papelinho para ver tudo azul, tudo no maior favorecismo para mim. Por acreditar naquele bico enganador tenho passado pelos maiores vexames. Levei bofetadas de dona Rosinha Melo e peguei um tapa-olho de dois vidros de arnica da moça Aninha Cruz. Por causa que o periquito do realejo escreveu no papel que era meu dia musical, danei a tocar violão na festa dos Novais que foi uma desgraça. Quando dei por mim, estava a minha pessoa estatelada no meio da rua, esbagaçada de tanto bofetão. E na porta da casa o velho Novais aos berros: "Vai tocar assim nas profundezas dos infernos! Vai!". Com um periquito desse porte, seu delegado, eu não vou longe. Morro ainda na presente lua.

4
ADEUS, MEU CAPITÃO, QUE AS SEREIAS GUIEM TEUS MARES

Se a vida acabou, compre outra

Deixou o jornal na ponta da mesa e disse:

— Vim do dr. Famalicão Azeredo. O dr. Famalicão garante que estou com arteriosclerose. E das bem adiantadas, dessas que estão com a boquinha aberta para comer o padecente.

Ficou na cadeira de balanço, enquanto sua arteriosclerose corria, como lacraia, pelos corredores, entrava nos quartos e pulava pelas janelas, de modo a cair nos ouvidos de uns e de outros. De noite, a Pensão Chique já sabia inteirinha que Ataíde Cunha, das Rendas Mercantis, estava atacado de maluqueira. Sepúlveda Barbalho, hóspede de carreira da Pensão Chique, aposentado por uma bala na Revolta da Armada, que lia bulas de remédio e vivia botando a língua de fora na frente dos espelhos, ao saber da arteriosclerose de Ataíde, falou a meio-pau para os pensionistas:

— É negócio grave. É bom não contrariar o Ataíde. Pode ter um acesso e fazer bobagens. Fabilôncio Canabrava, caixeiro da antiga Casa dos Panos, comeu na peixeira a família dos Neves. Arteriosclerose é um perigo. Repito. É um perigo!

De repente, na Pensão Chique, ninguém queria mais contrariar Ataíde. O melhor bife era para ele, e a melhor cadeira para Ataíde era. Começou a ter um vidão. Vez por outra, telefonavam para a Pensão Chique relatando as maluquices de Ataíde:

— Quebrou uma barbearia agora mesmo na rua da Conceição só porque o barbeiro errou na marca da loção. Esse Ataíde é fogo nos móveis e utensílios!

De noite, em conversa de sala de visitas, Ataíde confirmava o fato, rememorava os murros que deu nos chifres de um sujeito que errou a marca de sua loção. A Pensão Chique tremia das telhas à despensa. O dono do estabelecimento, o velho Aragão Monteiro, reclamava:

— É bom não contrariar Ataíde. Pode ficar maluco.

No fim de um domingo, estando a arrumadeira Aninha de Melo em serviço de limpeza, foi convidada por Ataíde para uma conversa no escondidinho do quarto. A moça, que tinha um caráter muito bonito da cintura para baixo, quis gritar. Ataíde botou a mão no peito e ameaçou:

— Vou ter um negócio! Vou morrer agora mesmo!

Rapidinha, a moça permitiu ser tocada para o quarto, de onde só saiu no dia seguinte, para voltar de noite e sair de madrugada. A doença de Ataíde durou para mais de dois meses de arrumadeira. Até que uma noite, estando posto em sossego, bateu em sua porta o velho amigo Ortegal Barbalho, que veio saber que negócio de arteriosclerose era esse que andava comendo a saúde de Ataíde. E meio espantado:

— Isso pega, Ataíde?

Ataíde fechou a porta do quarto, chamou Ortegal para um canto e relatou que não andava contaminado de coisa alguma, que tudo era invencionice para viver de papo para o ar. E rindo:

— Não há como ter uma doença, seu compadre! Com parte de maluco, de sujeito com um parafuso de menos, já peguei duas promoções nas Rendas Mercantis, disse desaforos a meio mundo, botei na cara a maior costeleta de São João de Meriti, mudei o feitio do cabelo e caí em cima de tudo que é rabo de saia que passa na alça de mira de minha arteriosclerose. Quando meu panorama de maluco fica meio avacalhado, telefono com voz de mascarado, dizendo que Ataíde quebrou isso, que Ataíde quebrou aquilo. O pessoal da Pensão Chique bota a mão na cabeça e o velho Sepúlveda, um gagá que vive de comer folhinha da flora medicinal, arregala os olhos e aumenta meus desmandos. Lhe digo, Ortegal, que não tem nada melhor para fazer o sujeito progredir neste país do que fama de maluco. Uma arteriosclerose bem administrada vale mais do que o Banco do Brasil. Muito mais!

Perfume não tem caroço

Dedé Cruz, por sentir no peito aquela vontade de falar com a viúva Alfemina de Melo, bebeu no Bar Progresso um espevitado meio palmo de Levanta Defunto de comum acordo com duas garrafas de cerveja. Em seguimento, deu um lustro no sapato, deixou palmo e meio de lenço pender para fora do bolso traseiro, foi para o espelho e falou:

— Se aquele frasco de aromagem que veio de Niterói, coisa fina e de muito preço, não tivesse perdido as forças por ficar desarrolhado, com duas lambuzadas dele no vão do sovaco eu botava a viúva Alfemina nos meus pés, suspirosa, feito tapete de entrada de sala de visita.

E na força desse pensamento Dedé Cruz rumou para Santo André do Seridó. E enquanto navegava na direção de dona Alfemina de Melo, Dedé foi pegando combustão de botequim em botequim. E assim ancorou num natalício de certo Juquinha Alves que Dedé nunca viu mais gordo. Entusiasmado, fraturou um samburá de garrafas de cerveja, pediu a palavra, fez discurso, quis casar com a dona da casa, levou uma surra, comprou no comércio de Santo André uma bicicleta, montou em suas duas rodas para quebrar a Barbearia Almeida, muito bem instalada na rua dos Latoeiros. E ainda de bicicleta saiu pela porta dos fundos, atravessou a praça do Mercado, entrou na casa do delegado, derrubou a mesa do xerife, foi preso e processado. E Dedé Cruz, já nas grades, falando sozinho:

— E tudo por não ter podido botar no raio do sovaco aquela perfumada feita em Niterói. Se boto, todo mundo caía nos meus pés. Feito tapete de sala de visita.

Desculpe, seu dinheiro não deu para comprar as estrelas

E quando apareceu em Jubiá de Santa Rita o professor Ivan Ornoff, vidente de larga metragem, o prefeito Chiquinho Borges, que andava muito por baixo em seu prefeiturismo, mandou chamar a bola de cristal de Ornoff e encomendou:

— Faça umas adivinhações afiançando que no ano entrante vai ter obra pública em Santa Rita de assombrar o mundo.

E assim dizendo, passou para a mão do professor Ornoff uma pelega de um conto de réis. O adivinho foi embora e uma quinzena depois fazia estampar, nas páginas da *Voz Municipal*, umas profecias de segunda mão. Chiquinho Borges, diante do trabalho, pisou nos borzeguins. E, aos berros, mandou chamar o astrólogo:

— Que negócio é esse? Lhe dou uma nota graúda e sai uma adivinhação nanica, mais para chefe de seção que para um prefeito eleito e empossado.

E Ornoff:

— Pois é, seu prefeito. Com um conto de réis foi o que de melhor consegui arrumar. Não deu nem para chegar na soleira da porta das estrelas graudonas. Fiquei mesmo, seu Chiquinho, no varejo do céu.

Não é a favor nem contra, muito pelo contrário

Relato que o xerife Bobó Reis endereçou, de Santarém do Pombal, às autoridades superiores:

> Rebentou na praça do Piolho, no último sábado, o maior desentendimento da gloriosa história de Santarém do Pombal. Foi coisa de se ver de longe, tamanha a poeira que levantou. Basta dizer que um automóvel velho, enguiçado na porta da Igreja de Santa Teresa desde 1923, levou tanto empurrão que desandou a correr sozinho na frente do povo, que foi coisa de espantar. Tudo começou quando o major Tintim Ramos, num comício, chamou seu digno adversário de Matusalém de Santarém do Pombal. Aí o pau desceu sem a menor educação. Apanhou todo mundo e todo mundo deu em todo mundo. Até a velha Santinha Rosa, que nunca matou uma barata, lascou o cacete em Almeidinha dos Tecidos, de Almeidinha botar dois metros de cetim pela boca. Quando o vento da desordem passou, tinha coisa do arco-da-velha na praça do Piolho: doze garruchas, vinte facas de ponta, quatro pneus furados a bala, duas dúzias de figas de guiné, dezesseis cartas de recomen-

dação, duas batinas de padre, reza contra cacetada avulsa, dois frascos de vaselina Danúbio Azul, um vidro de magnésia bisurada, três alicates, quarenta e cinco porretes, o retrato do falecido Castro Alves, dois acordeões, um serrote, duas pernas de pau, uma cadeira de rodas, três cabeleiras, um par de bigodes, vinte dentes sem dono, uma onça desmaiada, um bode de chifre desmontado, duas resmas de patuás, vinte e seis pares de botinas, duas almofadas de fazer renda de bilro, receita para nascer cabelo, um dente de vampiro, bem assim como um bilhete desabonador de dona Maritinha Codó para o coletor federal, marcando hora dele pular o muro e entrar no quarto dela. Quanto a mim, ganhei muito com essa desavença geral, pois tenho a honra de comunicar e participar aos meus ilustres e dignos superiores que fiquei vesgo de tanto bofetão que tomei em louvor da ordem pública. De agora em diante, estou aparelhado para trabalhar mais à vontade. Enquanto o suspeitante cuida que olho para outro lado, estou de vista zarolha em sua pessoa. No mais, tudo em ordem, apenasmente a prefeitura foi demolida e a casa da Coletoria Federal ficou em destroços, bem assim como Santarém do Pombal não existe mais. Morreu no furacão das cacetadas.

Vagas estrelas da Ursa Maior

A vida inteira Rubião Peixoto esperou pela herança do sogro, um imorrível Albuquerque Rebouças, dono de todo o comércio de São Joaquim dos Pilares. Quanto mais Rubião esperava, mais a vida de Albuquerque espichava. Era Albuquerque demais! Matou quatro enfartes a cacete e espantou, na raiz da nascença, uma ninhada de reumatismo de deixar qualquer cristão, que não fosse Albuquerque, em cadeirinha de rodas. Aí Rubião falou para Rubião:

— Esse cretino vai longe, esse cretino é um disparate!

E de tanto esperar, uma noite, estando em leitura de jornais depois de demolir uma feijoada especial, sentiu que seu atestado de óbito estava selado e preparado. Pegou uma pontada no peito e dessa pontada para o padre confessor foi negócio de duas consultas do dr. Saraivinha Pereira. E Rubião para o vigário em pedido de fim de safra:

— Meu padre, só tenho um desejo neste restinho de vida. Virar estátua de cemitério. Um bronze de palhaço de circo de cavalinho, calça larga, colarinho de elefante, sapato de ponta virada e na cara sem-vergonha uns óculos de rodas de bicicleta.

Parou, tomou um ventinho que pulava pelo corredor e arrematou, por entre lençóis e travesseiros:

— Um par de óculos para o palhação ver de longe a herança que não pegou.

E mais não disse porque morreu.

Meu trono por um telegrama

Foi a Maragatos vistoriar terras de gado e de café. Prometeu voltar num par de semanas no mais tardar. Mas uma grossa manta de chuva, que desabou sem ser chamada ou conversada, deu com a visita de Nicanor Varejão por água a baixo, de vez que ensabonetou as estradas de não transitar nem pé de vento. Sem navegação para andar e terras que vistoriar, Varejão resolveu voltar para São Marcos do Taquaral, pelo que expediu telegrama avisando de sua chegada no rabo da semana. E foi adernado sobre malas e presentes que Nicanor, alta noite, entrou em sua casa da rua das Amendoeiras, para ver dona Aristotelina Varejão nos braços da desonra, no caso o coletor federal Santinho Guedes. Os cornos do bigodão de Santinho dormiam de velas soltas afundados nos dourados da cabeleira da linda Varejão. A primeira ideia de Nicanor foi providenciar uma desgraça, espalhar bala de matar onça naquele ninho de safadeza. Mas recolheu a pólvora e o revólver ao ver, sem roupa, aqueles belos apanhados que dona Aristotelina Varejão derramava pela cama. E em pé de ladrão, como se nada presenciasse, deu o visto por não visto e no dia seguinte foi reclamar de Zizinho Chaves, agente dos Correios e Telégrafos de São Marcos do Taquaral:

— Seu Chaves, para não trazer afronta ao coração mimoso de dona Aristotelina, passei telegrama avisativo de minha chegada. Pois cheguei e o raio do telegrama nada de bater na minha porta. Pelo visto, deve estar ainda viajando pelos fios do governo, com atraso de mais de meia semana. Assim é demais, amigo Chaves! Assim não tem marido que aguente. É o quarto delito de sem-vergonheza que pego no presente ano por culpa de telegrama. O quarto, Chaves!

E no mesmo instante tomou uma providência enérgica. Deixou de passar telegramas.

Lança-chamas não foi feito para acender cigarros

Mestre em comemorações em São Filipe de Ubá era o professor Agarino Chagas. Não havia vermelho de folhinha que não levasse, pelo frontispício, dois rolos de discurso dessa sumidade, professor de História do Brasil no varejo e no atacado. Nos Sete de Setembros e Quinze de Novembros, Agarino dinamitava, logo de manhã, o sono da boa gente de São Filipe de Ubá a poder de fogos e foguetões. O povo pulava da cama e dizia:

— Agarino está nos pavios. É feriado de folhinha.

A verdade é que Agarino era muito cioso desses comemorativos. Festa municipal, por exemplo, não encontrava muita guarida em seu baú de fogos e rojões. Quando muito, soltava Agarino dois ou três busca-pés acompanhados de um discurso de meio palmo na praça da Aclamação. Já os feriados nacionais mereciam um trato mais fino do preclaro mestre de História do Brasil. Agarino soltava, de manhã, dois ou três rojões, botava o anel de professor, vestia roupa mais ou menos e partia, de noite, para um discurso, também mais ou menos, no Centro Cívico D. Pedro II. Mas nas festas nacionais, nos Sete de Setembros, o patriotismo do bom Agarino fervia em modo de panela de pressão. Logo de madrugada era aquela Guerra do Paraguai de tanto rojão, foguete e foguetinho. E depois que Agarino comprou garrucha, era a poder de bala que seu entusiasmo reforçava a pólvora dos seus comemorativos. E de tarde, de terno cortado em tesoura fina, de polainas e colarinho de pontas viradas, Agarino atravessava a praça da Aclamação para fazer discurso de duas horas e meia na Câmara de Vereadores de São Filipe de Ubá. Parava gente para ver o professor trafegar em dia de comemorativo nacional. O tabelião Julinho Pereira, presidente da Maçonaria de São Filipe de Ubá, dizia ao ver o mestre em tarde de glória, de óculos e chapéu de discurso de cinco rolos de papel:

— É demais! A cidade não comporta. É prosopopeia para a tal de Paris. Ou mais que isso!

Certa feita, o prefeito Janjão Façanha consultou o professor Agarino a respeito de uns comemorativos da comarca, coisa pequena, uma dessas datas perdidas na miudeza municipal. Agarino, com um volume da *História do Brasil* de Rocha Pombo na mão, pulou nas molas:

— Olha para minha cara, seu Façanha! Tenho responsabilidade. Vou lá perder tempo com esse ovinho de lagartixa, eu que sou especial em datas de vinte rojões e cinquenta foguetes de lágrimas! Tenha paciência. Isso é coisa desimportante, seu Façanha. Isso é data para busca-pé.

Borboletas azuis sem Casimiro e sem Abreu

Alípio Guedes apareceu em Santo Antônio de Cacimbas meio sobre Casimiro de Abreu das borboletas azuis. Melhor explicando, veio cabeludo e de bigode desabado pelos barrancos dos beiços. Arrumou uma tosse e no pé da tosse o emprego de correspondente na Charqueada Miramar. E entre uma carta e outra derramava pelas colunas da *Aurora de Santo Antônio* seus bemóis mais doloridos. Isto é, dedicou um soneto ao major Toledano Meireles. E Toledano, com Meireles e tudo, perdeu as eleições, do que resultou Alípio angariar a primeira surra. E outra surra angariou quando teve a oitavada ideia de armar um acróstico em louvor da menina Bicudo de Morais, filha de um Morais que apitava feito trem e do trem possuía a força. Na letra C do acróstico já Alípio era esparadrapo de corpo inteiro. E a última surra que levou o menestrel foi por conta do Santo Antônio F. C., o triturador esquadrão nunca batido em dez anos de bola e chute.

Dedicou Alípio um sonetão ao time e foi aquele derramamento de gols. Um torcedor lembrou:

— Foi artimanha daquele esvaidinho da Charqueada Miramar. Desovou umas prosopopeias em louvor do Santo Antônio que foi uma vez só. Esse sujeitinho é urubu. E de dar azar em rama.

Depois dessa surra esportiva Alípio Guedes tomou direção. Deixou de escurecer as páginas da *Aurora de Santo Antônio* com seus bemóis e sustenidos e perdeu o uso da fala. O pessoal da Pensão Toledo, onde Guedes morava, começou a cochichar pelos cantos:

— O moço ficou burro.

O patrício chegava e perguntava qualquer coisa. E Alípio:

— Burrr! Burrr!

E certa noite, em confidências para o diretor da *Aurora de Santo Antônio*, sem nenhum ouvido nas imediações, Guedes foi franco:

— Nada como ser burro, amigo velho. Nada! Estou até amontoando dinheiro no Banco Hipotecário. Com mais duas ou três temporadas de animal de rabo, chego a prefeito, amigo velho. Ou mais.

E foi assim, burrão, cismadão, que Alípio Guedes pegou os mais altos postos da jurisdição dos condados deste país. De terno preto e livro de contabilidade embaixo do braço.

Paulada de maus bofes contra golpe do baú

E ao saber que em São José do Limoeiro chovia moça rica no casamento da rapaziada, Amphilacyo Guedes procurou o conselho de Balduíno Cunha, seu amigo dos dias de bola de gude:

— Cunha velho, quero dar o golpe do baú em cima de moça rica de São José do Limoeiro.

Balduíno, depois de dar uma vista de olhos em Amphilacyo, desaprovou:

— Não dá, Amphilacyo. Com essa cara de lata de sardinha, o amigo não apanha nem caxumba quanto mais moça endinheirada em São José do Limoeiro. Te digo, Amphilacyo, que uma panela de pressão amassada ganha de tua pessoa em beleza. Além do mais, teu jeito de 1920 não ajuda. Ninguém usa mais cabelo tipo escovinha, a não ser soldado raso. Vai no espelho, Amphilacyo. Tua cara é um baú velho, e teu nome, um pontapé no baço. Ainda mais com ipsilone. Te dou um conselho de amigo. Passa uma vassoura em tua pessoa, atocha um bigode por baixo do nariz e deixa cair um par de costeletas pelas abas da cara. Quando te vires feito espanador, jorrando cabelo até pelo buraco das orelhas, vai ao alfaiate e entra por baixo de um terno zebrado, negócio de ser visto de longe. Lasca o paletó dos lados, larga nos punhos umas abotoaduras do tamanho de roda de bicicleta, compra uma passagem e cai na praça de São José do Limoeiro que não vai faltar menina rica para desabar no teu ipsilone.

Amphilacyo fez o que o mestre mandou. E foi assim, por trás de um bigode de rabo de raposa servido por duas costeletas de alto calado, que Amphilacyo pisou o largo do Vintém já de olho pega-moça em cima da meninada de São José do Limoeiro. Um mês depois, recebia Balduíno Cunha do amigo este esclarecedor bilhete: "Segui teu conselho. Não deu pé. Perdi o bigode no alicate do delegado de São José do Limoeiro e as costeletas foram extraídas a socos pelo pai da primeira moça que ataquei com ofensa de casamento. Cunha, entrei na cidade de paletó lascado e saí vestido de baiana. De salto alto e brinco na orelha".

Cachorro velho não late à toa

Por não ter emprego, um tal de Belisário Bendengó foi ser leão de chácara de Arturzinho Palhares, sujeito que vivia mordido de cobra. Por qualquer bobagem, abria as cancelas do gogó para dizer desaforos. Era mais conhecido em Pontal de São José por Arturzinho Boca Suja. Não havia semana que não armasse um bode de sete chifres. E na hora do aperto, botava o gramofone para funcionar:

— Bendengó, vem cá fazer uma faxina na cara deste atrevido, que estou de mão limpa e não tenho tempo a perder!

Aparecia Bendengó, grandão, para resolver no braço as brigas de Arturzinho. E entrou em tantas, pegou tamanhas cacetadas por conta de Arturzinho, que uma noite procurou o boca de cobra para dizer:

— Pois é! Assentei praça no seu serviço com a metragem de quase dois metros de altura. Nesse tempo todo, seu Arturzinho, levei tanta paulada que dei de encurtar. Nesse andamento, vou acabar anão, seu Arturzinho.

E Arturzinho Boca Suja:

— Seu Bendengó, que melhor serviço tu vai querer? Quando sair do meu trabalho tu pega um cargo de anão de circo de cavalinho que é a coisa mais bonita do mundo, seu Bendengó.

Adeus, bogaris de minha vida!

Quando os bogaris de 1922 botaram a carinha de fora, Gervásio Bonfim, subchefe da Seção dos Encanamentos e Ligações, sentiu um repuxo no peito. Sabia que doença era: seu amor encravado pela menina Chiquinha Guedes. E no vento desse repuxo, Bonfim tomou uma deliberação definitiva. Morrer! Era melhor apagar de uma vez do que viver a prestações, preso a um olhar ou a um bom-dia de Chiquinha Guedes. E fechando a gaveta da subchefia dos Encanamentos e Ligações:

— Está resolvido. Vou beber veneno.

Na Confeitaria Princesa, com arsênico junto da cerveja, Bonfim foi ao telefone de manivela e ligou para Chiquinha. E, já em voz de meia-tigela, disse de suas intenções:

— Adeus, Chiquinha. Leia nos jornais.

Chiquinha, quase estraçalhando o fio do telefone, pediu que Bonfim suspendesse o suicídio:

— Que bobagem! Vem cá. Estou sozinha em casa. Mamãe foi a uma sessão espírita. Só volta tarde da noite. Vem correndo, Bonfim.

Bonfim correu e casou. E sobre esse casamento o tempo navegou por cima dos dias, dos meses e dos anos. E dependurou nas bochechas de dona Chiquinha os maiores babados da velhice. E nele, no bem-apanhado Gervásio Bonfim, colocou uma barriga de nove meses. E um domingo, estando em sua casa da Vila Del Prates, no Encantado, viu de novo os bogaris de carinha de fora. Da cozinha, como um soco nos tímpanos, a voz gorda de dona Chiquinha mandava:

— Bonfim, vai comprar banha na Mercearia Gonçalves. Compra da mais barata que não estou aqui para engordar comerciante sem-vergonha. Traz também tomate, Bonfim. Do menor, daquele miudinho que nasce em fundo de quintal, perto das latas velhas e das cercas de bambu.

Bonfim olhou os bogaris e sorriu. Entrou no Bar da Ponte, pediu cerveja preta, embrulhou tudo com arsênico e nunca mais comprou nada para dona Chiquinha Guedes. Nunca mais.

Lubrifique a adivinhação quando estiver falhando

Foi ao adivinhador Neném de Barros e mandou que adivinhasse coisas de sua vida. Neném sacudiu a bola de cristal, disse uns ipsilones, pegou os cinco mil-réis do cliente e mandou que fosse embora. Uma semana depois, com o nariz em molho de esparadrapo, o homenzinho voltou para reclamar de Neném uma adivinhação falsa:

— Seu Neném, dei em cima de dona Lembrantina das Neves e quase fiquei sem nariz. Que adivinhação é essa, seu Neném?

E contou que dona Lembrantina largou em sua canela um cachorro de dois pavimentos. Tão grande que danificou metade de seu nariz, a loja de louças onde trabalha, uma lambreta que estava na porta, um carrinho de mão, uma bicicleta, uma quitanda, uma banca de sapateiro e ainda comeu uma carta de recomendação do presidente da Loja Maçônica de Paracatuba e bebeu um frasco de Loção Flor de Primavera. E concluindo:

— Teu adivinhador, Neném, está precisando de uma limpeza geral.

E Neném, furioso em cima dos sapatos:

— Tu é que é um cretino! Tu errou de porta e foi dar de cara com um tanque de guerra em dia de batalha. Tu não carece de adivinhação. Tu carece é de um par de óculos!

Mágico sem competência não solta pombinho

Agapito Leitão pisou pedras de Lindoso do Alegrete para assentar praça de mágico. Acendeu o charuto na porta do Hotel da Estação e disse que era contratado do Gran Circo de Madrid. E como Lindoso do Alegrete estivesse em tempo de festa, caçando fundos para obras de igreja, logo apareceu uma comissão de senhoras com o vigário a bombordo: as virtuosas damas de Lindoso do Alegrete foram convidar o mágico para dar o ar de suas mágicas em louvor de Nossa Senhora das Dores. Agapito Leitão não conversou. Chegado no palco, dando de mão num saco de dinheiro angariado de tostão em tostão, deliberou:

— Vou fingir que como essa dinheirada. Só fingir.

E diante do respeitável público comeu o saco de fio a pavio, tostão por tostão. Já verde, barrigudo de tanto níquel, voltou ao Hotel da Estação para desovar os angiados. Dias depois, restabelecido, foi ao espelho e falou enquanto passava brilhantina no bigode:

— Tu não tem remédio, Agapito. Tu gosta de passar pelo que não é. Em Cipó Branco, com parte de mestre de cavalo, domador dos pampas, tu levou um coice de viajar três dias e três noites pela atmosfera. E mal tu desembarcou do coice, tu logo apregoou que era campeão de boxe. Motivo por que tu apanhou sova de soltar fumaça de um tal de Jack Peitão. E agora, neste cafundó de Lindoso do Alegrete, tu vem de mágico, fazendo Agapito Leitão recolher duzentos mil-réis em moedinha de tostão. E a seco, seu cretino!

Pagou as contas no Hotel da Estação e partiu para Sobradinho do Areal, onde disse que era toureiro. Toureiro do Gran Circo de Madrid.

Todo barnabé tem seu dia de ministro

Tocantins Pereira viu passar vinte anos pela sua mesa de amanuense da Secretaria de Fomento. Vinte anos de processos sobre zebu e capim-jaraguá. Lá fora, longe da caneta de Tocantins Pereira, passaram resmas de moças, jardins de flores e cachos de luar. Aos domingos, na Pensão Saraiva, no Engenho de Dentro, Tocantins varava os processos de Fomento com fúria de saca-rolhas. Alma de portaria, sempre movido a regulamento, não teve olhos para uma certa Mercodenes Silveira que esperava por ele toda tarde na sala de visitas da Pensão Saraiva. Não adiantou Mercodenes estreitar a cintura e mostrar as boas e variadas fatias de que era servida. Às vezes insinuava:

— Seu Tocantins, está levando uma Theda Bara no Cinema Guarani que é uma beleza, seu Tocantins.

Cansada de trabalhar em seco, a moça da Pensão Saraiva transferiu sua paixão para outro bairro. E sobre essa transferência os anos rolaram. Até que uma tarde, no Mercado das Flores, Tocantins ouviu aquela voz feita de asas de borboleta:

— Tocantins, Tocantins!

Era dona Mercodenes, que parecia ter saído de uma vitrina de modas. Tinha casado com um senador, homem de recursos e de poder. Que ele, Tocantins, pedisse o que bem quisesse. Morava sozinha em Santa Teresa, uma vez que o senador andava longe, tirando o Brasil da beira do abismo a poder de discurso. Que ele aparecesse, dispensava a criadagem. E maliciosa, de dedo enluvado quase no beiço do informador de papéis da Secretaria de Fomento:

— Peça o que quiser, Tocantins. Não tenha acanhamento. Ninguém vai saber de nada.

Então, dando pontapés em vinte anos de boi zebu e capim-jaraguá, Tocantins desembuchou:

— Se não é pedir muito, dona Mercodenes, eu queria ser transferido para as Rendas Aduaneiras. O senador seu marido pode fazer isso. É do regulamento. O senador pode fazer, que eu sei que pode, dona Mercodenes.

Mas já dona Mercodenes estava longe. Longe para nunca mais.

Abdad, o Beduíno, em tom maior

E por estar desempregado, seis meses separado de um bife de caçarola, Protestato Forjado resolveu ser mágico. E foi assim que Protestato Forjado virou Abdad, o Beduíno. E como Abdad, o Beduíno, apareceu no Pavilhão Japonês para fazer magiquismos. Cumprimentou a seleta assistência e pediu que um cavalheiro da plateia subisse ao palco para participar do número nunca visto:

— Vou cortar no meio, sem o menor perigo de sangue, o distinto que tiver a coragem de entrar neste caixote.

Logo, saliente como se tivesse dois metros de tamanho, pulou o anão Julinho Namorador, que colocou seus sessenta centímetros à disposição de Abdad, o Beduíno. De serrote em punho, depois de fazer o aço cantar para os ouvidos da seleta assistência, Forjado começou a cortar a madeira com furor de possesso. Foi quando do fundo do caixote, estilhaçando tábuas, veio aquela vozinha afunilada de Julinho anão:

— Socorro! O mágico está exorbitando! Vou ser serrado em vida. Socorro!

E Abdad, o Beduíno:

— Te vira, nanico de uma figa! Te vira que eu não brinco em serviço. Só agora, na ponta do serrote, é que tu entendeu que eu não sou mágico de coisa nenhuma? Só agora?

Foi uma batalha para extrair o anão das garras de Abdad, o Beduíno. Na mão do xerife, todo encarnado de mágico, Protestato desabafou:

— Povo engraçado! Se a gente solta um beija-flor ou uma andorinha, todo mundo faz pouco, achando que isso é coisa boba. Quando a gente larga na praça um número tinhoso, coisa de estremecer a plateia, é esse zum-zum, é essa gritaria, de ninguém poder serrar um anão em paz e conforto. Por essas e outras é que esta nação nunca vai ter mágico de verdade. Fica tudo nessa palhaçada de tirar bandeirinha da bengala e pombinho da cartola.

Ser cavalo, nem de são Jorge!

Neco Rosa pedia esmola, na porta da Igreja do Rosário, em São Romão do Beco, armado de um estrondoso cão-pastor. Juquinha Goió fazia o mesmo com um vira-lata, na praça do Mercado. Juquinha era pobre de pires na mão. Implorava ajuda metendo a voz entre as pernas, como cachorro sem dono. Neco era de outro tipo. Falava de cima. O sujeito passava e Neco engatilhava seu pedido. Neste jeito desempenado:

— Uma gratificação, cavalheiro!

O patrício coçava os bolsos para tirar uma esfarrapada nota de cinco ou dez mil-réis. O olho de máquina registradora de Neco Rosa via e recusava:

— O distinto vai desculpar, mas bonificação para um sujeito munido de cão-pastor não pode ser coisa pouca. No barato, meio conto de réis, seu doutor. E assim mesmo porque estou iniciando o negócio e quero angariar freguesia. Depois, com a praça feita, subo a tabela. Mire o amigo o rabo de raposa do meu auxiliar. Parece um penacho! Na Caixa Econômica é rabo para ser empenhado por quinhentos contos de réis. Ou mais! Para sustentar tamanha ilustração, gasto os tubos. O barbeiro Tonico Alves recebe uma bolada só para pentear a cauda do pastor. Abri conta de vaselina na Drogaria Dois Irmãos só para dar brilhismo no pelo dele. A carne que o bichão mastiga é um sorvedouro de dinheiro. É mais barato sustentar um hotel a alcatra do que este cão-pastor a bofe. O meu cachorro é movido a presunto, seu doutor. Presunto de primeira!

Se a bonificação vinha, Neco Rosa agradecia. Se não vinha, Neco Rosa abria a torneira dos desaforos:

— Vai, unha de fome! Vai dar teu dinheiro esfarrapado a Juquinha Goió, que pede esmola com um vira-lata cruzado com tapete de consultório de dentista. É o que eu digo. Esta terra de São Romão do Beco nunca que vai para a frente. A gente bem que faz força, trabalha pelo progresso do condado. Mas ninguém colabora. Este chiqueiro não comporta um sujeito da minha estampa. A bem dizer, eu devia ser sustentado pelo pessoal do governo a pão de ló, que não tem, nem na Bahia, nem em outra parte alguma, ostentamento igual ao meu. O que dá mais nesta nação é ceguinho de bengala e perneta de porta de igreja, tudo municiado de cachorrinho vagabundo, de reco-reco de fome nas costelas. Empato um capital deste tamanho para aparelhar São Romão do Beco de um pedinte da minha grandeza e a paga que tenho é nenhuma! Por essas e outras é que vou acabar fechando o negócio e entregando as chaves do cão-pastor ao dr. Arturzinho Cará, que vai fazer do rabo dele uma peruca. São Romão do Beco só tem competência para arcar com responsabilidade de mendigo esfarrapado, de fala de fome e urubu no ombro. Não é uma terra. É um curral.

Não é barbeiro mas corta cabeleira de cometa

O professor Licurgo de Melo, depois de receber carta lacrada de Rio Verde, pediu uma reunião especial da Associação Comercial de Sapé do Fundão. E de preto, carta encafuada no bolso, partiu para fazer seu pronunciamento, que foi curto mas importante. Firmando os óculos e apurando a voz, fez ver aos honrados comerciantes e demais autoridades de Sapé do Fundão que um enorme cometa estava para passar pela cidade no dia 23 de agosto. E de carta em punho:

— Recebi comunicado do governo. Carta lacrada. Coisa séria.

Para começo de providência, o prefeito Juju Cunha meteu o dia 23 de agosto nas malhas de um feriado deste tamanho. Enquanto isso, o comércio de Sapé do Fundão lascava mais vinte por cento no preço das mercadorias. E dona Bobó de Araújo, mestre de letras, varejou sobre o cometa um par de sonetos. E Pedrinho Vinhais, da Farmácia Esperança, comunicou não aviar receitas no dia 23 de agosto por motivo de ser o cometa contaminador da atmosfera. E por via das dúvidas, o delegado Xibó Matoso enviou às autoridades superiores um cauteloso relatório onde pedia reforço de verba e de soldados. Assim justificava o esclarecido xerife seu ponto de vista: "Quero ficar aparelhado para o que der e vier. Se o tal do cometa chegar em paz, a gente até faz discurso, pede ao professor Licurgo de Melo para falar sobre a Tomada da Bastilha, além de largar na praça da Matriz a Banda Mocidade do Sapé com seus afinados dobrados em louvor do aparecido. Se, de contrário, o cometa vier com partezinha de valente, querendo abusar do ilustrado povo desta jurisdição, compete à autoridade nomeada pelo *Diário Oficial*, que no caso sou eu, enquadrar o abusado no torniquete da Justiça, pelo que já mandei o escrivão Nequinho Azurém fuçar os códigos e parágrafos para ver no qual deles calha o indigitado". E, arrematando esse jacá de providências, dona Ricolina Rios, viúva sem saída desde 1919, comprou luneta e bicicleta. Pensamento dessa ilustre dama: "Pode chover homem e eu, municiada de luneta e bicicleta, levo todas as vantagens. Corro logo na direção da chuva".

Gasolina não é aspirina mas extrai dor de cabeça

Nicanor dos Remédios, dono da Farmácia Esperança, era valente por fora e mole por dentro. Tinha um fraco: dizer desaforos. Pegando um tal de Antiórgenes Barbeitas na alça de mira de sua deseducação, mandou chumbo:

— Sujeitinho feito por correspondência, frouxo pior que algodão em rama! Lhe quebro o focinho de não ter dentista que dê arranjo!

E o atrevido não foi mais longe porque Antiórgenes, com um soco de desempenar madeira, cortou a prosopopeia dele no meio. Sem sentidos, foi rebocado para o Posto Dois Irmãos, onde ficou com a cabeça encostada na bomba. Foi quando um ajudante de caminhão, que almoçava na sombra do carro, lembrou que gasolina rimava com desfalecimento e queda de cabelo:

— É um porrete! Levanta até defunto.

Logo abasteceram o farmacêutico Nicanor com um pano encharcado no nariz. Foi um santo remédio — Nicanor abriu os olhos, deu dois pinotes de cabrito e em carreira maluca ganhou a estrada. E o dono do Posto Dois Irmãos, admirado desse correr:

— Se a gente enche o tanque, ele era Nicanor de levantar voo.

O leão que escorreu pelo meio-fio

E uma tarde o velho Abreu Castanho viu que seu estabelecimento de Cajueiras de Macacu, o famoso e afreguesado Empório Leão do Oriente, estava espremido entre dois prédios que subiram em pés de quatro andares sem Abreu perceber. Botou a mão no queixo, balançou a cabeça e disse de Abreu para Castanho:

— É um desaforo! Vou tomar providências.

E mandou fazer uma tabuleta que ficasse na altura dos dois prédios espremedores, como se o Empório Leão do Oriente tivesse mais três andares. Obra acabada, verificou que aquele tabuletão vazio, todo branco, não calhava bem. E mandou chamar um certo Elpidinho Boa-Morte para que pintasse um rugento leão no corpo do painel. Veio Elpidinho e deu o preço:

— Leão sem mais nada, liberado em mato ralo, cinco contos de réis. Leão acorrentado, como nas folhinhas de fim de ano da Padaria União, mais meio conto de réis, que corrente dá trabalho e come tinta.

Abreu, usurário conhecido e apregoado, de só comer uma vez por dia para não passar os talheres, nem conversou. Foi dizendo:

— Não carece o amigo de fazer um leãozão orgulhosão de rabão e juba. Pode trabalhar um filhote dele pelo motivo de gastar menasmente tinta e ser o efeito o mesmo. Ademais, embirro com bicho preso, acorrentado e amordaçado.

Elpidinho, diante da choradeira do velho Abreu, fez um leão de dois contos de réis, coisa reles, que mais parecia um gambá cruzado com espanador. E, mal a obra de Elpidinho foi inaugurada, sobreveio um temporal em Cajueiras de fazer sumir nas águas o leão da tabuleta, sem deixar nem um saldo de pelo ou unha. Chuva passada, Abreu foi reclamar de Elpidinho a obra desfeita. E diante da tabuletona:

— Escorreu tudo feito alvaiade, de não restar nem lembrança do bicho, seu Elpidinho!

Elpidinho olhou e refutou:

— Isso mesmo. É o que dá a sumiticagem. Se fosse um leão acorrentado, como era de direito fazer, nunca que saía da tabuleta por mais chuva de corda que chovesse. Mas que podia esperar o amigo Abreu de um leão de dois contos de réis, magro e avacalhado? Nada.

E deu a conversa por acabada.

Que jardim é esse com gambá no meio?

Jupiaçu Pereira comprou terno novo, vazou o vidro de Extrato Flor dos Pampas no lenço e nos desvãos da sovaqueira, olhou o espelho e falou de Jupiaçu para Jupiaçu:

— Estou demais! Um Jupiaçu assim nem é para casar em Cacimbas do Livramento. É para chegar em cidade de respeito e escolher as distintas que bem entender.

E nos braços do Extrato Flor dos Pampas foi pedir a mão da menina Glicéria Dantas em casamento. De passagem, arrebanhou um ramo de flores e seguiu em cima das botinas novas para a casa da moça pretendida. Chegou, pegou cadeira e esperou que o pai da menina viesse abrir os trabalhos. O dono da casa veio vindo, arrastando seus chinelos, assuntando o ar, espiando Jupiaçu e seu ramo de flores por baixo dos óculos. E quando recebeu aquele bofetão de extrato pelo nariz, indagou:

— Que jardim é esse com gambá no meio?

O casamento de Jupiaçu Pereira entrou por uma porta e saiu por outra. Quem quiser que conte outra.

Loção Noite de Bagdá apaga incêndio e desentope pia

Leitão Pereira agradeceu as palmas dos funcionários, endireitou a aba do paletó preto, sacou de um discurso e começou a debulhar páginas e mais páginas sobre sua posse como diretor do Fomento das Águas Minerais. E tão entusiasmado ficou que esparramou a socos um bando de salgadinhos bem assim como varejou longe uma matilha de copos de guaraná que esperava pelo fim da discursama. Nesse capítulo, quando Leitão Pereira estava tirando o Brasil da beira do abismo, uma voz pulou de moleque bem no cangote de seu discurso para dizer:

— Deixa de besteira, Pereira! Larga essa farsa de bode, de só falar para sujeito careca e senhora pelancuda. Deixa de lado o teu Rui Barbosa e te prepara que hoje tem tango argentino no Milonguita. Um *mano a mano* daqueles em que tua pessoa aparece de sapato carrapeta no pé e chapéu de toureiro mexicano na cabeça. Vai, Leitão. Vai para tua casa, mete o jaquetão de oito botões e a peruca de cabelo escorrido na testa. Te espero na porta do Milonguita. Não esquece de guarnecer a cova do sovaco com a tal da Loção Noite de Bagdá, de muito uso e proveito. Além de desempestear as partes contaminadas pela labuta do dia, serve para apagar incêndio e desentupir pia. Até logo, Pereirão!

Eternidade não é depósito de maridos

Era viúva de longo curso, era Edigardina Palhares. Vinha de passar pelos braços de quatro maridos, todos quatro bem morridos, com boas aposentadorias e bons montepios. Quando tomou, pela quinta vez, estado com Peixotinho da Paixão, aposentado de coletor federal, a cidadezinha de Miraí riu de alto a baixo. É que o dito Peixotinho andava pelas ruas como se tivesse uma arroba em cada pé. Engomava o chão. Além do mais, tinha cara de óleo de fígado de bacalhau e jeito de poção de duas em duas horas. Gentil Feitosa, dono da Malharia Maravilha, não parava de dizer em tom gargalhoso:

— Peixotinho não passa dos proclamas. Digo que não chega ao altar. Se chegar, morre no vento da lua de mel.

Engano dele e de toda a cidade de Miraí. De manhã, um dia depois do casório, quando todo mundo esperava sair da casa da viuvona de quatro maridos um Peixotinho de padiola, moído pelo serviço da lua de mel, o que a cidade de Miraí viu, espantada, foi um Peixotinho novo, esfregando as mãos, rindo para os amigos e dando bananas para os inimigos. E na direção de um conhecido que passava:

— Estou na força de menino novo! Não tem poção melhor para retemperar o organismo do que um casamento de tardios tempos.

Do mirante da Malharia Maravilha, embrulhado em cachecol, o velho Feitosa não queria acreditar:

— Não pode ser! Deve ser outro. Deve ser outro.

Não era. Era Peixotinho em cima de seus borzeguins. Com o correr dos meses, desempenou ainda mais. E ao atravessar o primeiro semestre deu para falar grosso:

— Não tem como um casamento bem talhado para retemperar o organismo. Não tem!

E andava Peixotinho no gozo de seus direitos de marido, da cama à despensa, quando, sem mais nem menos, desapareceu. Onde foi, onde não foi? Dona Edigardina, aflitona, estampou anúncio, apelou para as autoridades, mandou telegrama até para um primo deputado. E Peixotinho sumido de nunca mais. Sendo assim, muito tocada do coração, a boa Edigardina deu Peixotinho por morto, pelo que deliberou mudar de jurisdição, sair de Miraí e estabelecer o luto em Bom Jesus do Monte, de modo a poder gozar mais a gosto as aposentadorias e montepios acumulados no decorrer de cinco maridos. E mais tarde, no braço do sexto compromisso, o moço Chiquinho Braga, dono de boiadas em Mato Grosso, Edigardina abriu a caixa de segredos, dizendo como havia colecionado tantos proveitos num saco só:

— Os quatro primeiros pranteados até que não deram trabalho. Retirei os montepios deles no vidro ralado e no arsênico das feijoadas. Não tem como uma boa feijoada para encaminhar um bom montepio. Não tem! Só o derradeiro pranteado é que custou a desencarnar. Era um tal Peixotinho, velho enganador como nunca vi outro igual! Cuidei que estivesse nos últimos furos da vida e não é que o teimoso começou a trabalhar de marido num fogo nunca visto? Logo apaguei o fogareiro dele. Extorqui a aposentadoria de Peixotinho a poder de cacetadas.

Essa última parte da ilustrativa confissão da esposa Chiquinho Braga não ouviu. O arsênico não deixou.

Se a mágica enguiçou, chame o mecânico

Jonjoca Pires, com o garboso título de Mago de Bagdá, foi fazer mágicas em Jundiaçu, cidade que muito apreciava coisas de nove-horas e novidades. Tanto que o Teatro Japonês pegou enchente da boca aos camarins. Na noite de estreia, Jonjoca cansou de tirar do bolso e da cartola pombinhos, lenços, bandeiras, bandeirolas, flores, nuvens de pó de arroz e até um peru. Depois desse varejo, que durou um quarto de hora, é que Jonjoca apresentou sua obra-prima, o famoso "chicote de fogo", com que vinha assombrando o mundo todo, segundo suas insuspeitas declarações. E de chicote em punho, Jonjoca começou a fazer prosopopeias e visagens. E de repente, o chicote de Jonjoca, perdendo os freios, deu de assobiar de cobra por cima da cabeça da seleta assistência, o que fez dona Ambrotilde, mulher do promotor público Galileu Feijó, gritar:

— Pede a prisão preventiva dele, Feijó!

Não teve mais jeito nem remédio. O chicote, como um possesso, desandou a dar surras em série no lombo da ilustrada plateia do Teatro Japonês. No palco, vermelhão e embaraçadão, o

Mago de Bagdá tentava segurar a mágica pelo rabo. Em vão. O chicote zunia de vento e soltava faísca de estrela. No meio da confusão geral, gente caindo pelas tabelas, senhoras desmaiando por cima dos maridos de outras senhoras, Jonjoca avisou:

— Desatarraxaram o parafuso da mágica, gente! Quem quiser ficar vendo essa desgraça que fique! Eu vou embora.

E caiu no mundo.

Quando a velocidade for grande jogue as âncoras para Deus

E de repente, como um raio, a motocicleta pilotada por Afonsinho Flores, ajudante de botica em Cruz das Almas, entrou, sem licença, na casa de José Kalil levando José Kalil, o gato de José Kalil, a vitrola da filha de José Kalil, o retrato da sogra de José Kalil fantasiada de cigana e ainda teve forças para danificar um galinheiro que trabalhava em aves e ovos no fundo do quintal. E quando, diante do delegado Santinho Bessa, Afonsinho confessou que nunca tinha botado fundilhos em motocicleta, que era despreparado de motor como ele só, o xerife Bessa pisou nos calos e ameaçou enquadrar o aprendiz de boticário nos mais negros parágrafos e leis de xadrez do Brasil. E de dedão verrumoso no nariz de Afonsinho:

— Perto do que vou te largar em cima, mordida de surucucu é beijo de moça, é refresco de groselha!

E Afonsinho, procurando sair das leis e dos negros parágrafos de Santinho Bessa:

— Mas quem foi que disse, seu Santinho, que montei naquela desgraça por minha própria vontade? Ligaram o motor e me largaram, sem carteira de trânsito e sem mais nada, em cima da trapizonga que já saiu soltando fumaça e tiros a cento e oitenta quilômetros por hora. Que queria sua pessoa que eu fizesse? Que ganhasse para o povinho de Cruz das Almas o campeonato mundial de velocidade?

Adeus, meu capitão, que as sereias guiem teus mares

Como, em tempos dos antigos, pratrasmente de muitos anos, tivesse navegado em água mansa e no leme sem perigo de canoa de rio, pegou feitio de capitão de longo curso. E ao dar baixa, não por avarias de mar salgado, mas por contaminação de bronquite chiadeira, Gaspar Dias de Ataíde e Sousa foi morar em ninho de pescadores, uma cidadezinha de nome Nazaré do Pontal. De sua casa, em cadeira que mais parecia âncora de navio, Gaspar cachimbava o tempo. Ninguém precisava ver, na folhinha da parede, as datas principais do Brasil. Era olhar o mastro do capitão para saber se era feriado de guardar ou dia de rotina de trabalhar. Quando Gaspar aparecia, fardado e de boné, o pessoal do comercinho da rua dos Pescadores sabia que tinha feriado a bombordo. O velho Timbaúba Varejão, que respondia pela luz do farolete de Nazaré do Pontal, corria aos alfarrábios para assuntar que data era. E admirativista:

— É comemorativo marítimo. É a Batalha do Barroso.

Inventoso mais que o capitão nem as sereias do mar profundo. De noite, nas conversas de vento e lua, o capitão gostava de futucar seus acontecidos de distantes navegagens. Neste modo enluarado:

— De uma feita, na boca dos Amazonas, peguei um filhote de tufão que deu comigo na tal das Áfricas. Por ser sortudo e temente a Deus, levei o navio a porto firme, e se deu até que encontrei, nessa terra dos cafres, um comprador de aguardente que conheci em Sertão de Cacimbas. Barganhava com a bugrada pedaços de marfim, no que não botei caso. Mas como estivesse fardado de oficial da Guarda Nacional e munido de espada, sem a competência da patente, tive de desvestir e desarmar o mercador. Como eu estava nas boas razões, dentro dos regulamentos do Brasil, o faltante agradeceu, pelo que reboquei com ele, temporal amainado, para Belém do Pará, de onde comuniquei a peripécia ao conselheiro Rodrigues Alves, presidente da nação brasileira. Foi nessa cuja data que o conselheiro lavrou em meu favor carta de capitão de longo curso, que tenho até hoje e só não faço uso dessa regalia por ter deixado o serviço de mar.

E assim, de avantajado em avantajado, vivia Gaspar Dias de Ataíde e Sousa muito na estimação de todos, por ser prestativo e sem maldade de raiz. Onde existisse gente precisativa, lá andava o capitão com suas aguinhas e bolinhas de homeopatia, pois não acreditava em injeção e agulha de doutor. Por este motivo:

— Nosso Senhor não fez carne de gente para ser espetada feito pano. Quem aprecia agulha é bordado.

Uma noite, no chicote do vento, deu em Nazaré do Pontal um barco de pequena calibração, mas muito bem apanhado de porte e de quilha. Veio adernado, velas sem rumo, de máquina apagada. Logo o orgulho de Nazaré do Pontal pulou fora d'água:

— O capitão Gaspar em pronto instante bota a maquininha para fumegar. O capitão Dias de Ataíde e Sousa conhece navio como doutor velho conhece mazela. Só de olhar, a navegação pula nos cascos e sai varando marola.

E assim, fardado e de boné, foi o capitão ver que avaria tinha pegado a embarcação. Viu, buliu e mexeu. E depois desse bulir e mexer pediu prazo para botar o barco em dia:

— No mais dilatar, um par de horas. No mais dilatar.

Como fosse festa em Nazaré do Pontal, em louvor de são Pedro e seus santos milagres, a tripulação pulou inteirinha para terra de modo a mergulhar em quentão e peixe frito. E de manhã, no plantão da primeira gaivota, a cidadezinha viu aquela coisa encantada. O navio saindo para a vaga alta, longe da costa, com o capitão na retranca do leme. Sozinho! E quando o barco embicou e afundou, chupado pela fome do mar profundo, todos viram aquele boné dizendo adeus. Era Gaspar Dias de Ataíde e Sousa em sua última viagem. Para sempre capitão de longo curso.

JCC: História pessoal

A bem dizer, fui inaugurado em 1914, 24 horas depois de rebentar a Primeira Grande Guerra. Era agosto e chovia em Campos dos Goytacazes. Comecei com jeito de grandeza. Meu ideal era ser usineiro, viver no último andar de 300 mil sacos de açúcar. Como isso não foi possível, tratei de realizar o subideal que era ser funcionário da Leopoldina. Sempre tive admiração toda especial por chefes de estação, espécie de donos de trem. Como esse subideal também não veio, tratei de escrever para os jornais da minha terra. Uma tarde, em plena década de 1930, entrava este José para a redação da *Folha do Comércio* por uma porta e Raimundo Magalhães Júnior saía por outra. Eu para escrever notinhas de aniversários e casamentos de comerciantes locais e Magalhães Júnior para iniciar sua prodigiosa carreira de grande jornalista e grande escritor. De jornal em jornal realizei o sonho de todo o pai brasileiro do começo do século XX: ver o filho bacharel, fotografado de beca e de óculos. E bacharel saí na fornada de 1937, depois de passar, como o diabo pela cruz, através de lombadas de livros de alto saber jurídico. E uma ocasião, com a sacola soltando leis e parágrafos pelo ladrão, fui extrair da unha de um subdelegado um pobre-diabo qualquer. Foi quando constatei, para desencanto do meu canudo de bacharel, que mais vale ter a chave da cadeia do que ser Rui Barbosa. Aborrecido, dei de mão numa resma de papel e escrevi meu primeiro romance, *Olha para o céu, Frederico!* Uns elogiaram, outros malharam. Embrulhado em suas páginas arrumei, no Rio de Janeiro, o cargo de redator da velha e saudosa *A Noite*. E em seu manso seio fiquei até que o governo, a poder de bofetões, fechou o jornal em 1957. Dos cacos de *A Noite* pulei para os *Diários Associados*. Nesse meio-tempo, entre uma coisa e outra, caí no serviço público, com escrivaninha no Ministério da Indústria e do Comércio, onde procuro tirar o país da beira do abismo a poder de relatórios que ninguém lê. Quanto à ficção, é mato brabo no qual rarissimamente circulo, temente que sou de mordida de cobra e dente de lobisomem. Vejam que não exagero. Publiquei o primeiro livro em 1939 e o segundo precisamente 25 anos depois. Entre *Olha para o céu, Frederico!* e *O coronel e o lobisomem* o mundo mudou de roupa e de penteado. Apareceu o imposto de renda, apareceu Adolf Hitler e o enfarte apareceu. Veio a bomba atômica, veio o transplante. E a Lua deixou de ser dos namorados. Sobrevivi a todas essas catástrofes. E agora, não tendo mais o que inventar, inventaram a tal da poluição, que é doença própria de máquinas e parafusos. Que mata os verdes da terra e o azul do céu. Esse tempo não feito para mim. Um dia não vai haver mais azul, não vai haver mais pássaros e rosas. Vão trocar o sabiá pelo computador. Estou certo que esse monstro, feito de mil astúcias e mil ferrinhos, não leva em consideração o canto do galo nem o brotar das madrugadas. Um mundo assim, primo, não está mais por conta de Deus. Já está agindo por conta própria.

Niterói, setembro de 1970
José Cândido de Carvalho

Discurso de posse de JCC na Academia Brasileira de Letras

Senhores acadêmicos,

Afinal, nesta hora e nesta noite, chego a esta Casa com meus escreveres e meus sonhares. A Casa é acolhedora como a boa casa brasileira. Pego Cadeira ao lado de velhos e novos amigos, todos ilustres pelos seus feitos e obras memoráveis. Haverá tempo para as boas e largas conversas à sombra do chá das quintas-feiras em flor. Mas a conversa de hoje é toda especial, porque nesta noite, tão em alto-relevo para mim, é chegado o tempo de relembrar. Relembrar a Cadeira 31 e seus donatários, maravilhosos brasileiros que venceram a morte a bordo de uma simples folha de papel porque foram criaturas sem compromisso com as coisas passáveis e matáveis deste mundo.

ETERNIDADE VEM DE SONETO

O fundador da Cadeira 31 levava nome comprido: Luís Caetano Pereira Guimarães Júnior. Seus livros arrastavam títulos também compridos: *Histórias para gente alegre*, *Uma cena contemporânea*, *Os amores que passaram*, *As quedas fatais* e *O caminho mais curto*. Viveu embarcado num passaporte diplomático. Viu terras de Espanha e areias de Portugal. Durante muitos anos foi intermediário entre o Brasil e o mundo. Fazia versos, bons e lindos versos que ainda hoje, bem-feitos de cara e corpo, circulam em quase todas as antologias brasileiras, como "Visita à casa paterna", soneto que termina assim:

Uma ilusão gemia em cada canto,
chorava em cada canto uma saudade.

O PRONOME NÃO FOI FEITO PARA HUMILHAR NINGUÉM

Depois de Luís Guimarães, que foi embora em tarde portuguesa de 1890, veio João Ribeiro, inteligência de tempo integral, o mais amável e risonho dos mestres brasileiros. Viveu numa época em que a boa colocação dos pronomes era apaixonante. Por causa de um deles, nascido de cara amarrada e fora de prumo, certo professor de São Sebastião do Alto convidou outro professor de São Sebastião do Alto para um duelo a baioneta. Muita bengalada foi expedida por questões gramaticais. Tempo fantástico esse! Cândido de Figueiredo era o governador-geral dos pronomes daquém e dalém mar, com enorme prestígio no Brasil e regiões ribeirinhas. Rui Barbosa, de tão lindoso escrever, tinha mais prestígio pelo bom estado dos seus pronomes do que pelo estilo denso e forte. O que fazia um de seus fantásticos admiradores, baixo funcionário da Caixa de Amortização, dizer com baba de barbante:

— Não tem como o Rui para encastoar um pronome. Nem o presidente da República encaixilha as crases melhor do que ele. Nem o presidente da República!

As vírgulas também navegavam nas mesmas águas. Certo diretor de jornal fluminense contratou o mestre Cambará de Melo para organizar as vírgulas do seu conceituado diário. E era de velas soltas, soberbão e orgulhosão, que esse industrial da notícia declarava mascando o charuto:

— Contratei o maior virgulista do Brasil. O maior virgulista!

Nas escolas, com mestres movidos a pincenê, a paixão do pronome não era menor. O professor Porciúncula de Araújo, espécie de Cândido de Figueiredo em papel de embrulho, escrevia neste estilo de renda de bilro ao inspetor de ensino de Niterói: "Comunico a vossa senhoria, com o devido respeito, que os alunos do Educandário Fagundes Varela colocam muito bem os pronomes e vão melhormente nas crases. Pelo que troquei a antiquada palmatória pelo pescoção educativo e medicamentoso".

Foi quando apareceu João Ribeiro, risonho e amigo. Veio de manso como de manso era o seu trabalhar. E soltou abelhas de inteligência, que picavam de leve, em cima dos pronomes bem situados deste país. Durante anos, num serviço de jardineiro, o bom João plantou sua lavoura muito nacional, muito flor de resedá. Deu uma de d. Pedro: ajudou a libertar o escrever brasileiro dos Cândidos de Figueiredo e tornou a gramática um assunto leve, quase uma conversa de esquina entre amigos. E encontrou tempo para inventar páginas que ainda hoje, tantos anos rolados e desenrolados, podem ser lidas ao natural, sem cansaço e sem esforço, como *O fabordão*, *A língua nacional*, *Curiosidades verbais* e *História do Brasil*. Era um João Sabe-Tudo, que tudo entendia e tudo explicava. Nele a erudição foi transformada em alegre licor de jenipapo. Com paciência e bom humor ensinou o nacional a desatarraxar os pronomes, a escrever em brasileiro, ao jeito nosso, ao modo da rua do Ouvidor e não de Coimbra. E fez tudo isso com açúcar e com afeto.

PASSADO MANDA LEMBRANÇA

Já Paulo Setúbal, outro donatário marcante da Cadeira 31, não teve questões pronominais a zelar. Sua lavoura era outra, o baú de guardados do Brasil. Visto assim sem cartão de visita, Setúbal lembra um Alexandre Dumas em lundu. Como era um escritor de porte, mestre de comunicação como ele só, seu escrever não desbotou nem caiu em exercícios findos. É tão bom hoje como ontem. Porque esse paulista do tempo das melindrosas canetou simples — fez prosa como quem conversa sem saber que estava construindo a mais duradoura das prosas. Não foi um relatorista do passado nem um embalsamador de coisas findas. Foi um criador de vida. D. Pedro I sai de sua pena vivinho em folha, pronto para fazer novas independências e amar novas marquesas. Como vivinho em folha aparece Fernão Dias, que só teve um desejo na vida: transformar o Brasil em grande esmeralda e andar com ela no dedo. Setúbal, melhor do que um balaio de técnicos e professores, foi um grande mestre do passado brasileiro. E agora mesmo, ao viajar, para alegria minha, por terras de suas sesmarias, tive a impressão de ouvir, dentro da noite, o ranger das botas de Borba Gato pisando o Brasil ainda molhadas pelas águas do dilúvio.

CASSIANO ENTRE A PRIMEIRA MISSA E O COMPUTADOR

E, agora, a estrela desta noite, o paulista Cassiano Ricardo, doutor em leis por obrigação e poeta por bem-querer. Foi inaugurado, por obra e graça de Manuel Francisco Leite Machado, seu pai lavrador, em 1895. Quando o menino Cassiano, com metro e meio de idade, tomou conhecimento do mundo, a vida era um bazar de novidades. Parecia coisa extraída da cartola do mais imaginoso dos mágicos. A cada hora chegava uma invenção: o cinema, a vacina contra a raiva, os aparelhos falantes e cantantes. Paris subia nas pernas da Torre Eiffel e Santos Dumont arranhava o céu com suas maravilhosas máquinas voadoras. Senhores de fraque e cartola andavam de balão! E apareceu o automóvel, uma peça estrondosa que caminhava com pés de alucinação: vinte quilômetros por hora! Certo comerciante de secos e molhados de São José dos Campos, ao dar com essa máquina tão movediça e espalhafativa, governada por senhores de óculos e boné, balançou a cabeça para dizer:

— Isto é um despautério! Já inventaram a tal da injeção, já inventaram a máquina de forjar luz. Agora vem esta desgraça de quatro rodas. Ninguém aguenta uma velocidade desse calibre. Vai morrer todo mundo do coração. Que ninguém é passarinho.

Em verdade, o mundo começava a arquivar, como lataria imprestável, as mais quentes aventuras das *Mil e uma noites*: o século dava um pontapé no tílburi e embarcava no automóvel. Trocava a lâmpada de Aladim, o mágico, pela lâmpada de Edison, o cientista. Anos depois, Cassiano Ricardo, em versos exatos, falaria dos dias novos neste seu jeito também novo de dizer as coisas, quando a notícia é feita antes do fato e a chuva antes da nuvem:

Tudo tão na hora
que te antecipo, já,
um peixe
que ainda irei buscar
no mar.
[...]

Adianta-se o ponteiro
da hora exata
para a hora imediata.

A vida, um jornal de hoje,
mas sem data.

E louvaria, com leve desencanto, a era da máquina que tem no computador a Mona Lisa dos dias novos, inventoria que tudo sabe e tudo explica:

[...]
Por que levantar o braço
para colher o fruto?
A máquina o fará por nós.
Por que labutar no campo, na cidade?
A máquina o fará por nós.
Por que pensar, imaginar?
A máquina o fará por nós.
Por que fazer um poema?
A máquina o fará por nós.
Por que subir a escada de Jacó?
A máquina o fará por nós.

Ó máquina, orai por nós.

PALAVRA: UMA INVENÇÃO ASTUCIOSA

Vejam como a palavra em Cassiano é exata, precisa, luminosa. Lidava com essas invenções ao jeito dos jardineiros velhos com as rosas. Porque sabia, por muito trabalhar com elas, que as palavras têm espinhos. São ariscas, irônicas. Notem o jeitão do adjetivo — parece uma raposona velha. É serviçal mais que um criado de hotel de luxo e perigoso como assaltante de estrada. Mal o cavalheiro extrai a caneta do bolso ou coloca o papel na máquina de escrever, já o adjetivo está às ordens, de cabeça baixa, pronto a entrar em ação. Conheci um amanuense, responsável pelos ofícios do Fomento Agrícola, que tinha pelo adjetivo respeito sagrado. Segundo esse literato de repartição, o adjetivo era tão importante que devia, nos despachos burocráticos, ficar a cargo dos senhores diretores-gerais com mais de dez anos de serviço público.

Com o mestre Cassiano Ricardo o adjetivo não brincou nem bordou, como tem brincado e bordado com tanta gente neste país. Foi trancafiado e posto em sossego, só aparecendo quando era de aparecer e assim mesmo nas ocasiões certas e nos lugares certos. As palavras sempre serviram a Cassiano e nunca se serviram de Cassiano, que fazia delas o que muito bem entendia. Daí poder, a exemplo de Guimarães Rosa, fazer dessas enguias feitas de letras e letrinhas um instrumento de nova e rara beleza.

Suas artimanhas linguísticas, notadamente em *Jeremias Sem-Chorar* e *Os sobreviventes*, vão ficar como obras-primas da astúcia dos homens. E observem que para realizar essas inovações, esse sabá de mil feitiçarias, com montanhas que andam e árvores falantes, não precisou o mestre de São José dos Campos de estilhaçar as regras do jogo nem dar bofetões na língua deste país. Mobilizou, com inigualável engenho e arte, a boa moeda corrente da praça, os termos comuns dos usos e costumes do falar do povo. Com esta vantagem que só os mágicos, os gênios e os grandes mestres têm sobre nós, pobres tabeliães do dizer e do escrever: as palavras mais desimportantes, mais gastas e desmoralizadas, uma vez tocadas pelas suas divinas mãos ganhavam brilho de estrela nova. Cintilavam. O latão virava ouro. Os gordos vocábulos, banhudos e roliços, pegavam ligeireza de figurinha de balé. E não era qualquer palavra que tinha a honra de ser convocada por Cassiano Ricardo, cuidadoso da sua escolha.

Daí a preferência pelas doces, as meigas, as verdes, as róseas, as amarelas dos girassóis e as azuis das violetas. Nele, em cinquenta anos de papel e caneta, nunca houve uma palavra áspera, ouriçada, que espumasse ódio ou ressentimento. Em verdade, todas eram anjos, anjos novos, mal saídos das formas de Deus.

OS BEMÓIS DO FUTURO

E como amou o Brasil! Talvez tenha sido o poeta que mais perto esteve da terra brasileira, de seus sonhos e mistérios. Navegou a vida inteira em verde-amarelo. A obra ricardina é toda uma festa nacional, com fogueiras e rojões. Tem de tudo: frutas do mato, penas de tucano, urucum, dendê de candomblé, luar de serenata, manacá, resmas de onças e samburás de diamantes. Às vezes Cassiano é valsa de esquina, extraída por dedos imemoriais. Às vezes Cassiano é música dos astros, com bemóis que ainda estão para nascer. Sempre esteve entre o passado e o futuro. Entre a Primeira Missa e o computador. Andou por ontem e viajou para o amanhã. Não é novo nem velho. É eterno, além do tempo e da moda. E não foi à toa, por um desses acasos vagabundos, que Cassiano nasceu em São José dos Campos, ninho de experiências espaciais, a cidade mais século XXI do Brasil. São José podia ter parado o relógio em 1900. Mas não parou. Fugiu para o futuro, como Cassiano Ricardo. E os dois, Cassiano e a cidade, foram crescendo juntos, como amigos, como irmãos. Estivesse onde estivesse, em Paris ou Porto Alegre, sempre voltava a São José dos Campos. No voo de um pássaro ou num correr de um regato. E parava para dizer de Cassiano para Cassiano:

— Deve ser o rio de minha infância que está cantando.

Era sentimental como um adeus. Mas gostava de parecer de ferro, de aço. Se caía em relembranças de amores antigos, logo pedia desculpas nesse seu jeito de marca registrada:

Mas eu não tenho tempo pra pensar nessas coisas!
Estou com pressa. Muita pressa.
A manhã já desceu do trigésimo andar
daquele arranha-céu colorido onde moro.
Ouço a vida gritando lá fora!
[...]

ETERNIDADE EMBARCA NO VERÃO

Nascendo em 1895, em tempo de maravilhas, foi embora 79 anos depois também em tempo de maravilhas. Esperou o verão, que tanto amava, para fazer ponto-final na sua doce lavoura. Partiu em janeiro. Cantavam as cigarras nos pés de pau, as últimas da safra brasileira de 1974. Mas, em verdade,

[...] *quem morreu, não foi ele.*
Foram as coisas, que deixaram
de ser vistas pelos seus olhos.
[...]
Não é ele o defunto, é o mundo
que morreu nos seus cinco sentidos.

De minha parte, como sucessor de Cassiano Ricardo, tenho a meu favor o fato de ter nascido à beira do mesmo rio, o Paraíba. Bebemos da mesma água e ouvimos o cantar dos mesmos pássaros, porque o bem-te-vi que atua nos palcos de Piratininga é o mesmo que trabalha nas planícies de minha terra. Somos piraquaras, eu do estado do Rio e Cassiano de São Paulo. Ele de São José dos Campos e eu também de Campos, de Campos dos Goytacazes. A cidade de Ricardo estende os braços para o céu. A minha sobe na fumaça das suas usinas. Por ambas corre o Paraíba, o rio que mudou de cara. Não é mais o corgão que encantou os olhos do menino Cassiano. Porque em verdade vos digo, com certa mágoa e melancolia, que o rio de nossa infância, que era livre como um gato, não corre mais pelas campinas de camisa aberta ao peito atrás das borboletas azuis de Casimiro de Abreu. É um rio circunspecto: para dar a impressão que é profundo turvou as águas, depois de mandar embora os peixes e expulsar os passarinhos. É hoje um próspero negociante de quilowatts. Não perde tempo com o cair das tardes nem com o brotar das madrugadas. É todo trabalho — um livro de vendas à vista não ganha do Paraíba em cifras e cifrões. Perdeu o gosto antigo de parar junto de uma ninhada de lírios para ouvir a conversa miúda dos grilos. Não é um rio propriamente dito, é um funcionário público regido pelo Código de Águas e seus avassaladores parágrafos. Pobre dele que perdeu a alma e pobre de nós que perdemos o rio.

O ENCANTAMENTO ACABOU: ONDE ESTÁ MEU GUARDA-CHUVA?

E para concluir a conversa desta noite, tão memorável para mim, devo confessar que saio do mundo ricardino como figura de uma fotografia fora de foco, meio fantasmado. Estou na situação daqueles navegantes portugueses que inauguraram mundos, lidaram com gigantes e ouviram, nas noites do mar tenebroso, o canto nunca ouvido das sereias. E quando voltaram ao viver antigo, de pastores de Trás-os-Montes ou lavradores de Freixo de Espada à Cinta, depois da estupenda aventura das Índias do cravo e canela, murcharam e morreram. De fato, quem lidou com sereias e foi personagem de Camões, não podia mais apascentar ovelhas. Estou no mesmo caso. Venho do país das esmeraldas de Cassiano Ricardo, onde vi onças de olho de fogo e gigantes de barba de cipó. Calcei as botas de Borba Gato e viajei para o sertão das pedras de cor. E retorno agora, nesta hora e nesta noite, aos meus borzeguins de sujeito comum, às minhas rotinas do dia a dia. Troquei o bacamarte de boca de sino pelo guarda-chuva de cabo de prata. Não sou mais íntimo dos sonhos nem contemporâneo dos dias que ainda virão. Volto a ser simplesmente José Cândido de Carvalho, funcionário público, temente do imposto de renda, apavorado de mordida de surucucu e de vento encanado. A todos que assistem a este meu regresso, muito obrigado.

1º de outubro de 1974

1ª EDIÇÃO [2019]

ESTA OBRA FOI COMPOSTA EM ELECTRA PELA SPRESS E IMPRESSA PELA UMLIVRO EM PROCESSO DE IMPRESSÃO SOB DEMANDA SOBRE PAPEL PÓLEN SOFT DA SUZANO S.A. PARA A EDITORA SCHWARCZ A PARTIR DE OUTUBRO DE 2019